王鼎鈞

山裡
山外

目錄

自序

這本書本來沒有序，現在發現序言必不可少。書前有序，等於一個陌生人來到你家先拿出一封介紹信。

●

《山裡山外》的主要人物，是抗戰時期的流亡學生。時至今日，「流亡學生」這個名詞需要解釋一下。當年「七七」事變發生，日本軍隊大舉侵華，占領中國廣大的土地。在日軍占領區（當時稱為淪陷區），日本改變了教育的精神和課程內容以配合侵略，許多青年不肯進入這樣的學校，冒險穿過封鎖線到後方流亡，即所謂流亡學生。在廣大的後方有很多專設的學校收容他們，這種學校常為了戰局變化而游動遷移，被稱為流亡學校。

《山裡山外》就是以這樣的時代和環境為背景寫成的。

筆者是因為做「流亡學生」而少小離家的，流亡期間，歷經匱乏殘破的種種場景。後來年齡增長，閱世漸深，回首前塵，發現了畫面之瑰麗奇偉。

那些流亡學生，最小的只有十五、六歲，腋毛初生，夜間尿床的習慣未改，竟也辭枝離柯，飄泊在兵凶戰危的邊緣。他們的父母是怎樣下了這麼大的決心呢？

那些流亡學生，有些來自富商巨紳之家，既來之後，蒼白慘綠的青年，立刻剃光頭髮，穿上有蝨子帶汗臭的軍裝，血色豔麗的大姑娘，立刻脫下絲襪，換上能磨出血泡來的草鞋。他們又是怎樣下了這麼大的決心呢？

當時，整個大後方的門戶為流亡學生打開，任何機關都會為你提供你需要的消息，任何家庭都可以接待你一宿一餐，從沒有人向你要證件，沒有人卑視你是乞丐，懷疑你是間諜。

那時，社會又怎會有如此的坦蕩寬容呢！

據我所知，流亡學生是一群夢遊的人，殺風景的是，周圍有許多精於測算長於透視的眼睛注視他們。有人設想流亡學生很浪漫，在半飢半寒中行吟大地，那是只看到（或說出）一個層面。

八年抗戰有似一條彈道，有升弧、降弧，最後彈頭落地開花，炸醒了各式各樣的夢，包括日本軍國主義者的和流亡學生的。身為大氣流中的一塵，流亡學生也走過升弧和降弧。

無論如何，對日抗戰，世界第二次大戰，我們總算躬逢其盛。日軍侵華是中國的大災難，青年人及時接受了這場災難的磨練，卻可以視之為得天獨厚，不管後來造化怎樣弄人，都不能奪去我們的收穫。

彈頭落地也能成為跳彈，重新創造一個升弧。

●

我中年以前崇拜英雄，中年以後把感情交給無名的蒼頭眾生。所以致此，是因為我發現了「英雄不仁，以群眾為芻狗」。我不能控制情感的轉移，我的機遇、處境、文學旨趣都起了變化。

我們那群流亡學生都是天地預設的小人物。「江山代有英雄出，各苦生靈數十年。」數十年音訊斷絕，他們的遭際常使我驚疑憂念。如果一顆隕星沉落了使人震撼，那麼滿河繁星流瀉一空又何以堪？

不僅此也，我雖在鄉鎮生長，對農村農人卻甚陌生，對土地亦不親切。戰時流亡，深入農村，住在農家，偶爾也接觸農事，受農人的啟發、感動，鑄印了許多不可磨滅的印象。抗戰八年，實在是農民犧牲最大，貢獻最多，軍人是血肉長城，其兵源也大半是農家子弟。他們的形象和我的意念永遠連結。流亡期間，跋山涉水，風塵僕僕，和大地有了親密的關係，祖國大地，我一寸一寸的看過，一縷一縷的數過，相逢不易，再見為難，連牛蹄坑印裡的積水都美麗，地上飄過的一片雲影都是永恆的。我的家國情懷這才牢不可破。

做流亡學生擴大了我關懷的層面，這份關懷，多年以來是我精神上的鬱結，紓解之道，對我來說只有寫作。有一次（那是多年以前的事了。）我和一位電影導演同赴基隆演講，事後又同乘一輛吉普回台北，路上談天，才知道彼此都曾是流亡學生。我們在車中同唱當年的歌曲，淚眼相看，彼此都說要用流亡學生做題材完成一部作品。那時已有人聽不懂我們唱的歌。那時已有人說，這一代年輕人沒有抗戰經驗，對抗戰的題材沒有興趣。那時我就說，如果欣賞作品以重溫自己的生活經驗為限，世上將沒有幾本小說幾部電影可看。我們正要從作品中看到別人的生活，看那些與自己不同的生活，以增進我們對人的了解與諒解，擴大自己的視野，提高自己的境界。時至今日，又是多少年過去，我的意見沒有改變——別人的意見似乎也沒有改變。

《山裡山外》在民國七十三年（一九八四）由台北的洪範書店出版，最後一章寫得很差，常引以為憾。今日海峽兩岸已打破隔絕，故人的消息陸續傳來，得以重新回顧當年的甘苦，當年懵然不知或知而未詳的事件也得以補充。現在把原書最後一章刪去，另寫三章增入，少一缺陷，了一心願。書成，商得洪範同意，由我自己繼續印行。

無論如何我得感謝當年創辦流亡中學的人，他提供機會使我們有書可讀。事無全美，讀書便佳。經師易得，人師難求，經中自有人師。估計沿著淪陷區邊緣設立的數十所中學，吸納造就了大約二十萬青年。在非常時期、非常地區創辦這樣非常的學校，定非尋常人物，事到如今，那些人一世勛業皆成鏡花水月，惟有「偶爾」辦了這麼個學校，是不可磨滅的一大功德。

俱往矣，但是你做的好事，人們永遠記得；你做的壞事，人們也會永遠記得。

然而本書並不是某人某人的傳記，也不是某一學校的實錄，它的內容有許多來源，作者再加以綜合變奏，以納入文學的形式。它努力擴大了現實，也隱藏了現實。書中人物只能作「甄士隱」看。來，我們何必穿鑿附會？我們一同激濁揚清。

天鵝蛋

1

「他的年齡還小，正好是讀書的時候。」「他的年齡不小了，可以照顧自己了。」兩句話看起來互不相關，卻像把鉗子有個交叉點。它夾住了失學的我，把我推到縣城南關來了。

2

南關住著百來戶人家，有一座高大的教堂，站在城南門口可以望見教堂綠色的屋頂，站在教堂門口可以望見城門樓上白裡透紅的太陽旗。城門口站著日本兵，日本人個子矮，步槍上的刺刀卻特別長。為了離那刺刀遠一點，南關的人輕易不肯進城，四鄉來的人也多半盡量在南關盤桓，於是南關漸漸有它特殊的地位，產生了一些人物，醞釀一些令人興奮的事件。

我到南關教會找楊牧師，由他安排我到大後方去讀書，我一想起他寬闊的骨骼，厚重的肌肉，就覺得他可靠。有人說，只要看看楊牧師走路，就知道什麼是腳踏實地。聽說大後方有一座學校專門收容日軍占領區失學的青少年，公家負擔一切費用，還發給每個學生一枝鋼筆，一把手槍。學生上午聲光化電，下午出操打靶，晚上演戲唱歌，已經有很多人千里迢迢投奔到那裡去了。我想進這座學校想得心發燙，恨不得一箭射到。那時沒有想到，箭一經射出去，自己就不能回來了。

路遠，心急，雖然季節是涼秋，也走出了汗來，走到暮色蒼茫才走進楊牧師的家，是匍匐著環繞在禮拜堂旁邊的許多住宅之一。那禮拜堂大得出名，成了附近的一個名勝，晚上黑漆漆、空洞洞的，裡面好像藏著天使天軍，令我悚然快步越過。楊家客廳裡燈光昏黃，除了牧師和師母，有兩個女生在座。師母一看見我，就問我吃飯了沒有，牧師一看見我，就用他溫熱肥大的手抓住我：「你來得正好，你的心願，令尊令堂對我說過好幾次了，現在有機會。我給你們介紹，你可以跟這兩位女同學同路，求主引導你們！」

師母聽說我吃過晚飯，就不再說什麼，靜靜的坐在旁邊。牧師忙著替我們三個交換名字，兩個女生，比較胖的叫虞歌，有一張銀盆臉，留一條滿把粗的大辮子，要是在夏天，這條辮子下面的衣服一定被汗濕透。另一個又黃又瘦，看樣子秋風一吹就倒，可巧名字就叫吳菊秋！

牧師這天晚上很高興，他一高興就黑臉膛發亮。虞歌的辮子和眼睛也發亮，電燈雖然昏黃，小屋裡另有一種光華。牧師稱讚：「感謝主，你們有志氣！虞歌，你比他們兩個大，算是他們的姊姊，以後要照顧他們！」兩個女生四隻黑溜溜的眼睛看我，好像要看出我有沒資格做弟弟，我哪裡禁得住這樣看，慌忙低下了頭。虞歌說：「看他的樣子怪老實的。——你到大後方去，家裡不反對嗎？」我知道後一句是問我。我抬不起頭來，只好提高聲音：「不反對。」第二個問題逼得緊：「如果你家裡反對，怎麼辦？」我說：「我要急死了。」第三個問題：「除了急死，有沒有別的辦法？」我答不上來，更不敢抬頭了。屋子裡的人都笑，師母說：「老實人就是這樣！」

3

這天夜裡我住教會的招待所。大家分手的時候，牧師說，他明天給我們準備證件，後天可以上火車，下了火車，還有幾天步行。夜裡太興奮，睡不穩，一心幻想以後的情況，好容易睡著了，又作噩夢，夢見火車走著走著，忽然聽見一聲「立正！」聲音宏亮威嚴。這時候，同車的一個小夥子驀地站起，說時遲，那時快，兩把刺刀對準他，然後拿繩子的過來，把小夥子五花大綁捆好牽出車廂。我一驚而醒，四肢動彈不得，好像繩子捆在我身上。我怎麼會作這個夢，這是唐老師告訴我的故事呀！唐老師說，受過嚴格軍訓的人，一聽到立正的口令，會忘記一切，筆直站好，東洋特務利用這個辦法試探行人，捉拿國軍。我們這一路關卡重重，驚險想必不少，想著想著，又覺得新鮮刺激，又覺得害怕。猜不透，更想猜，一心等著猜破了是什麼樣子。

4

南關後面有條小河，一直向東流去。第二天吃過早飯我到河邊散步，恰巧吳菊秋來洗衣服，她提著一隻大籃子，裡面衣服堆得好高。我說：「你要洗這麼多衣服！」她淡淡的說：「我家人多。」我見她手指在水裡泡腫了，蹲下來想幫她的忙，河水冰得我骨節痠痛，只好把手縮回擦乾。她順水撈起一塊圓石塞在我的手裡：「拿去，好好收著，這叫天鵝蛋！」她倒不在乎水冷，把濕透了的髒衣服放在石頭上揉搓，揚起棒槌準備捶打，望也不望我一眼：「你再不走開，冷水要迸到你臉上去了。」

巧中有巧，虞歌也來了。她很驚訝：「你在什麼地方找到天鵝蛋？」我也驚訝：「你怎麼也跟它叫天鵝蛋？」她說：「你真的不知道？這條河叫天鵝河，它發源的地方叫天鵝山。」我說：「我只知道有個天鵝山，不知道有天鵝蛋。剛才吳同學送給我的時候，我還以為她開玩笑呢！」仔細看這枚圓石，果然像蛋一樣橢圓，而且外表細緻光滑，真的像是掉下去會摔破的樣子。

虞歌去問吳菊秋：「菊秋，你在什麼地方找到天鵝蛋？」菊秋說：「我來洗衣服，剛坐下，它就在手邊。」虞歌說：「怎麼這麼巧？」菊秋說：「前幾天下大雨，也許是新近從上游沖下來的。」虞歌興致勃勃：「我來找找看，也許還有！」她彎著腰向上游走，我在後面跟著。一會兒，她直起腰來吁出一口疲倦的氣。我看她很喜歡這種石頭，就雙手奉上，說：「送給你好了！」她正色說：「不可以！」馬上又和顏悅色：「你好好收著，將來找一隻養了九年的老母雞來孵，可以孵出一隻小天鵝來。」我本來想說：「你騙人！」不料這時雲層退開，陽光灑下來，罩在她身上，滲進她的皮膚，泛出胭脂色，隱隱半透，豔得教人心軟。

5

回到吳菊秋身邊，菊秋正俯著上半身揉搓石頭上的濕衣，覆耳的短髮散開，露出後頸上的筋肉，一根一根鼓出柱形的輪廓來。搓洗十分費力，兩肩的胛骨比背脊高出很多，伶仃的瘦。她抬起頭來喘息，臉上有勞動後的血色，罩在一層黑紗底下。真奇怪，人臉和人臉有這麼大的差別。虞歌說：「菊秋，明天我們上火車，今天是你最後一次來洗衣服了。」菊秋歎了一口快樂氣。她們倆說話，我悄悄看水裡的魚吮吸虞歌的影子。菊秋停止搓洗衣服，問：

「聽說學校裡發槍？」虞歌的聲音：「你放心，是手槍，帶著不累贅。」菊秋的聲音：「手槍，我見過，心裡怦怦跳，怕它無緣無故轟的一聲響了。」我忍不住插嘴：「那不會，要子彈上膛，要扣扳機，而且要把扳機扣到底，槍才會響。」兩個人一致問我：「你會放槍？」我覺得這下子問到我的本行了，胸脯一挺，相當自豪的說：「我打過游擊。」這回可不怕她們一齊盯著我，我覺得自己好重要！好神氣！菊秋問：「打游擊是不是要天天放槍？」我想，誇張一點沒有關係，就說：「當然！」虞歌突然問：「你打死過人沒有？」老實人吹牛不敢過火，幸虧及時收住：「沒有！」兩個人一齊進逼，菊秋用眼睛，虞歌用語言：「不要騙人！」我說：「真的沒有，不但我沒有打死過人，我們整個支隊從沒有打死過人！」兩個聽了放鬆戒備，虞歌說：「要是你打死過人，我們可不和你一路走！」吳菊秋似乎幫我：「他很老實，看來不會。」我急忙偷窺虞歌，希望她相信了。

6

回到牧師家吃午飯，我拿出那塊石頭來炫耀，叫：「天鵝蛋！」牧師憐憫的望著我，認真的說：「不信主的人才管它叫天鵝蛋！」師母接過去：「那些人真會瞎編，還說用養了九年的母雞孵，可以孵出天鵝來。」我問；「有人試過沒有？」師母笑了一笑：「怎麼能試，誰家養雞養到九年？九年的雞老得不下蛋了，肉也燉不爛了。」牧師連連說：「異端！異端！」我看這個話題不妥，臨時換一個：「牧師，明天能不能走？」牧師說：「主若願意，你們就能走。」我說：「我恨不得馬上入學。每天晚上我都想：會不會一覺醒來，明天抗戰勝利了，我趕不上了！」牧師依然不欣賞這句話，熱心的糾正我：「信主的人一切由主安排。」

這天講的話都不順，運氣壞透。

7

第三天運氣更壞，早餐桌上，牧師說不能上路，還得等等。等多久，他沒有說。我的心撲通一聲，掉下去，一直往下掉，底下並沒有什麼接著。事情一定是出了毛病。也許是日本人起了疑心，也許是虞歌不去了，也許……。牧師教我別出門，在招待所裡好好溫習功課，借給我一本世界地理，我卻一直想「也許」，沒心思吞嚥那些囉嗦古怪的山名河名。

想來想去，想到虞歌第一天問我：「如果你家裡反對，你怎麼辦？」想到她的那條辮子。在中學裡讀書，能夠不依照學校的規定剪短頭髮，這樣的女生我見過，她們都在望族名門裡嬌生慣養，都奉父母之命不在外型裝扮上追逐時髦，她們的家長都有面子，能使校長快快樂樂的妥協。菊秋就不同，她的頭髮只蓋住耳朵。虞歌這樣的女孩子能離開深宅大院到外面去顛沛流離嗎？我困在這裡走不成，一定是因為她變了卦。要不要請牧師安排我先跟別人走呢？

我還以為自己躺在招待所的床上呢，不知不覺來到河邊。河邊坐著一個人，老遠也認得出來是虞歌。河岸本來有一行垂柳，如果那些喬木還在，這時長條疏疏朗朗遮住人影，像隔著一層竹簾，豈不好看。無如戰亂時期有人特別喜歡殺樹，老柳早已殺光，只剩殘幹貼地，留下一串礙眼的傷疤，遠路行人拿它當矮腳凳子坐在上面歇息，虞歌正坐在一棵樹根上望著河水想什麼。我走上前去，向她打個招呼，坐在她旁邊另一個矮腳凳上，她見我坐下，立刻站起來，反應一如玩蹺蹺板。我坐著不安，只好也站起來。

「你去大後方，家裡沒有人反對？」我想，事情得問個明白。「媽媽反對過，可是爸爸支持我。」她得意的揚起臉來。「大後方很苦，你怎麼不怕？」我真的動了好奇心。「怕什麼，苦一點才有意思，我對爸說，我要出去找緊張、找疲倦，爸爸連連點頭，替我加上了一句：找希望！告訴你，我早就想過另外一種生活，有一次，學校遠足，每個人都帶了飯，我故意把我的飯盒跟一個窮同學的飯盒調換了，吃她的粗飯。有一次我在雨天出門，媽媽非要我帶傘，我到外面把雨傘往水溝裡一丟，冒雨回家，全身濕透了，但是很高興。」我聽得入迷。我也曾在城頭一面看晚霞，一面幻想在語言不通的地方迷路，把行李背包頂在頭上涉水過河。

我也曾跟關東來的流浪漢一同唱流亡三部曲，恨自己唱不出他那淒涼的韻調。真是奇怪，完全不同的兩個人，素不相識，想法完全一樣！同行作伴的人不要換了。

8

主意拿定，心情輕鬆，想起昨天得到的「天鵝蛋」來。問她：「一隻母雞的壽命有多長？」她說：「不知道。你要做什麼？」我說：「我想養九年的母雞，把天鵝孵出來。」她粲然一笑：「你真老實，告訴你，昨天那個故事還沒講完呢！有人養了一隻九年的母雞，去孵一個天鵝蛋，結果蛋破了，裡頭出來一條蛇。」我大吃一驚。「老母雞跳出窩來，高聲喊叫，也沒有一隻雞理牠。牠一口氣憋住，倒在地上死了。」我問：「氣死了？」她說：「聽說是發了心臟病，嚇死了！」我哈哈大笑，忘掉拘束，竟敢指著她說：「你騙人！」卻見她板起臉來，我急忙縮回手指，放到背後藏著。

她並不是真動了氣。她問我：「你能不能守祕密、守信用？」我說能能能，恨不得發誓，希望她有用我的地方。她說：「告訴你，菊秋被她養母鎖在臥室裡，失去了自由。」我問為什麼，她說：「她養母反對她到大後方去。」

我驚歎：「她養母這麼愛她！」這句話說錯了，引來她的白眼和牢騷：「愛愛愛，說得冠冕堂皇，其實是自私，不願意兒女有成就，只想菊秋給家裡多做幾年苦丫頭！」我只好閉嘴。「不過我知道那把鎖鎖不長久，辛苦的活兒都是菊秋做，早晚有一天要放菊秋出來洗衣服。現在河水一天比一天冷，洗衣服的滋味不好受，她自己撐不了幾天。你閒著沒事，每天到岸邊來等菊秋，菊秋若是來了，你告訴她不必洗衣服，趕快到牧師家去！」她問我能不能負起這個責任，我當然能夠。

她說：「這是一個祕密，絕對不能讓任何人知道，這件事別人都不知道，只有你知道。」我連聲唯唯。她又說：「菊秋是我的好朋友，她有美術天才，我不會把她撇下。她能走，我才走；我們都能走，你才能跟我們走。所以……」唉，此言差矣，正好一陣秋風沿河吹過，我涼了半截，虞歌，我沒想到你會說出這樣的話來。你要我在河邊等菊秋，我就來等她，我絕沒有想到自己的好處，你何必說得那樣露骨、那樣難聽？我口裡不說，心裡彆扭，她臨走叮囑「明天早來」，我也沒有出聲。我坐下，悶悶的守著河；河水很清，很靜，但是一直流向下游，不肯停息。天下的河水都嚮往海，思念海，沒晝沒夜奔向海，也不管從哪兒入海，也不管能不能流到海。我把手伸進水中試了一下，果然，很冷，比昨天還要欺負人。「明天早來！」洗衣服的人都來得早，趁日出之前先把衣服洗好，那時候，水一定更冷。

9

夜晚上床時，心裡還默念了一遍「明天請早」。夜裡作夢，夢見在橋上被一個白鬍子老頭攔住了，他赤著一隻腳，傲慢的對我：「喂！我的鞋子掉了，替我找回來！」我東張西望找到鞋子，蹲下替他穿鞋子，他長鬚飄動，欣然說：「孺子可教也！」一伸出光腳丫踹進我的懷裡。我拿起鞋子往他腳上套，怎麼，小腿肚這麼光滑，這麼有彈性，哪兒像是老頭兒的腿！抬眼往上看，由小腿看到臉，是她！虞歌正在低著頭笑嘻嘻的。

驚醒以後，看見窗外院子裡光線泛白，天快亮了，不敢貪睡。開了房門，院子裡一片月色，一腳踏上去卻看不見人影兒，慌忙看天，才知道是夜裡下了濃霜。退回屋中，本來可以再睡，卻無論如何睡不著了。坐在床上聽近蟲遠雞，聽夜靜靜的走遠，清晨靜靜的走近。聽趕早市的小販挑著擔子，推著車子，重量發出咯吱咯吱的聲響，這些聲音我很熟悉，當年逃難，夜夜跟一個咯吱咯吱的隊伍在一起，記得那些人被重量壓成各種姿勢。有時砲火的閃光能照亮同行難友的臉，心裡真是緊張，以為這些臉也被開砲的人看見了。有一個家庭逃難還捨不得他的雞，公雞母雞在一只籠子內擦擦撞撞，哼哼唧唧，後來那隻食古不化的大公雞想起自己的職責，驚天動地的報起曉來，那一聲軍號也似的長音不知把多少人的膽嚇破了，這簡直是催命，也許子彈砲彈都會朝著這兒打。有個大漢伸手攻進竹籠，一下子把那隻多嘴的畜生捏死，我沒看見他的手，看見了青筋怒脹的臂。雞的主人一句話也說不出來，他和別人一樣只顧收攏自己的驚魂。一個在夜裡逃過難的人看見夜，總是想起逃難，總是覺得前前後後飄盪著游絲一樣的恐怖，不容易再領略夜景的美。

想著想著，有一種聲音響起來了，一聲一聲很單調，很沉重，像是裹在幾層棉被裡發不出來，可是這聲音終於衝破包圍在外面爆炸，那是它響亮的回聲。我知道這是洗衣服的人到了河邊，在濕衣上塗滿肥皂，正用木棒反覆捶打。她們照例在日出以前做完這一項例行的工作。會不會是吳菊秋？我得趕快去看看。

10

以後一連幾天，我總是老早醒來，坐在床上等著聽捶打濕衣的響聲，跑到河邊去看那些洗衣服的人，看那些凍得紅腫的指頭，希望那個十指像胡蘿蔔的婦人就是吳菊秋的養母，希望她明天手痛不得不派出女兒來。洗衣的人散盡了，我還是徘徊流連，為的是菊秋可能遲到，直到吃午飯的時候才算做完了今天的工作。洗衣服的人不會到午後才來，午後陽光短促，不能在當天把衣服曬乾。大約在太陽射到天鵝山山腰的時候，虞歌也來看看，把手伸進河裡試試水溫，告訴我：「快了，菊秋快來了！」她對朋友真好，念念不忘關心菊秋，可是她買幾個包子來給我做早點就完全是多餘的了，我可不是那麼貪吃的人，我站在河邊可不是為了吃幾個包子，我很想拒絕她遞過來的包子，教她不必再買。——每天這樣想，每天還是伸手把包子接過來。我怕明天她不來，就讓她每天來送包子也好，等她走了我就用包子皮餵魚，用包子餡兒餵野狗。我對那些魚兒狗兒說：「你們呀，可別忘了虞歌的好處！」

「明天早點兒來！可要守祕密啊，這件事別人都不知道，只有你知道！」虞歌總忘不了這樣叮囑我。我愛聽這句話，我高興能夠得到她的信任。

11

有時候朦朦朧朧有個念頭：最好天天就是這個樣子：虞歌來，菊秋不來！

楊牧師常說：「萬事都有定時。」可不是？我終於遠遠看見洗衣場上有隻很大的竹籃。我斷定竹籃擋住的那個人就是吳菊秋。老天幫忙，沒有第二個人跟她一塊兒洗衣服。也許我走的步子太急，她老遠就停手，坐直了觀察我，舊衣服一般的臉色上浮著兩個微紅的眼泡。我上前，她站起來了，手裡提著洗衣用的木棒。我擔心她會揮棒打人，急忙說：

「虞歌教我在這裡等你。她說衣服不必洗了，快到牧師家去。」

她匡噹一聲，把木棒丟在石塊縫裡，拔腳就走。我還以為她要問長問短遲疑不決呢，結果是她在前面帶著我，我在後面跟著她。從後面看，細胳臂細腿小肩膀，加上小小的腳後跟，想不到走起路來飛快，我幾乎追不上。看樣子，全盤計畫她都知道。虞歌不老實，她說只有我一個人知道。

到了牧師家，出來開門的是師母，吳菊秋一頭撞進師母懷裡，哭了！師母並不問她為什麼哭，連連說：「好了，好了，你來了就好！我去找虞歌！」

師母先把菊秋送進客廳，牧師從書房裡走出來，手裡捧著《聖經》。「感謝主，你們可以乘今天早班的火車！」看起來，牧師什麼都知道，虞歌還說只有我一個人知道。

12

我們進來，師母出去，虞歌未到。牧師利用這段時間問我：「你身上有沒有帶信？家裡有沒有寫封信要你帶到後方去寄給什麼人？」我說沒有。他不放心的叮囑：「這樣的信不能帶，路上會出亂子。——你身上有鋼筆吧，有日記本吧，這些也不能帶，拿出來交給我。」鋼筆不能帶去固然可惜，一想學校裡會發一枝新的，也就罷了，日記本交出來可真捨不得。牧師見我猶豫，起身去取了一口箱子來，裡面全是鋼筆和日記本。「你看，凡是從我這裡走的，我都不讓他們帶。我會給你們好好保存著，等抗戰勝利，你們回來，再還給你們。」我無話可說，把日記本和自來水鋼筆丟進去。忽然想起天鵝蛋，那玩意兒也不能帶，趁這個機會放進箱子，心裡想：「將來一定要養隻九年的老母雞把它孵出來看看！」牧師看見那塊石頭，嚴肅的臉上有了笑意：「真是小孩子！」菊秋望著牧師，也彎了眼睛放鬆嘴角。我明白，這些表示我可以這麼做。

牧師取出三件公文來，給我一張，給菊秋一張，另外一張放在茶几上，留給虞歌。這是縣警察局發出來的證明說我要到什麼地方去探親，那地方我可從來沒有聽說過。牧師要我們把證件上的記載念一遍，叮囑：「你們要記牢了！」又看清我們把證件裝進口袋裡。然後他又拿出一塊巴掌大的東西，我分到一塊，那是一塊綢子，上面蓋了一個大印，這個大印正好把綢子蓋滿了，我的姓名、年齡、籍貫、學歷，就寫在印信的朱文上。「這個也很重要，你們把它縫在棉衣裡面，檢查的人從外面摸不出來。菊秋，你來縫。」菊秋拉過師母的針線筐，先向我打個手勢，要我把棉襖脫下來。我遞過棉襖，小聲說謝謝，倒得到她一個白眼，大概是怪我多禮。

我也想找出個人來怪上一怪。原來有這麼多安排，我一點都不知道。虞歌還說只有我一個人知道，看來只有我一個不知道！不老實！連牧師也不老實！可是，要問這對我有什麼害處呢？卻又沒有！自己知道「怪」得沒有道理！

13

楊牧師到底是楊牧師，這一路上車下車，打尖住宿都有他安排的人從中照料，下火車的時候還知道縣城在哪個方向，跟在人家後面轉了幾個圈子以後，一切茫然，連鐵路在哪兒也摸不清楚了。以後一連三天，曉行夜宿，接應的人往哪裡指，我們就往那個方向，究竟要到什麼地方誰還管得了。我知道楊牧師可靠，路上只要安心聽話就好。

虞歌比我更有主意，常跟接應的人小聲密談。第一天臨上火車的時候她就叮囑：「到了火車上不要跟我們說話。」我想這一定是為我好，連連答應，路上住宿，三個人借人家一間草房，她說夜裡不關房門，要我睡在門口，夜裡風涼，縮成一團也就應付過去了。她兩個人結伴上廁所，廁所都在屋外空曠的地方，要找拿根棍子作武器，在廁所四周巡邏。路上，她有時要我走前邊，有時要我走後面，我總記得楊牧師說的：「你是他們的姊姊，路上可以照顧他們。」菊秋在路上什麼意見也沒提過，我也一樣。

步行第三天給我們引路的是個跛子，他指著一條大路說：「我腿腳不靈，不遠送你們。你們順著大路走，下午過一條河，河這邊有日本人的檢查站，河那邊就是中央軍的地界。」聽了這話，心裡興奮，可是連趕三天路，腿瘦腳痛，虞歌希望我走在她們前面擔任瞭望，我實在沒有那個速度，總是掉在她們後頭。中午打尖，虞歌對我說：「快要到檢查站了，飯後你先走，先去排隊，不要跟我們排在一起。問話的時候，你要說不認識我們，我們也得說不認識你。」我正在吃麵，聽見這話胃裡發酸，放下筷子。菊秋好像看我難受，用安慰的聲調說：「這是為了應付檢查，過河以後就好了！」

14

這條分界的大河濁流翻滾，陽光在水面上迸出銀星銀線，看了眼花心跳。對岸是個村鎮，靠近河岸一排房屋的牆上有白粉刷成的大字標語：「把我們的血肉築成新的長城。」村鎮裡面高懸著一面國旗，青天白日滿地紅鮮豔美麗，旗杆高出所有的屋脊，高出遠山的山頂，直上雲間，國旗好像就在我的頭頂上飄搖。我的精神一振，膽子也大了，慨然準備衝過河岸上無形的網羅。

所謂檢查哨，是在碼頭上擺了兩張桌子，桌子後面坐著四個中國人，領章帽徽齊全，這是四個軍官。他們背後站著一排槍兵，隊伍倒整齊，只是每一張臉都不耐煩。設備雖然簡陋，但是除此以外都有鐵絲網攔路，過河的人要到桌前排隊，聽候盤問檢查。隊伍裡有老有少，有男有女，個個閉著嘴，偶然有人叭噠叭噠抽煙袋。我到場比較早，排在十名以前，看了半天也沒發現一個日本兵，只有受日本軍隊指揮的中國人。這些中國人是漢奸，可是那四個軍官的帽徽也是青天白日，不同的地方是四周圍著一個紅邊，不仔細看還真看不出來。

檢查開始，我看見站在前面的人都把證件拿在手上，也模仿照辦。檢查人員的態度很凶，盤問也仔細，有些行人還要到一間小木屋裡去搜身。輪到我，那個傢伙抬眼打量一下，吩咐：「站過來！」伸手向旁邊一指，根本不接我那張探親證明。這是要拘捕嗎？不像，不是拘捕。這是要搜身嗎？也不像，那些被搜的人不必站在旁邊等候，一直走到小木屋裡去。這算是通過檢查了嗎？當然不是，有個戴呢帽的高個兒根本不排隊，從他們前面大搖大擺走過去，在桌上放下一個方方正正的禮盒，還給其中一個傢伙拉拉手，那才是特准通過。想來想去，不知道毛病出在哪裡。

站在旁邊看了一會兒，發覺那些到小木屋裡去搜身的人，不一定真有挾帶武器毒品的嫌疑，只要是穿得漂亮的男人，生得漂亮的女人，都有資格入選。我看見一個小媳婦，一身鄉村打扮，懷裡抱著四、五個月大的嬰兒，前胸豐滿，兩頰紅潤。從前我打游擊的時候，司令官的勤務兵「娃娃」對我說過，剛剛生過第一胎孩子的產婦最漂亮，眼前這四個披著老虎皮的動物似乎也有這種見解，邪裡邪氣的看個沒完。她進了小木屋，孩子在裡面嚎啕大哭，等到搜完了身，孩子不哭了，小母親卻滿臉淚痕，一隻手顧不得擦淚，先忙著扣鈕扣，我只恨她沒有第三隻手。我想到虞歌也很漂亮，心臟忽然抽緊縮小，喘不出氣來。一再問自己：要是她闖進了小木屋，可怎麼辦！本來恐懼和焦慮都很模糊，模糊得不知道恐懼，現在忽然具體化了，覺得這樣活著實在沒有意思，索性變作一枚重磅炸彈，當場炸他個天昏地暗算了。

15

我牢記虞歌囑咐過的話，絕不回頭看她排在第幾名，只算沒有她這個人。可是我心裡好像有面反光鏡，照得見她一步一步走近。我沒有回頭看，心裡暗暗盤算，她是第十個，第九個，第……個。我希望第十個不是她，希望永遠輪不到她，可是「萬事都有定時」。當她在我身旁出現的時候，我恨上帝為什麼要在這裡留一條河。我不敢去看她，去看那四個漢奸軍官，那四個軍官的眼睛果然睜得比平時大，可是其中階級最高的一個把手往旁邊一指：「站過去！」根本不看她的證件，跟對我一模一樣。正在又驚又喜又疑，吳菊秋也被趕出隊伍，現在我們三個又聚在一起了，很明顯，他們看出我們三個同夥，一切掩飾都是不必要的了。那麼，我們該怎麼辦？

16

眼看最後一個行人過了關，四個軍官退了席，一排槍兵也散開，我們三個仍然是擺在旁邊的懸案。時間拖長，反而定了心，覺得不像有大禍臨頭，無論小說裡，電影上，要遭殃的人都是立時上了手銬，關進地牢，沒有擺在秋風裡不聞不問。我正在這樣想，不知從什麼地方走出來一個大漢，除了制服筆挺、領章鮮明以外，還穿著長筒馬靴，戴白手套，握一根馬鞭。他來到我們面前，兩腿分開，巍巍站定，講話的口氣倒是挺和善：「你們要過河去幹什麼？」我們不約而同遞上手中的探親證明，他搖搖頭：「我不看那玩意兒，我要你們說實話。你們過河去幹什麼？」

這人方面大耳，臉上縱橫起伏長滿了大麻子，好像戴著一個可怕的面具，大家都沒了主意。虞歌一步向前，笑容滿面，堅持過河探親。那大漢說：「說是探親，也沒有大錯，問題是探什麼樣的親？」虞歌嚇得啞口無言。大漢拉長了臉，用馬鞭嘭嘭的抽打靴筒。「你們別想騙我，你對我一定要說實話，在真人面前說假話過不了河。」虞歌不知怎麼辦，臉上青一陣紅一陣望著他，他倒有點耐性，不緊不慢不輕不重的敲著馬靴。

僵持了好久，大漢說：「我給你們一個警告，這裡過河的時間有限制，再過十分鐘，今天就沒有渡船載你們了，除非你們說實話，你們就得站在河邊過夜。」虞歌先望他笑了一陣，又咬住嘴唇想了一陣，斷然走到大漢面前，輕輕的說了一句什麼。大漢說：「我聽不見。」彎下腰來遷就虞歌。虞歌把嘴湊近他的耳邊，輕輕的又亮了一句什麼，說完了又笑嘻嘻的等著。只見那大漢站直，挺胸，抬起下巴傲然宣布：「你們可以過河。你早說出來，早已到河對岸了。」

17

我們對大漢鞠了一個躬，轉身飛跑下河，惟恐遲走一步他會變卦。碼頭上，管船的老漢正在等我們這批最後的乘客。船搖搖擺擺，虞歌的身子也搖搖擺擺，菊秋緊緊拉住她的手，扶她坐下。她的臉色慘白，說話上氣不接下氣：「你們別問我，我心跳得厲害，我的心現在還在跳。」自己不停的用手掌去撫著左胸。不過她想說話，她有話要說。她喘了一陣氣：「我看他沒有害人的意思，就去小聲告訴他，我們到大後方去升學。我的聲音很小，只有他一個聽見。我暗中打算好了，如果他翻臉，我就賴帳。我會說我沒說過那句話。」

菊秋說：「虞歌，虧了你，今天我們兩個多虧了妳。」

虞歌說：「太可怕了！越想越可怕。除非抗戰勝利，我再也不過這條河！」

這時船家說了話：「你們是學生，對不對？你們過了河，再走幾天，前頭還有一條河，河邊就是你們的學校。這一年到那裡去的人很多，我哪天不送幾個？」船已到了河心，估量不會再開回去，我們有恃無死，沒有更正否認。「曹麻子，也就是盤問你們的那個大隊長，他有個怪脾氣，專門跟你們學生為難，他要你們承認是學生才放人過河，唉，他的意思是：

我不是漢奸！學生摸不清他的用意，不敢說老實話，常常拖到夜晚才上船。論規定，天黑以後兩邊都封了渡口，不能上客下客，可是河那邊中央軍也知道曹麻子的脾氣，只要載的是學生，晚上也能通融。我呢，曹麻子在岸上囉嗦，我就耐心在河下等著。今天你們運氣好，時間還早，可以到對岸去吃晚飯。」我聽了這番話，心裡怪他何不早說，如果我們剛上船就知道內情，也不致在船上越想越怕了。船家當然不知道我在怪他，他好像立了大功似的得意，站在船頭輕輕的唱他的小曲，我聽懂了兩句，他唱的是：

人心彎彎曲曲水
世事重重疊疊山

號聖的傳人

1

「老兵怕號，新兵怕砲。」不對，有人說是老兵怕砲，新兵怕號。不管怎麼說，那的的打打的號聲總有人怕就是了。以我來說，我們學校實行軍事管理，一切生活規律仿照軍營，我投身其中是一個不折不扣的新兵，砲聲還沒聽見過，號聲卻劈頭蓋臉逼得人喘不過氣來。教官規定：集合的時候，號音起要開始行動，號音落要排好隊形，不許遲延，不許落後，不許錯誤。因此，每逢集合號響，大家立即向操場飛奔，遲到一步的人儘管跑個捨生忘死，也得挨教官的八大鎚——他那又黑又硬的大拳頭。有時他的手裡提著一根新劈成的木柴——準是從廚房後面整整齊齊的柴堆裡抽出來的，還帶著新材的潮濕，可是有稜有角，堅硬鋒利。他趁你跑得上氣不接下氣的時候，在你身旁取一個角度，揮起木柴朝你屁股上便打，不管你是男生還是女生。當手起棍落之際，皮厚的同學承受了這一擊之力，向前竄出幾尺，跑得更快，嬌嫩一些的就撲倒在地上。那情景真可怕，倒下來的人萬念俱灰，只記得一件事就是趕快爬起來再跑。

一天之內有例行的集合，有臨時突然的集合。例行的集合如早操晚點內務檢查都寫在功課表上，預先有個心理準備，謹慎小心的人早一點捧著英文生字簿到操場裡去啃，可以從容不迫的在號聲裡歸隊；那突如其來的臨時集合就教人失魂落魄，你也許正在毛坑上，也許正在小溪旁，也許剛剛歪在床鋪上，這時集合號簡直是洪水猛獸，直吹得天崩地裂，吹得個個人面無血色，孤苦伶仃的你除了靠動作快，就是要起步早。可是，一個新兵，難就難在不知道號兵吹的是什麼。新兵總是聽見號音就探頭探腦東張西望模仿他人的行動，總是有機會在教官的棍子底下擔當後衛，總是在麻辣辣的痛楚中覺得自己好孤獨，好勇敢，又好可憐。

那天我挨了一棍。屁股上面連接大腿的地方像燒傷或者被螫一般痛。那夜我作夢，夢見跟著一大群人蹦蹦跳跳去學游泳，每個人都只穿一條短褲，皮貼皮肉碰肉擠擠蹭蹭好不難為情。後來身不由己下了水，水裡有條鱷魚朝我的屁股咬了一口，馬上痛醒了，醒後更覺得痛。當夜翻來覆去想心事，游泳教練總不能把學游泳的人一把推入水中由他掙扎，總得在下水之前有一番講習。要是能把主要的號令寫成樂譜，讓剛剛入學的新生熟記在心，豈不省了教官多少力氣？越想越覺得自己有理，恨不得半夜去敲號兵的房門，向他要號譜，到教務處去寫蠟版，借油印機。

我們的號兵——正式的職稱是號目，我們則尊之為號長——中等身材，鼓著個圓圓的肚子，顯得很矮；眼球上總是纏著血絲，有人說這是因為他吹號把微血管吹脹了。這副模樣，穿上軍服也顯不出威武，何況他的風紀扣多半敞開，他的皮帶多半掛在肚皮上，他在操場裡出現的時候，皮帶上又多半掛著一隻鬧鐘，每走一步，那隻鬧鐘就重重的拍打他的大腿，鬧鐘的打的打指揮他，他就打打的的指揮我們。每逢他出現，我們就知道要集合了，該作準備了。他似乎是在無言的提醒我們。這樣，他就留給我們一個親切和善的印象。他最得人緣的舉動，是在吹集合號的時候盡量把最後一個音符拉長，教官要在號聲完全停止時才開始打人，只要尾音不滅，我們總有逃脫的機會。這漫長的號音救過很多人，有好幾次，我一面快跑，一面急喘，一面絕望，暗想晚了，完了，一定在劫難逃，誰知那號音以一種難信的固執響著，神靈一般的呵護我。一個長音怎麼能拖那麼長，那聲音簡直自己有了生命，可以離開了號獨自生長。想想號長兩眼的紅絲，他是拚命替我們爭取時間。我們雖然怕他的號，卻喜歡他這個人。同學們忙裡偷閒發表豪情壯志的時候有人說過：「如果我發了財，用黃金打一把號送給他。」「如果我升了上將，一定提他做個上校。」我呢，我暗暗禱告過：如果你把號譜借給我，明年上帝保佑你討個漂亮太太。據說他四十多歲了，夜裡常常失眠。

我知道號長跟炊事班長很談得來。號兵和炊事兵，這兩種人都有一些特權，例如可以不扣風紀扣，例如不必天天刮鬍子，例如可以隨時抽菸，例如每天都有許多時間閒著沒事幹。

號長喜歡聊天，只有到伙食房裡去找聽眾，而我最好到伙房去找號長。學生，除非是當選了伙食委員，照規定不能走進廚房，不過我知道這個禁令並未認真執行。我第一次看見那一排驚人的大鍋大灶，那張比乒乓球檯還大的切菜板，心裡怦怦的跳。號長坐在小板凳上，旁邊放著鬧鐘，見我進來，急忙提起鬧鐘來察看時間，又問我：「什麼事？是不是教官找我？」我說不是。我問他吹號有沒有號譜，能不能把號譜借給我看看，他驀然站起來上下打量我：「你要號譜做什麼？想學吹號嗎？」炊事班長用尖酸的語調說：「學吹號是要磕頭拜師的喲！」號長急忙更正：「那可不一定，現在時代不同。」炊事班長問：「你為什麼想學吹號？是讀書太辛苦，還是因為後方沒人接濟你？」不容我分說，號長馬上接過去：「學吹號不用出操，不用上課，天不管，地不管，我是老大，你就是老二！」

我恨我的反應太慢，害得號長白白熱心了一陣。我說我不要學號，我要念書。我告訴他，我，還有很多新生，都聽不懂號令，因此希望他行個方便，他的眼神忽然黯淡下來。片刻的沉默。微微的歎息。「號長，你想徒弟想瘋了！」炊事班長說。四周有揶揄的笑臉。他輕輕的說：「現在年輕人的路子多，都不肯吹號。」說完這句話，他好像通達了，對我說：「我吹號不用看譜，所有的譜都在我肚子裡。其實你要譜做什麼？你只要老丈人死了哭爹，照著別人的樣子做。」他大概看出我的失望和沮喪來，又用親切的語氣補充了幾句：「你記住，聽見空襲警報的時候動作要快，越快越好。空襲警報的號音是打打打，打打打。鬼子的飛機不來便罷，他要是敢來，咱們就跟他打！跟他打！你聽見我吹打打打，就趕快疏散！」

2

號長想收個徒弟的消息一傳開，引起了許多同學的憤慨，連那個想把號長提升成上校的也改了口：「他把我們當作無父無母的兵娃子？這個老糊塗！」

號長是四十出頭的人，這個歲數，在我們看來已經算「老」。他也的確有個想法，以為這裡有千百個流離失所的「小鬼」，收個徒弟還不容易？跟號兵學號，吃得飽，穿得暖，不出操，不站衛兵，準有人搶著要幹！據說他當初要求調到學校裡來吹號，存的就是這個心。號長是過來人，自己說自己的雀斑是在軍營裡褪的，腋毛是在軍營裡長的，一個快要「退休」的號兵——那人階級高，職稱是司號——發現他，訓練他，是他畢生莫大的榮幸。他想安排別人也走自己走過的路，本是一團好意。——好是好，糊塗也是糊塗！

不過號長馬上想通了，知道自己找錯了地方。年輕的大孩子不記仇，我們又覺得他的號音很溫暖。他的那些經歷，儘管我們一點兒也不羨慕，可是當故事聽，也會著迷。每天的操課像一串燃著了的爆竹，其中有個奇異的、神祕的空隙，那就是在上體育課的時候，老師多半只注意他的球隊，只注意將來能做選手的人，當他啣著裁判的哨子在籃球場上滿頭大汗的時候，他就顧不了我們，任憑我們站在球場的旁邊放肆的望著對面的女生，或者圍在號長四周聽他的龍門陣。說到興奮處，號長揮舞著手中的軍號：「你們聽說過沒有？三軍一把號，三春一聲雷。你們懂不懂？世無天理，吹號不響。號兵吹號不吹牛，這把號上通天庭，下通地脈，中間通人心。」我們大概都沒聽懂，可是我們都不知不覺連連點頭。

3

號長說，他的師父是江南的號聖。「吹號這一行也有聖賢，也有公侯伯子男。提起號聖，我這一行無人不知，無人不曉。我是號聖關門的弟子，他老人家只收過兩個徒弟。」提起他的師兄來，號長的表情是恭敬加上驕傲：「我師兄比我強，他才是號聖的傳人，我比起他來差多了。他這人虎背熊腰，一表堂堂，人人說他有做將官的相貌沒有做將官的福分，其實他吹起號來還不就是個司令！平時連長營長也是拿他當個官兒看！戰場上一聲上刺刀，官靠兵，兵靠號，我師兄那一陣急急如律令的碎點子，把弟兄們變成了天兵天將！」說到這裡，號長挺胸抬頭，臉膛發光，目光三面掃射，儼如置身第一線陣地待命出擊的模樣。他說，他師兄最善於看時機，拿火候，該拖長音的時候拖他個長江大河，弟兄們馬上像是吃了定心丸，刺刀對刺刀，手不瘦、腿不軟、膽不怯、氣不喘。

「你們師兄弟吹號怎麼能拖那麼長的長音呢？」一提到這個問號，號長有忍不住的得意：「這就是號聖的徒弟跟別人不同的地方。別人想吹這麼長的長音，中間得換氣，一換氣，號音就斷了，士兵的一股氣也鬆散了。我們學吹號先練氣，練氣的功夫到了家，吹起號來自己不傷身體，別人聽了也提精神。我師父到了七十歲還能吹號，每星期總有兩三天到村子外頭的高地上去吹號消遣，高地下面是個大學，他老人家一吹號，一群一群大學生就跑出來聽。」如果有誰說貪生怕死才當號兵，我們這位號長就馬上拉長了臉：「你上過戰場沒有？知道不知道號兵怎麼吹衝鋒號？」他的口氣嚴厲：「衝鋒的時候，多半離敵人只有百把公尺，這時候，你說號兵在什麼地方？坐在戰壕裡吹號？伏在地上吹號？告訴你，他頂天立地站在那裡吹！他的喇叭對準敵人的陣地！槍林彈雨拿他當活靶！我師兄就是這麼吹的，一手把住號，一手推開拘命的判官小鬼！」他的眼皮忽然下垂，聲音也低了：「我師兄了不得，他一面吹號，他大腿上的槍眼裡往外冒血。他不知道自己受傷，有人告訴他受了傷，他吹得更起勁！他一直吹到一顆開花彈在他屁股後頭炸了，你們沒見過這樣的好漢！」

師兄弟倆去了一個，剩下的這個有了心事。「要是我也死了，誰給號聖傳這一炷香火呢？」有個會看相的人說，他眼裡的紅絲是個凶險的徵兆，主血光之災。他聽見這句話更著急，要是沒個徒弟，到地下怎麼見號聖？左思右想，決定到後方機關找徒弟；也許有人認為他貪生怕死，心一橫，不管了。他換了兩個單位，徒弟到現在還沒有。「唉，年頭不同了，現在的年輕人不學這一行了。」他愛談，我們愛聽，彼此都忘了時間。等他提起鬧鐘一看：「糟糕！忘了吹下課號！」大家一齊轉過頭來看球場，球場上只有一隻野狗。體育老師早已吩咐他的愛徒散了。

4

號長確實有點名望，客車過境時，常有號兵來拜他。號長帶著來賓參觀學校，要是談得投機，少不了邀進飯鋪子裡招待一頓。然後，號長要嚷幾句：「不得了，開支太大！」炊事班長要笑他：「攢那麼多錢做什麼？娶老婆？」

這天傍晚來了個小號兵，看樣子不過二十歲吧，一身軍服整整齊齊，手指上有戒指，腕上有錶，咧開嘴一笑露出金牙。他見了號長一直立正站著，恭敬得很，可是嘴頭上不讓人，再三說要向老前輩請教。這個意思是說，要跟號長比一比高低，看誰吹號吹得好。我們早從號長那裡知道有這麼一種風氣，這個小號兵可以向號長挑戰，號長可以謙辭，但是不能拒絕。號長慢吞吞的說：「不是我倚老賣老，我的年紀等於你的年紀加一倍，有點兒吹不動了；這是你們年輕人的世界，你好好幹吧！」那個小號兵張著牙笑，無論如何要老前輩賞臉。我們都圍上來聽，號長好像無路可退，慨然說：「好，好！」

號長轉身朝校外走，小號兵緊跟在後面，到了小河旁邊，面對河水站定了，看熱鬧的人三面圍住。小號兵眼露精光，渾身肌肉滾圓，散發著騰騰熱氣。號長沒有改變他平時近乎懶洋洋的態度，左手往前一伸，對小號兵說：「請吧！」這後輩連連行了五六個舉手禮說不敢。號長不再理他，右手舉號，喇叭在夕陽裡金光一閃。他沉靜的望著遠方，沉靜的吹奏起來，號聲就像河水一樣緩緩的流出去，波紋微微，清可見底。他吹了大概兩分鐘，停住，轉過臉看看小號兵。小號兵喜洋洋的接著吹下去，吹的是同一個調子，他拚命把號音拔高，恨不得一下把號長衝個東倒西歪，吹到最後幾拍，簡直要從號筒裡冒出硝煙來。

兩個人輪流吹奏，變換各種不同的曲調，我叫不出那些曲調的名字，也從沒有想到一把號可以吹出這麼多東西來。挑戰者發動了一波又一波猛攻，火藥氣裡夾著靈巧的花腔，口水從號筒裡流下來，點點滴滴連成細線。他一臉火紅，時時把一根指頭伸進軍帽去挖弄躁癢的髮根。他越吹越累，也越吹越響，號音裡充滿了誓不甘休的意味。不管他的吹奏有多囂張，他的立正姿勢你可挑不出毛病來。號長呢，依然懶洋洋的站著，那神情就像獨自練號一樣，一副無所為的樣子，他的號音依然平淡。可是越來越沉實，河水聚成了湖，湖水匯入了海，好像完全不知道正在受人攻打。我突然發現，號長的神態是那麼安詳，眼裡的紅絲全不見了。

5

這場競賽的結局是我們那個年齡的人想不出來的。號長趁著挑戰者拚全力作最後一擊的時候舉起號來參加合奏。照慣例，這表示掛起免戰牌要求結束競爭。小號兵的號音裡立刻充滿了勝利的狂喜。他吹號如同在結婚迎親時吹奏嗩吶。號長的聲音沒有示弱，也沒有逞強，那聲音又寬又厚，總是覆蓋著對方的聲音，包裹著對方的聲音，又像是提攜著對方的聲音。小號兵無論怎樣奔竄跑跳，總是脫不出一個無形的重圍。小號兵苦戰到底，吹到最後，先吸足一口氣，盡他所能把最後一個音符拖得很長。他想用它代替凱歌。他沒料到，在他氣促力竭之後，號長的餘音仍在延長，升高。那聲音如此完整，如此自然，沒有斑痕，沒有裂紋，沒有折斷後焊接的痕跡。那個悠然的長音好像無窮無盡。筋疲力竭的小號兵，他的臉色始而驚愕，繼而黯淡，終於興奮。他向號長舉手注目為禮，到號長的軍號放下來，他的手還在帽沿；到我們的掌聲停歇，他的手還在帽沿。

這個一度沮喪的小夥子野心勃勃的說：「老前輩！我拜你做老師，請你教我吹號！」號長上前一步，把小號兵的右手從帽沿上扯下來，握緊了，搖了兩搖：「哪兒的話！你有你的老師，這可使不得！」小號兵把手抽回來，咕咚一聲跪在地上，說：「老前輩，請你收我，我不走了！」號長突然矮了半截，原來他也跪下了：「老弟，你快起來，你不起，我也不起。」

我們這些幼稚的觀眾居然嘩啦嘩啦笑出聲來，弄得跪在地上的兩個人都青了臉。幸虧炊事班長從人叢裡擠出來打圓場：「你們這是幹什麼，別忘了穿的是軍服呀！」他伸出雙手把小號兵捧直了，還替他撲掉褲管上的土；號長這才站起來，客客氣氣的說：「老弟，我老師立下的規矩，不到五十歲以後不能收徒弟，今天真是非常對不住！」小號兵閉緊了唇，脫下軍帽來不停的擦汗。

我看見號長送這個可畏的後生出門，回來倚在司令台的邊沿發呆，就上去問他：「你不是想收徒弟嗎？為什麼不要他？」良久，他長吁了一口氣：「徒弟，難啊！」

這是怎麼回事？我們不懂。倒是炊事班長了解他：「號長哪裡是想徒弟？他是想兒子；再說也不是想兒子，他是想老婆！」

6

那年入春就有鄰省缺雨的消息，接著，麥子沒有收成，高粱、黃豆又都枯死了，鄰省的居民知道這年的秋冬沒辦法活命，就向我們這一帶逃荒，報上的標題字越來越大，號長也不談徒弟了，炊事班長也不談號長的婚姻了，大家談的是災民。

我們的學校在城外，每天有伙食委員推選的「採買」進城採辦副食，天天帶災民的消息回來。城裡有許多外地來的乞丐。也有憔悴昏迷的母親，敞開乾癟的胸膛，抱著氣息微弱的嬰兒，坐在街角等死。一個女同學由城裡回來以後號啕大哭，說是殺死了一個人，大家驚問是怎麼一回事，她說她聽見菜市外面有初生的小貓啼叫，一時好奇，朝著聲音的來處尋找，找到那麼一個母親，抱著那麼一個小孩，小孩正在哭，母親的頭靠在牆上，閉緊了雙眼，奶子掛在胸前像兩個倒空了的熱水袋。母親的臂彎鬆鬆的，沒有一點力氣。這位女同學正好剛剛買了一個饅頭，就撕下一塊放在小孩的嘴裡。小孩不哭了，努力的咬嚼，用心的吞嚥，她看了暗暗高興。誰知片刻以後，小孩不嚼了，不嚥了，也不再哭，眼像他母親一樣閉上，脖子變得更軟，兩手也靜靜的停下來不再抓母親的胸脯。孩子竟然噎死了！那母親仍然靠牆瞑目而坐，用鬆鬆的臂彎承受孩子身體的重量，好像什麼事情都沒有發生一樣。那女同學一面哭，一面說，別的女同學一面勸，一面自己也擦眼淚。

過了幾天，報上說縣政府對災民有了妥善的安置。「採買」告訴我們，城裡大街兩旁全是用蘆席搭成的三角棚，那就是災民的家，男女老幼都擠在棚裡。這幾天青菜漲價，有一個菜販嚷著說，某處有一座菜園，管園的人頭一天晚上還打水澆菜，第二天早晨開門一看，滿眼光禿禿一片土，黃瓜、茄子、四季豆，全不見了，連整畦整畦的蘿蔔葉子也沒留下。一夜之間，災民把整園青菜偷個淨光，青菜的來源減少，菜市上有缺貨的現象。這回沒有人哭，想想那菜園主人的狼狽相有些滑稽，我們都笑了。

7

廚房旁邊有一排水缸，廚房後頭也有一排水缸。早晨，炊事兵把稀飯挑出來，倒在旁邊的缸裡，給我們做早餐，飯後，他再把缸洗乾淨，把髒水倒進廚房後面的水缸裡存著，沉澱著，按時把缸底的稠糊賣給農家餵豬。每天下午，廚房旁邊的缸裡貯滿開水，誰渴了，誰就抄起刷牙用的搪瓷杯，舀起一杯一杯開水，蹲在缸旁喝個夠。

我去喝水的時候，缸裡的水已經不多了，在那麼多的漱口杯舀過之後，缸口冒出來一股牙粉牙膏味兒。把水杯送到嘴邊，又聞見一股腐爛的氣味。我不相信開水也會腐爛，就放眼搜尋這氣味的來源。找到了，晚風輕輕的掠過廚房後面那一排缸的缸口，沿著廚房的後牆，換一個方向，斜斜的向我拂來。

怎麼？有一口缸的缸沿上擱著一顆人頭？不錯，是人頭，頭髮太長也太亂，遠看只有七分相像。長髮在風裡飄動著。這顆頭抬起來了，頭髮蓋著一個發白的圓片兒，準是那個人的臉。然後，我看見兩條很長的手臂，繩索一般從缸底提上來，雙手捧著一些東西，像兩條黑色的繩索末端打一個淡黃色的結。那人伸出嘴來去吮吸那個水淋淋的結，發出嘖嘖的響聲，啊？災民？我驚出汗來，心裡想：「那缸裡的東西怎麼能吃！」嘴裡說的卻是：「你想幹什麼！」我的聲音太大了，身影又隨著搶步向前，嚇得那人啪噠一聲把手裡捧著的東西丟進缸中，踉踉蹌蹌的逃開。我剛才喝下去的開水馬上變酸了，心裡難過，又後悔自己做錯了事。

8

學校裡沒有飯廳，一天三餐都蹲在操場裡吃，十個人圍成一個圓圈兒算是一桌。別看設備簡陋，進餐的紀律還是一絲不苟：吹開飯號，各個就位；值星喊立正口令，大家起立；值星向教官敬禮；教官答禮；值星發口令「開動」，大家蹲下，姿勢是左膝較高，右膝較低，左手端著飯碗，左肘彎曲，肘尖撐在左腿上。進餐的時間很短，時間到了，哨子一響，就誰也不能再動碗筷了。有一件事我們做不到：光吃飯，不挑米。米飯裡有稗子、沙子、稻殼、老鼠屎、蛀蟲的屍首，叫做「抗戰八寶飯」。你沒有辦法只吃不挑，吃得匆忙，挑得也匆忙，難免把應該吃下去的東西挑出來丟在地上。一餐飯吃完，地上布滿了飯粒，幸而有成群的麻雀早已在空中在樹上在屋頂上等著。等到一聲解散，人讓位，麻雀從四面八方落下來，把滿地殘屑收拾乾淨。一切不成問題，唯一的問題是學校附近的麻雀特別肥，招引了許多小孩子來打麻雀。

我們的學校只有三面圍牆，第四面牆倒坍了，操場和田野連接，我們可以看見莊稼、樹林、亂葬崗子和來捉麻雀的小孩子。我們吃飯的時候，有幾個孩子站在農田和操場毗連的地方朝這邊張望，我們沒有放在心上。可是小孩子越聚越多，大人也出現了，看樣子是一些做媽媽的，站在孩子背後。飯罷，人群散開，那些孩子和麻雀爭先，一齊湧進飯場撿飯粒，孩子們撿一粒米放在嘴裡，再撿一粒放在左手手心裡，再撿一粒放進嘴裡，……孩子們彎著腰，頭比屁股低，不停的移動，姿勢像鳥。衣服破了，布條布片在風裡飄著，像羽毛零落的鳥。他們的母親遠遠的站在農田裡望著孩子，欣賞的望著，淒楚的望著。這一次麻雀占了下風，孩子們跑回母親身旁，仰著臉，高高舉起小手，呈獻他們的戰利品。飯屑從小手移到大手裡，兩隻大手謹慎的捧著，反覆檢視了，放近嘴邊去吹掉一些塵土，再塞進孩子的嘴裡。

我們這邊有人哇的一聲哭了，是一個女同學。

這天晚上，誰也沒心情念書，各班代表開了一個晚上的會，決定大家絕食一天，省下主副食救濟災民。報告到了分校長那裡，他說：「絕食怎麼成！改成節食吧！」

9

「你去看過災民沒有？」沒有。「啊，你應該去看一看。」起初我沒把這話放在心上，後來問答的次數多了，不去看看彷彿是一種過失，就決定去一趟。

進了城，問災民住在哪裡。「容易找，你由這裡往南走，再過三條街就能聞見臭味。」

真可笑，我又不是狗，怎能憑嗅覺找路。可是鼻子是五官之一，自然有它的用處，不久我就聞見淡淡的氣味像輕煙一般在空中蕩漾，走著走著，轉一個彎兒進入大街，臭氣就由不可捉摸的游絲變成一堵可以把我推倒的牆了。有時候，臭氣中摻著辛辣，直衝腦門，帶來昏沉。大街兩旁一個挨一個搭著三角形的席棚子，排列得十分整齊，它們不但大小相同，連三角形的底邊都在一條直線上。一個席棚是一個立體的三角形，用最少的材料把一塊小小的空間密封起來，遮雨擋風，住棚的人只能爬進去睡在地上，當然地上也鋪著席子。當初搭建這些席棚確乎經過一番規畫，所有的棚子可以合成一個整齊的圖形，乍見之下，覺得它確實值得一看。

我看見席棚空著，大概災民要出去找東西吃，晚上才回到窩裡來。一個棚裡總要擠上三四個人。這個臨時的家是沒有廁所的，就像沒有廚房沒有客廳一樣理所當然。災民只有在席棚附近隨處方便，幾個星期之後，無情的惡臭就把這條街封起來，人人避讓，只有災民自己可以進入。街上本來就有的住戶和商店，乾脆把大門和臨街的窗子都用木板釘死，改從後門通行。我倒退兩步站定，暗想既然來了總得仔細看看，就從街道中心勇往直前，一面走一面左顧右盼，看來看去都是一樣的棚，一樣的席，席下面是一樣的石板路，席上面有汗水的漬印、嬰兒便溺的漬印。走著走著發現有一個棚頂上貼著紅紙條子，上面寫著「災民住處，君子請進」。這是什麼意思？我上前一步往棚裡看，席上盤腿低頭坐著個小媳婦，不，也許是個大姑娘，總之是個女的，年紀輕輕。我好像明白了，又好像不明白，恍惚中只知道這地方待不得，吩咐自己快跑。跑之前也沒有先決定方向，到後來竟然迷了路，在陌生的大街小巷裡做了半天無頭的蒼蠅。

10

「你去看過災民沒有？」又有人這樣問我。我說去過。可是人家有新問題：「遇見號長了沒有？」這倒沒有。號長去做什麼？他鑽到席棚底下做「君子」。他怎麼會？怎麼不會？四十多歲的光棍兒。咳，他這個老好人！不錯，好狗也吃屎是不是？你聽誰說的？炊事班長說的。炊事班長的話靠得住嗎？啊，這個，不可一概而論，如果他說今天午飯下鍋的米是幾斤幾兩，這話大概靠不住；如果他說號長想女人，倒是大概靠得住。唉！教我信這句話，我不甘心；教我不信，又沒有辦法反駁推翻，只好坐在那裡悻悻然。

我一臉悻悻的神色保存到再見號長的時候，他腆著肚子來找我。他說，災民實在可憐！我說，是啊，災民住宅，君子請進！他說，真可憐，賣兒賣女的人都有！我頂他一句：你也乾脆買一個算了！他頓住，不出聲，半晌，「我可沒做過傷天害理的事情。這半個月我一直拿不定主意，要是我買一個回來，究竟是虧了心，還是積了德？」他好像是問別人，我搶先回答：「這要看你買的是個什麼樣的人。」我的心不夠狠，下面的話到了嘴邊，說不出來。

號長十分誠懇的說：「老弟，我是想買個徒弟！」我聽了一怔。「江南號聖只有我這個徒弟了，我得替他老人家傳下去。這些日子我常到災民住的地方去轉悠，找到一塊材料。這個孩子將來也許趕不上大師兄，但是比我強。十四歲了，我當年遇見號聖也是這個歲數。」我喃喃的說：「原來你是去買徒弟啊？」他歎了一口氣：「我這人天天晚上睡覺以前先摸摸良心。我從野戰軍下來，先轉到軍法處，行刑隊槍斃人犯的時候我掌號。我的號音不落，劊子手的子彈不響。我就盡量把號音拖長，讓那人多活一會兒。」我歉然說：「號長，那就買吧！」他拍拍我的肩膀：「老弟，你贊成就好。這件事說大不大，說小不小，總得白紙黑字寫下來有個憑據。所以嘛，你老弟得去動動筆。」

他是找我去寫契約。

11

見面的地方是城裡一家小飯館，做父親的早已帶了孩子在門口等著。孩子真瘦，下巴尖得可以插在地上，胳臂腿都細，顯出彎曲的骨節來。兩耳張開，薄得近乎透明。只有一雙眼睛特別大，骨碌看人。他父親的頭髮差不多全白了，鬍子碴兒也閃著星星的寒光，臉上有皺紋、黑斑、混濁失神的眼珠，一副老人的模樣，我還以為是爺爺帶著孫子呢！號長摸摸孩子的頭，憐惜的說：「進去吧，我們先開飯。」孩子夠機伶，立刻跑進去占了一張大桌子，喊：「爹，這裡！」他爹一舉步，腿一軟，身子往旁邊一歪，被號長一把抓住胳臂：「你的腿不大方便？」做父親的倔強的說：「沒什麼，在家鄉求雨，一步一跪走到龍王廟，地上的土像從油鍋裡撈出來一樣燙，好多人的膝蓋燙傷了。」

入座，父親把兒子摟在懷裡。號長吩咐夥計拿饅頭、醬肉、豆芽排骨湯。孩子的身體在他爹胸前擦來擦去，問：「什麼是醬肉？」他爹把臉上的肌肉拉緊了，不作聲。號長大概想緩和一下空氣，用講故事的口吻說：「求雨多半求不下雨來。十幾年前，我在貴省，貴省鬧過一次旱災，老百姓求雨求得發了瘋。我們軍長越看越難看，也越看越生氣，他下了一個命令，教砲兵拉砲上山，對天開砲。當地老百姓嚇死了，以為軍長替他們闖了大禍。誰知道老天也欺軟怕硬，軍長打砲，老天馬上打雷，那天真的下了一場雨。」我說：「這一定是湊巧。」號長說：「當然！不過也有人說合乎科學。」說著，一大盤熱騰騰香噴噴的饅頭上了桌子。孩子兩隻手一齊伸出來抓饅頭，把一隻饅頭塞給他爹，對另一隻饅頭張口就咬。做父親的立刻把饅頭奪下來送回盤中，饅頭上箍著一道一道黑手印。孩子的手伸出來像雞爪，長長的指甲縫裡窩著一灘黑泥。號長說：「先洗洗手吧，手越乾淨，饅頭越香。」吩咐夥計打水。孩子只肯把一隻手交給他爹去洗，另一隻抓住饅頭不放。

12

飯桌上，孩子一再催他爹：「你吃啊，怎麼不吃？」號長勸了又勸，做父親的只喝了幾口湯。號長對我說：「老弟，你得多捧場啊！要是咱們做主人的不吃，客人就更客氣了。」孩子胃口好，不停的吃，做父親的目不轉睛望著孩子。他忽然抓住孩子的手，抓得很緊：「你飽了，不能再吃了。」孩子掙扎，爹兒倆扭成一團。父親的聲音簡直是哀求了：「你不能再吃了！不能再吃了！」眼淚滴滴答答掉在桌面上，結果孩子答應不吃，做主人的也吃不下去，一餐飯草草結束，夥計收拾碗盤，換上熱茶。

號長望著對方：「咱們談正事吧！」對方垂下眼皮，摟緊了孩子。號長問：「老弟，紙筆都帶來了？」眼睛沒看我，打開隨身帶來的黑布包，外三層裡三層，露出一疊花花綠綠的鈔票。「該談的我們都談過了，今天辦個手續。」他問孩子：「孩子，以後跟我過日子，你願意不願意？」孩子說願意，可是直往他爹懷裡鑽。號長又問那個做父親的：「你呢？孩子以後跟我了，是不是？」等了又等，沒有回音。孩子轉身望他爹的臉：「爹！你答應呀！你答應好了，以後我會偷偷的跑回來，我知道路。」他爹兩眼一閉，白髮抖動，大聲哭起來。孩子喊：「爹！你別哭！」也跟著哭了。號長勸他們別哭，嗓子也啞了。我眼前一片濛濛的水氣，一切景物全模糊了。

這一哭，飯館裡的食客都停了筷子，夥計跑過來，帳房跑過來，連廚房的大師傅也在圍巾上抹著手跑出來。帳房說：「你們的聲音別這麼大，我們還得做生意呢！」把哭聲勉強壓下去，變成抽噎的反抗。鄰桌有個軍官好像知道我們是誰，他在起身會帳的時候對號長說：「我知道你是好人，可是今天這門子事，你是要拆散人家的骨肉啊！」號長一聽，臉孔也板硬了：「老弟，咱們走。夥計！算帳，外加十個饅頭、一盤醬肉，給這位老鄉帶著！」

13

報上說，老天到底下了雨，當局已經訂出辦法幫助災民回家，讓他們回去過中秋。

這才想起中秋快到了。

這才想起自己不能回家。

中秋到了。說也奇怪，這天果然比往日冷，比往日淒清，風裡黃葉的響聲比往日空洞。中秋是一道催愁的符咒，是一帖使人虛軟的瀉藥，是使你和老師和同學忽然疏遠了的離間計。這天我們的心臟下沉，味覺遲鈍。這天晚飯特別加菜，廚房裡端出來大盆大盆的紅燒肉，可是那一點熱氣、那一點香味，怎禁得無邊秋風？伙食委員得意洋洋的宣布：「多吃啊，吃飽了不想家！」其實肚子飽，精神足，想起家來才入骨三分哪。

要是老天也在這裡下一場連陰雨，教你在中秋晚上心不甘情不願的倒頭睡了，倒也好。怎奈出了個這麼大這麼圓的明月，教人睡也不是，醒也不是，站也不是，坐也不是，一半像中了邪，一半像得了夢遊症，無聲的，恍恍悠悠的，向室外走去，向溪邊走去，向田野走去。為了跟月接近，有人寧願向埋葬無主屍骨的丘陵走去。河堤上，碉堡的頂上，都是我們。這時心裡哀也不是，樂也不是，只是在冷清裡想一種溫柔，在現實裡想一陣茫然。這天晚上取消晚點名，不吹熄燈號，任憑每個人坐在自己的地球上，望自己的明月，浪漫個夠。

我們各人聽自己的秋蟲。

我們各人承受落在髮上臂上的露珠。

月亮到我們頭頂上來了，由於更加明亮，變小了。清光注滿大氣，流瀉漫山遍野。我們如同坐在湖中，坐在冰上，坐在雪裡。這時，如果是在家裡，該有一隻手輕輕為你披上一件溫軟的衣服了吧。……秋蟲的鳴聲漸稀，露水把沒有人坐過的地方染成深黑。秋蟲也有睡眠的時候嗎？這時，如果是在家裡，應該有柔聲呼喚，催你上床了吧。月亮偏西了，月光引起的惆悵，引起的想像，形成一副重擔，壓得我們永遠坐在那裡，不能起身。我們甚至連改變姿勢的氣力也沒有。月神把我們點成了化石，一種會流淚的化石。

14

就在這近乎麻木和自棄的時候，號聲響了，老號長似乎沒有睡。今夜，他似乎罣念我們。他似乎把教官宣布暫時廢止的熄燈號斷然恢復了。他要提醒我們夜深了。他要催我們上床，勸我們珍重。今夜的熄燈號比平時低沉一些，比平時緩慢柔和。號音像暖流一樣沖刷我，由我的頭頂沿著脖子灌下，使我全身酥麻。我沒有動，別人也沒有。可是號長繼續在吹，吹了一遍再吹一遍。他不喚回我們的靈魂、我們的知覺，誓不罷休。他用即生即滅的號音和萬古千秋的月魄競爭。一遍又一遍，他吹出那有厚度的聲音，有磁力的聲音。一遍又一遍，號聲裡綜合了簫的聲音，琴的聲音，母親的聲音，愛人的聲音。

一遍又一遍，他簡直要把月光吹熄。

一遍又一遍，他終於把一塊塊化石吹醒。

那天夜裡，我覺得吹號真是迷人的事業。我幾乎想去問老號長：「你還願意收我做徒弟嗎？」

輪到我做伙委的那天，我在廚房裡想起號長。

「號長找到徒弟了沒有？」

炊事班長沒有正面答覆。他說：「他這個人哪，總以為自己了不起。其實哪一把軍號不是一斤五兩銅？哪個號兵不是一天二十四兩米？再說，抗戰終歸要勝利的，將來天下太平，刀槍入庫，號兵還不是都要改行？」

這以後，我看出號長的神情落寞，不過他吹號似乎越來越用心，越吹越有感情。我判斷他還要找個傳人，只是不知道他下次怎麼個找法。

申包胥

1

「申包胥」是一個同學的綽號，簡稱「老包」，這兩個稱呼都有來歷。他入學比我晚，分到我們這一班，鋪位在我下面。這時學生名額已滿，停止招生，他能夠破例錄取，我還以為是什麼人的子弟哪，後來才知道不是那麼一回事。

他來的那天是星期六，那是春天。我們住的那一排寢室，窗外就是一片柳林。第二天是星期天，起床的時間比較晚，朦朧中先聽見鳥叫，我覺得身子底下有一股熱流徐徐浸過來，醃得我好癢。迷迷糊糊中以為自己溺了床，急忙伸手摸索，摸出來是新來的這位仁兄褥子先濕了，再從水泥石子磨成的地面上氾濫過來。他的年齡比我大，尿臊又特別刺鼻，而此刻他的一顆大腦袋還甜蜜的、滿足的放在枕頭上，實在豈有此理。我毫不客氣拿拳頭搗他，把他弄醒了。

他骨碌一轉身離開鋪位，一句話也沒說，先把我的被子疊好，褥子揭起來，再去弄自己的。然後他把兩床臊烘烘濕漉漉的褥子捲起來，抱個滿懷。不用說，這是要找地方去曬。看樣子，他處理這類事件還滿有經驗呢！虧他那麼大的個子！今天是星期天，院子裡准許曬衣服，要不然，只有連夜用自己的體溫去蒸乾了，那有多難過！

他做事挺認真，曬好了褥子，就打了一盆水回寢室擦地，把有尿的地方弄乾淨，再回到褥子旁邊守著，掏出一本書來念。倒是個用功的學生！可惜不大懂得人情世故。

2

星期一輪到我在課堂裡值日，值日生有一項重要的工作，就是替老師擦黑板。我們除了用石版在當地翻印的教科書外，沒有別的補充教材，只有靠老師在黑板上猛寫，我們猛抄，值日生也就時時要登上講台做老師的助手。每次擦完黑板，回身向講台下面目光一掃，這位新同學的大腦袋最引人注意，由於剃光了頭，頭皮和臉面的界限不那麼清楚，他的腦袋是個很惹眼的目標，尤其是當他睜大了眼睛專心聽講的時候。

這人沒有跟我說「對不起」，我倒想跟他談。我看他的筆記東一個破洞、西一個破洞，有破洞的地方就有一灘墨水，把附近的字都淹了。我說：「我們用的這種土紙很粗糙，不能用蘸水鋼筆寫字。」那該怎麼辦？這一下顯出學長的權威來，這得用當地一種植物的稈，曬乾了，用刀片削尖，蘸著墨盒裡的黑墨寫字。這種自製的筆尖容易變禿，禿了再削尖，就像用鉛筆一樣。所以一張刀片，一把「筆稈」，是每個學生必備的文具。他沒有，我送給他。我還告訴他怎樣用破碗做一盞油燈，怎樣截斷玻璃瓶子用瓶底做個墨盒。

這一來，熟了。晚上，鑽進被窩以後，他悄悄央告：「求你一件事好不好？」我問什麼事這麼重要？他說：「以後，星期天早上，你如果醒得早，一聽見鳥叫就別讓我再睡了。你踢我打我都可以，一定把我弄起來。」為什麼一聽見鳥叫就不能再睡了呢？這個，「我一聽見鳥叫就溺床。」

這事兒新鮮，我要追問，他不想說，終於說了。他爸爸只有他這麼一個兒子，從小就十分疼他，每夜總有兩三次起身，把他捧在手裡，對準尿盆吹口哨。無論他睡得多麼熟，他的小便總會隨著口哨的聲音稀里嘩啦射出來。他小時候從沒溺過床。可是鳥聲跟他爸爸的口哨很相近，所以……

我在黑暗中笑出來，我覺得太滑稽了，這個長不大的嬰兒！他的腦袋雖大，不過是嬰兒戴著個大面具罷了！

我不知道我根本不該笑。

3

我們學校剛剛成立的時候，學生很少，早先入學的幾批學長簡直成了寶貝，貴為總司令的總校長還特別召見了他們。後來聞風而至的淪陷區青年越來越多，校本部之外接連增加了四個分校還容納不下，校方只好交給衛兵室一張「名額已滿、停止收容」的布告。就在這時候，「申包胥」來了。衛兵讓他看布告，他站在校門口苦苦哀求，這當然是沒有用的。他哭，哭也沒有用，他就在校門外斷斷續續的哭，一直哭到半夜。

正看學校是一堵高牆，把路切斷了，把牆裡牆外隔成兩個世界。轉身看校外田野裡一片低低矮矮的茅屋，那是教職員的宿舍。天黑以後，原野如海，一片小茅屋猶如水面上的浮草，在這種環境裡聽一個大男孩的哭聲會令人心酸。分校長本來上了床，翻了幾個身又起來，穿上那一套厚呢中山裝，連風紀扣都扣好。他出門的時候又戴了呢帽，拿好手杖，一絲不苟的走出來，來到申包胥面前，莊嚴的打量他，對他說：「不要哭！本校收容你，你明天早上可以報到！」

那幾天，國文老師正在講授申包胥哭秦庭的故事，這位新同學就有了這麼一個外號。外號響亮，反而把本名埋沒了。我們發現他反應有些遲鈍，除了念書以外，什麼都做不好，連掃地也掃不乾淨，而他伸直了脖子，睜著並不怎麼黑也不怎麼亮的大眼睛朝著老師專心聽講的時候，模樣十分可笑。本班的同學開始叫他「老包」，這個包是菜包，形容不中用。

不過他很用功。上課時從不遲到，從不打盹，從不要求上廁所，除了抄筆記，就是睜大了眼睛朝著老師。他抄筆記的神態像五月間割麥的農夫，興奮，然而緊張辛苦。開班會開同樂會的時候，他縮在眾人背後念書，不理會滿屋子人聲。吃飯的時候，他注意的不是湯盆裡的油星菜葉，不是米飯裡的稗子沙子，他多半瞪著空氣扒飯，筷子慢慢停下來，嘴的咀嚼有一下沒一下，忽然放下筷子，從口袋裡掏出課本來打開，等他的問題解決了，飯菜也被大家搶光了。這樣怎麼能吃飽？可是他從沒嚷過肚子餓，腦袋也仍然那麼大。

4

太用功了也會出毛病。有時，熄燈號吹過了，他還點著燈，同室的人大聲指責他，才吹了燈、倒下去，喃喃背誦。到背不出來的時候他就披著衣服拿起書本往外走。教室裡也有燈，不久，窗上紅光一閃，我知道他開夜車去了，也料到教官會當場逮住他。教官好像不吃不睡，無所不在。教官站在窗外，教他出來，他抱著書本搖搖擺擺。把書放下！他把書裝進衣袋裡。跟我來！他跟教官進了操場。「聽我的口令：跑步走！」他就繞著操場，跑了一圈又一圈。他自己也不知道跑了多少圈。他也許根本不知道自己在跑。跑著跑著，廚房裡忽然燈火通明，他立刻離開了教官指定的路線，向有光的地方撲過去，掏出書來就著光看幾行，原來他一面跑一面背書呢。教官又好氣又好笑，掄起大拳頭去捶他的肩窩。拳頭重重落下，在暗夜裡撲通撲通響，打得他一步一步往後退，退到操場裡，肩也斜了，帽子也歪了，書也掉在地上。可是還得繞著操場一圈一圈的跑。

壁報比賽是一年一度的大事，各班都集中人才，祕密進行，從設計，約稿，插圖，到編寫，都惟恐本班的構想給別人偷了去。大家夜以繼日的忙，一心希望在公開評判的那天勝人一籌。我們這一班公推老包擔任製作壁報的最後一步工作：抄寫，他的毛筆字比別人好。到了公開評判的前夜，班長何潮高在附近人家借了一間屋子，擺好文房四寶，替老包買了點心，也拍著老包的肩膀打了氣，要他連夜辦好。這件事錯就錯在沒留下個人陪他，別人都太累了，想回去睡一覺。第二天黎明，剛作完一嗚驚人的夢，興沖沖跑來拿壁報，只見老包倒在炕上呼呼大睡，點心是吃光了，墨水也用掉大半瓶，可是壁報呢，紙上大半是方程式，他演算了半夜的數學題！我們那位幹過游擊隊長的班長氣炸了，揪住老包的大耳朵，把那個大腦袋提起來，老包的大眼睛還沒有睜開，嘴角鼻孔先出了血，他醒後舐著鼻血發呆，還不知道是怎麼一回事。班長交不出壁報只有交人，級任導師花了四十鐘時間教訓老包，十分得意的告訴他「讀書不可不用功，不可死用功；做事不可不負責，不可太負責」，明明看見老包半臉浮腫，鼻孔淤血，也沒問是什麼原因。

下午，布告貼出來，老包記大過一次。

5

老包有精神病？我不信。可是有人這麼說。惡名傳開了，有些人只是為了這樣說很有趣。他們說，能站在校門口哭到半夜，就不會是個正常的人。我說，老包很正常，他是個書呆子。我見過真正的書呆子，你們沒見過。

老包在課堂上從來不發問，有一天忽然破了例。他拿出一張字條來，上面寫著十幾個英文單字。「這些字到底怎麼念？」老師把單字寫在黑板上，叫別的同學念念看，老包說：「我早問過他們了，每個人的念法都不一樣。」老師認為他們沒有念錯，就自己念一遍示範，老包說：「你念的跟他們不同。」老師再念一遍，「你這次念的又跟剛才念的不同。」老師拉長了臉，伸手向門外一指：「你要是不想上我的課，可以出去！」不再睬他。唉，老包真呆！太呆了！

晚自習的時候，老包問我：「你有好信紙沒有？」我有半本白報紙印的十行箋，揭下兩張給他。他聚精會神寫信，功課丟在一邊。看樣子寫來寫去不滿意，撕碎了，揉成一團。第二天早自習又來要信紙，我實在好奇：「做什麼？寫情書嗎？當心再記一個大過喲！」他接過信紙就走，不理我，很像是要寫情書的樣子。如果老包寫情書，一定造成大新聞，接信的那個女生說不定把信交給訓導處。咳，書呆子何必找這個釘子碰。我是不是應該勸勸他？

6

中午有一小時的休息時間，我說：「老包，跟我來！」我帶他穿過操場，走上田邊的小路。他茫然站住，回身張望，問：「這裡怎麼沒有圍牆？」我的天，你真呆，到現在才發覺這一面沒有圍牆，操場和田野是相連的。這裡原是工廠，戰爭在這裡經過的時候，敵機朝工廠投彈，炸倒了一面牆。後來工廠內遷，圍牆沒有修復，學校整理環境，又把地上的磚塊清除了，所以，現在連一點痕跡也沒有了。老包若有所失，站在那裡捨不得離開，對我說：「原來校門口那麼高的牆是騙人的，我要是早知道這一面沒有牆，就不會站在大門外哭那麼久了！」

呆子！走吧！到哪裡去？你看見那幾間小茅屋沒有？那家人家做豆腐賣，我請你去喝碗豆漿。我不去！為什麼！不愛喝豆漿。為什麼不愛喝？不愛喝就是不愛喝！唉，你別輕看了這碗豆漿，這可是我們流亡學生的一個大排場，沒有九分的交情不會要你去！好吧，告訴你為什麼不去，我家就賣豆腐，我爹死了以後，我每天五更起來幫我娘磨豆腐。磨豆腐真辛苦啊，人做畜生的活兒。這裡辦學校，我娘教我來，我來了，誰幫我娘呢？我見不得那盤磨啊！

7

我想，老包既是負了這麼大的期許而來，更不能再犯錯誤。於是追問他的情書。他呢，像是控制不住了：「我要告他們，他們不讓我報仇。我非告他們不可，他們不讓我念書。」爆出一串話來。誰呀，你是說誰呀，誰不讓你念書？「他們把我爹殺了，還要殺我。我娘教我逃出來念書，念完了書報仇。我娘一個人在家裡磨豆腐。可是他們不讓我念書，我念書，他們打我。我念書，他們記我的過。我要寫信去告他們！非告不可！」

我說：「慢一點！誰殺死你爹？當地的漢奸頭目是不是？」是！「誰記你大過？咱們學校是不是？」是！「這兩件事風馬牛不相及，你怎麼扯在一起？」他的豆大的淚珠掉下來：「他們也是漢奸，跟我的仇人一夥。」我大喝一聲：「你放屁！這是誰告訴你的？」他嗤的一聲，從鼻孔裡竄出兩道濃痰似的鼻涕，邊哭邊訴：「你不知道他們有多狠多毒。他們押著我爹上法場，我爹的胸脯挺得高，他們割掉我爹一隻耳朵。（我打了個寒顫，看看老包的大耳朵。）我爹還是挺著胸脯走，他們就挖掉他一隻眼。（又打了個寒顫，看看老包的大眼睛。）他們有一個規矩，要我爹跪下才開槍，我爹不跪，他們就打斷了我爹一條腿。」他張開大口，露出血紅的舌頭：「我要報仇！我要報仇！」他喊一句，捶一下胸脯，跺一下腳：「我要報仇！我要報仇！」

他的樣子十分可怕，跟我見過的書呆子不同。我撇下他逃回教室，心裡喊給自己聽：「老包瘋了！」

8

總校長要來訓話，全校立刻忙成一鍋開水。

總校長不常來，他要管兩個軍，沒有多少工夫管這個學校。他到哪裡都戴著一副白手套，白得連皺紋都沒有。他的部下都怕這副手套，怕他戴著手套這裡摸摸，那裡摸摸。他常說，當年日本的一個將領到俄國的軍艦上參觀，用戴著白手套的手扶著欄杆，事後在白手套上發現汙漬，這日本將領斷定俄國海軍的訓練不行，士氣也不行，打不過日本海軍。後來日俄戰爭發生，俄國果然打了敗仗！他這副白手套就是提醒部下要以俄國的覆轍為鑑！可是擦乾淨一艘軍艦，容易；擦乾淨一座營房，難！他那耀眼的手套，代表十分嚴格的、幾乎無法達到的檢查標準，使人憂愁、使人膽戰心驚。

他對部下的要求很嚴，軍中流傳著一些關於他的小故事。有一次，他去視察幹部訓練班，受訓的學員推出代表來見他，抱怨米飯裡的沙子太多。

「你們都是來抗戰的嗎？」他在訓話時問全體學員。大家齊聲應「是」。

「抗戰是要拋頭顱灑熱血的。死都不怕，還怕飯裡有沙子？叫伙夫來！」炊事班長來了，不知道有什麼禍事臨頭，緊張得要發抖。

「你給我聽著！」總司令下命令：「以後煮飯的時候，在米裡摻幾碗沙子！」

有時候，他的故事也充滿了人情味。一天早上，一架偵察機忽然飛臨上空，號兵急忙吹起緊急空襲警報。這時正是早餐時間，我們正在排隊喝稀飯。

在螺旋槳隆隆聲中，有一些同學急忙離開操場，疏散了，還有一些同學朝著盛稀飯的缸一擁而上，都想趁這個機會多撈一碗。於是在操場的十幾口稀飯缸的周圍擠成了十幾個人疙瘩。而飛機正在他們頭上盤旋著。

這時，總校長突然來了，他問這些學生在幹什麼，他的隨從在觀察之後對他說，這些人正在搶稀飯。

搶稀飯的高潮過去了，空襲警報也解除了，那架偵察機屬於我們自己的空軍，剛才是一場虛驚。總校長在空空的稀飯缸之間走來走去，沉吟良久。

「叫伙夫來！」他對炊事班長下了命令：「從明天起，稀飯要管飽，管夠，如果米不夠，由總部補發。稀飯不夠喝，我找你負責！」

炊事班長連聲諾諾，當然這個命令是間接對學校當局下達的，我們從此能夠舒舒服服的吃一頓早餐。

總校長一直不來，我們會覺得有些遺憾，現在他要來，又教人戰戰兢兢，不知道他的白手套要朝哪裡摸，也不知道他會在我們缸裡添稀飯，還是在飯裡添沙子！

9

有些消息彷彿有根有據，但是你又沒辦法知道它是怎麼來的。傳說總校長這次來是為了追究一封信，有人寫信向教育部告狀，把我們的學校罵得一文不值。總校長大怒，他拍了桌子。

老包說過要告狀，難道他真的幹了不成！這個精神不正常的人，我得問問他。

老包變了臉色，不過胸脯是向前挺的。「我不怕！好漢做事好漢當！」

我歎了一口氣：「聽人勸，吃飽飯。你怎麼不聽勸呢？如果你沒寫那封信有多好！」

我跟他實在沒有工夫多談了。這天，號兵站在滿地的月光裡吹了起床號，操課全停，早飯和午飯併成一餐，大家分成許多小組整理環境。先是整理內務，用板子夾，用牙咬，把被子疊成有稜有角的豆腐塊，內務整好，就誰也不許再進寢室了。然後是教室：黑板要擦乾淨，板擦上的粉筆灰要拍掉，地要洗過，有些同學總是一面聽課一面摸出蝨子來就地正法，地上深一片淺一片塗著蝨子的血肉。座位雖然木石俱全，也得排列整齊成行成線。教室弄乾淨以後，就誰也不准再進教室了。然後是廁所，總校長最愛考核兩個地方：廁所和廚房，他說這兩個地方最容易看出一個團體一個單位的精神。我們得把「廁所文學」擦掉，把一排一排糞坑掏乾淨，把每個糞坑用水沖過，用破布抹過，每個糞坑都像銅器一樣放光，誰也不准再進廁所。

然後是每個人洗臉，刷牙，掏耳朵，剪指甲，換襯衣，穿襪子。然後是打綁腿，紮皮帶，全體集合接受教官的檢查。誰的皮帶太鬆，教官替他勒緊，誰的口袋鼓得太高，教官替他把東西掏出來。總校長預定訓話時間快到了，我們等著。那天我們的心情好興奮，個個幻想自己是參天松柏，幻想總司令坐在飛機上俯瞰森林。可是空中只有雲影和雀鳥。耳語傳來，總校長先到附近的軍部看看。那天我們的心情好焦急，剛剛打掃過的院子又有了落葉，剛剛沖洗過的水泥路又有了雀糞。我們辛辛苦苦疊起來的那些棉花成堆成團的破棉被、舊棉被，會枯萎下垂，凹陷崩坍。而且我覺得膀胱裡有尿。報告！什麼事？小便！不准！總校長到底什麼時候來？他已經進了縣城，先會見警備司令。那天我們等得好傷心，秋天的太陽仍然很熱，把我們這些松柏曬成殘柳，再曬成奄奄的秧苗。太陽用文火把我褲縫裡的蝨子蒸出來，驅使牠在我的肚皮上、腿襠裡騷擾，趁我不能還手的時候欺負我。而且我的尿增多。報告！什麼事？小便！不准！真令人喪氣，但是不可垂頭。

10

等著等著，立正號的號音突然劃破長空，符咒一樣使我們又參天起來。我知道總校長進了校門。下面是接官號，他的靴子正踏在我們洗過的水泥地上，教職員正夾道歡迎。我們傾聽，沒有靴聲，只有稍息號，只有教官高聲朗誦一張名單，把七、八個人叫出去，只有教官的聲音：「你們到校長室去見總司令。」總校長還不能馬上來，他得先跟分校長談談，得先跟老朋友老同事的子弟見個面，看看他們又長高了多少。我們一下子又縮小了。於是我又想起那個問題來：報告！什麼事？小便！不准！當然，這時候當然更不能准！

等到號兵站在我們面前吹立正號的時候，才真正到了總校長登台致訓的時間。太陽已偏西，我們像剛剛在戰場上打過激烈的一仗，疲倦不堪。可是總校長有魅力，我們一聽見靴聲，那些不知藏在什麼地方的精力都膨脹了。我默思立正的要領，檢查自己的姿勢。兩眼向前平視，下顎向地平垂直。我聽見千軍萬馬從身旁經過，強風在身畔把滿林黃葉一舉掃落。兩臂自然下垂，手掌平貼於兩腿外側，中指貼於褲縫。我看見那戴著白手套的手。看見黃呢軍服上快刀裁過似的稜摺。看見斜陽的光線在他黑色的靴筒上彈跳。看見他好像從錢幣上走下來的側影。我的腳跟靠攏，腳尖分開，使兩腳成為等邊三角形的兩邊，竭力把重心放在三角形的中心。我看見了他的高大，等他轉過身來站在台口，我又看見他的寬闊。那個站在他身後一角的分校長就是膨脹三倍也趕不上。他是穿上衣服的一塊岩石，而分校長是披上衣服的一棵竹。

11

他的聲音是洪亮的，第一句話是；「你們給我好好的聽著！」他說地方上有人聯名寫信給中央，說我們這個學校不是學校，是難民營，說我們不是學生，是叫化子。「這兒是不是難民營？」我們齊聲回答：「不是！」他提高了聲音再問：「你們是不是叫化子？」我們也用盡氣力一齊吼叫：「不是！」很好，不是！「你們要證明你們不是。城裡不是也有一座中學嗎？他們有桌子有椅子，你們沒有。他們穿皮鞋，你們穿草鞋。他們吃細米，你們吃糙米。他們自己覺得很神氣。神氣什麼？誰的功課好，咱們比一比。」

總校長提出一個辦法：請教育部出題目，派督學，來考一考這兩個學校的學生，看看究竟是穿草鞋的用功，還是穿皮鞋的用功，看看是吃細米的人優秀，還是吃糙米的人優秀。你們敢不敢比賽？「敢！」能不能爭氣？「能！」你們不怕？「不怕！」有沒有把握？「有！」

我們士氣昂揚，總校長應該滿意了吧？誰料他伸出那戴白手套的食指朝台下重重的點了幾點，語氣嚴厲：「如果你們考贏了，是你們爭氣；如果考輸了，這個學校就不必再辦，我把你們全都編成新兵！」

12

原來是地方人士排外。原來另外有一封信，我該想到老包寫信有什麼用，得地方人士寫信才管用。我想，城裡那些少爺考不過我們。歷史老師常說，穿草鞋的一定能贏穿皮鞋的。我們就穿草鞋，日本皇軍就穿皮鞋。……總校長講到什麼地方了？他在講禮義廉恥。他的訓話短不了，「聽不聽，三點鐘，站不站，兩點半。」我檢討自己的姿勢，兩眼向前平視，兩臂自然下垂，沒錯。他的眼睛厲害，隊伍裡若有一個人沒站好，他立刻可以看出來，就像織布機上斷了一根經線，掩藏不住。知恥，雪恥，他在講九一八和七七。理路有點亂，我的頭腦也有點亂，趕緊收心默誦立正的要領，努力把重心放在三角形的中心。教官說，把重心擺正了，擺穩了，可以永遠站在那兒不搖不動，我不行，我那腳下的三角地帶有一隻旋轉的陀螺，我盡力圍住它，堵住它。總校長現在講的是中庸。我在挺胸，收小腹，圍堵陀螺。重心總是不穩，膀胱裡小便太多。我剛才把小便的事忘記了，現在又想起來。真希望能夠再忘記，可是總校長講到水，講以柔克剛，講有志竟成，講「水要走路，山擋不住」。我的肚子裡就有要走路的水，我正在想搬一座山擋住它。收小腹有些困難，我向上提氣。他講了多久？風已轉涼，腸胃已空虛，勒緊的皮帶又鬆下來，我用力收小腹，提氣，不行，前面有個人頭向下一沉，咕咚一聲，有人暈倒。總校長開始講正心誠意，由正心誠意說到立正姿勢。又是咕咚一聲，這回在我背後。正心誠意就不會暈，重心就會在三角形中心永遠穩定，可是我肚子裡有水要走路，我正在用力搬一座山。它既然不能向下，就索性往上衝，有一股渾濁的熱流衝進了我的腦海，陀螺由腳下飛高變大，成一陣旋風，我是那旋風，那旋風是我。又彷彿聽見了一聲咕咚……

13

總校長走後，我們都變成死用功的申包胥，可是老包卻不見了，他在總校長到校之前突然失蹤，別人都不知道他為什麼跑，我知道。老包如果在這裡，他可以在教室裡開夜車而不受教官的責罰了，那些尖刻的嘴也不會再罵他死讀書、讀書死，說不定還要向他請教功課上的難題。他跑到哪裡去了呢？如果不是我捕風捉影，告訴他總校長要查究一封信，他也許不會跑。想到這裡，我後悔得 e 和 c 都分不清了。

為了「打贏這一仗」，早操和晚點名的時間都縮短。星期天照常上課。早晚自習的時候，班長代表同學們去邀請一位老師坐在教室裡解答疑難，別的班級知道了，立刻模仿採行，弄得教英文、數學和理化的老師要在各班之間穿梭巡迴，相當辛苦。有一班推派班長去見音樂老師，懇求他准許把音樂課暫時改成理化小考，他答應了，我們聽說有這個先例，也跟著提出同樣的請求，於是音樂老師沒有什麼事可做了。同學之間的閒談沒有了，惡作劇沒有了，去小店裡喝豆漿的人多了，為了打贏這一仗而「補充蛋白質」。你會看見有個人忽然兩眼發直，心不在焉，跟老包的神情一模一樣。這時，我會忽然想起老包，心在膛子裡收緊了。

14

老包是個倒楣的人，該在這裡的時候，這裡沒他的分。如果他在，一定可以在考場上出個風頭。……是我害了他嗎？……這種念頭常常在方程式、英文生字和杜甫白居易之間擠來擠去。

日子在緊張中過得昏沉。有一天，我們聽說督學來了，才從昏沉中醒來。這下午，傳令兵到教室裡來，跟國文老師低語幾句。老師抬起臉來朝我，要我帶文具板向校長室報到。我丟下心愛的「抗戰前後」，收拾那塊木板，到寢室去打綁腿，紮皮帶，戴軍帽。我們每人有這麼一塊木板，如果你坐著，就把它鋪在膝上，如果你站著，就把它掛在胸前。我曾經教老包使用這塊板，它就是我們的桌子。它在左上角有一個洞，正好放你的墨盒，它的右上角和左下角各有一個小孔，穿上一根繩子就是背帶。分校長陪著一個瘦小的老頭兒，那人想必就是督學。我在他們面前立正站好，把文具板上的繩子斜掛在右肩上，左手把木板端平了，右手握筆，作出書寫的姿勢，頭卻要抬起來向前看。督學站起來，圍著我轉了兩圈，瞇著眼睛把我上上下下看個夠。「不得了，不得了，我從沒見過這種精神！」他把我自己特製的筆拿在手中把玩，在紙上試寫。「了不得，了不得，這是了不得的精神。」我像蠟人館裡的塑像，姿勢固定，儘他看。分校長說：「考試的時間，學生在大操場裡站著考，彼此離得遠遠的，誰也沒法作弊，這才考出真正的程度水準。」督學說：「這一場比賽，你們要是憑這種精神贏不了，中國還能抗戰嗎？」

督學看過我這個標本，分校長說：「你去吧。」他又叫住我：「你告訴張家雄，我很關心他，他有困難可以來找我，我會替他解決。」我唯唯退出。回到班上，一直思量誰是張家雄。這名字聽見過，有氣勢，只是和那個人連不起來。下課後，我只好問班長老何：「誰是張家雄？」

「張家雄？他就是老包啊！」

15

這次比賽我們大勝。總部送來兩頭肥豬加菜，一百多人排隊進廚房去看那兩隻剝得精光的獎品。

功課鬆下來，對老包更不放心了，尤其是晚上看見身旁那個空位的時候。他有什麼地方可以去呢？千里在外，這個聽見鳥叫就溺床的大孩子？

一天，晚自習的時間，豆腐店老闆來找我，有幾分神祕的樣子。我跟他去了，到他家一看，石磨後面有一雙警戒的眼睛。

「老包！」我一把拉住他，把他拖出來。沒想到他在這裡，他說過見不得石磨，如今想必是事態緊急。

「我今天晚上特地來找你借錢。有錢沒有？」老包開門見山。

我想，他是需要錢。可是我……？

「老包！回來吧！沒人知道你寫信。你的信，進了教育部的字紙簍了！」

「這裡不能久留，」他太緊張聽不進我的話。「到底有沒有錢？借不借？」

「借！」我把幾張零票掏出來。「錢不多。老闆，能不能墊幾個？我來還。」

老闆也拿出幾張零票。我抓起來，塞進他的口袋裡。

「書是要念的，仇是要報的，此處不留人，自有留人處。再見了。」

他搶步出門。我一陣慌忙，在他背後喊了一聲「張家雄！」

他回頭望我一眼，那雙在大腦袋上大而無神的眼睛，使我想起牛眼，想起他父親被人挖去的眼，噤住。

「沒人看見過你的信……」

他掉頭而去，外面一團漆黑。

誰在戀愛

1

憑良心說，我可不想談戀愛。「本校校規第一條：禁止學生戀愛」，這種半認真半開玩笑的警告我已經聽見過好多次了。我深深知道生活在一個大團體裡，追求異性的行動是無法隱藏的，一旦敗露，你就成了一隻待宰的雞，有人用這隻雞的血去鎮服一群猴子，所有的同學，尤其是那些還沒有戀愛經驗的，都來從你身上找尋靈感，編製層出不窮的笑料，長期陷你於窘迫羞愧之中。如果戀愛能夠成功，那麼為了愛情，一切倒也罷了，無如這種事誰也沒有把握，女孩子的專長就是使男孩子傷心，只要想想「我本將心向明月，誰知明月照溝渠」兩句詩能夠在男同學中間普遍傳誦，就不難窺見許多消息。所以，我，一直認為戀愛是傻子幹的事，或者是英雄幹的事，寧願置身事外，貪圖清靜。

可是我有了麻煩，忽然成為戀愛的嫌疑犯。起因非常偶然：上國文課的時候，我在文章裡描述一個夢，夢中的我佩戴了一朵很大的玫瑰花。老師不以為然。「為什麼要夢見玫瑰花？是不是想談戀愛？」我嚇了一跳，因為我們的國文教師就是訓育主任，查察和取締戀愛事件是他應當做而又最喜歡做的事，在他看來，夢見玫瑰真是無聊，不如夢見佩戴勳章。他得過一枚勳章，這是他第十次或者第十五次提起他的榮譽，一面說，一面不斷提起腳跟，挺起胸膛，翹起下巴，努力把他矮小的身材拉長。他強調成大功立大業的人絕不把精力時間浪費在愛情上。愛情使人自憐，使人渺小，使人做出許多可笑的事來，英雄當如希特勒，生活中沒有女人，至少也要像希特勒的忠實幹部，一旦任務臨身，冷冰冰一把推開身旁的女人。

由老師揚著作文簿呼喚我的名字，到他把作文簿摔在教桌上由我雙手捧起，我只是在渾身發熱中聽訓，沒有說一句話。下課後，一向靦腆的小白走近我，細聲追問：「是哪一個？她是哪一個？」他身上散發著香皂的氣味。我皺一皺眉頭，問：「誰是哪一個？」他壓低了聲音：「玫瑰花是哪一個？」我覺得很奇怪，反問：「你也認為單憑夢裡的一朵玫瑰花就可以下結論？」小白瞇著眼睛，聲音裡有近乎女性的柔和：「你剛才幹麼不否認呢？」我恍然大悟，追悔莫及，只好在小白身上亡羊補牢：「絕對沒有這回事！」看他的神情似信非信，我連忙加一句：「誰戀愛，誰遭天誅地滅！」小白給我一個白眼，露出非常不滿意的樣子，伸出握著手帕的手，翹起食指，朝我臉前的空氣輕輕一點，然後一轉身，腰部微微扭動。人家說小白像女孩子，我一直沒有發覺，今天看見他這一伸手，一轉身，暗想：「怪不得有那些風言風語！」我倆在宿舍裡本來褥子連褥子，被子挨被子，沒多久，就有人問我：「小白有沒有半夜鑽進被窩裡來？」我當時不知道這句話什麼意思。最近，班長何潮高特地叫小白睡在他的旁邊，把原來跟他鄰鋪的曹茂本調到我的旁邊來。何潮高是個紅臉漢子，年齡在全校中最大，這一來謠言大興，水泥牆也擋不住，據說連女生宿舍裡也談論起來。不過這件事無論是真是假，訓育主任都不會多管，因為校規沒有這一條。

2

胡思亂想果然有害。國文後面是英文，我一直想：究竟我戀愛了沒有？人家為什麼要說我戀愛？如果我戀愛，我要追求誰？想著想著，忘了是在上課。英文老師的粉筆頭落在水泥地上，彈起來打中我的臉，我這才看見黑板上一行字，老師指著那行字等我翻譯。我見黑板上寫的是「Two to love」，衝口說「兩個人談戀愛」。全班同學哄然一笑。英文老師大怒：「你想戀愛想瘋了！你看，一個零，兩個零，三個單字三個零，如果你們只想戀愛，不想功課，一切都等於零！」

3

這種事情發生在夏天，格外令人煩躁。偌大的校園是一片乾燥的黃土，連一棵草也沒有。校外有些槐樹楊樹，綠蔭與我們無關，卻招來許多蟬在上頭拚命吶喊，喊得你流汗。我們已經念過半本動物學，知道動物啼叫多半為了求偶，我疑心這些吶喊的蟬都正在戀愛。豈有此理，蟬有戀愛的自由，人沒有。可是，即是有戀愛的自由，於我又有什麼用處？我準備追求誰了嗎？天地良心，沒有。反正我不幹，有沒有自由都無所謂，道理是想通了，一顆心仍然像在油紙裡一樣悶悶，連喝三碗開水，還是覺得乾渴。

熄燈後，大家就寢，這時人聲已息，鼾聲未起，何潮高和小白在商量什麼，靜夜的空氣裡有啾啾聲。不大一會兒，小白從排頭到排尾，拍拍我，做了一個手勢，要我去參加談話。曹茂本睜大了眼睛看我。我由排尾到排頭，三人促膝而坐。何潮高對我說：「老弟，戀愛了是不是？」我連忙否認。何說：「我知道你會否認，你要明白，何大哥是想幫你的忙。」我一怔，暗想你能幫什麼忙，這種忙你又怎麼個幫法。何接口說：「你別怕，世界上有官鹽就有私鹽。」我又說：「天地良心，沒有這回事。」他說：「沒有倒也簡單。如果有，一定告訴我，別弄得自家好朋友都去追一個女生。」屋角裡突然冒出聲音來：「該睡覺了！小組會議明天再開吧！」另一個聲音粗魯的附和：「睡覺！睡覺！」我嚇了一跳，何潮高不慌不忙就像想把一口痰擠出來似的發出一聲喉音，似乎告訴對方「是我」。抗議的人果然再也沒有反應了。

何說：「現在小白有事情找你幫忙。」小白一直在旁邊靜聽，現在何潮高點了他的名，他還不開口，我問他：「是什麼事情？」他卻向何挨近：「何大哥，你說嘛！」何把他推開，說：「男子漢大丈夫，自己說出來！」小白的聲音有些顫抖：「我託你替我寫一封信。」「寫給誰？」「寫給——顧蘭。」「顧蘭是什麼人？」小白不回答。何說：「顧蘭是個女同學，你既然不認識她，那就再好也沒有。現在小白要追求她。」小白似乎很緊張，黑暗中聽得見他喘氣。我說：「當心校規喲！」何說：「這個規定不合理，我們應該反抗。」我問：「信寫好以後，怎麼交給顧蘭？可別落到訓育主任手裡！」何說：「我有辦法交給顧蘭親自收下，你放心好了。」我想了一想，覺得何潮高一向吃得開，女同學中可能有人做他的內應，就答應代筆。「可是你得給我一點材料。」小白又不作聲了。

小白不像一個在情場上奔馳擄掠的人，「何大哥」熱心鼓動，說是「從這封信開始，我教你怎樣做男孩子」。據何潮高說：前天晚上吹熄燈號的時候，小白急急忙忙從外面往寢室跑，跑到操場邊緣沿著寢室的牆角轉彎的地方，和一個迎面跑過來的人撞個滿懷。當時無星無月，小白看見迎面衝上個穿軍服的黑影，躲閃不及，只好一把抱住，免得跌個人仰馬翻，口中連連道歉說：「Sorry! Sorry!」幾乎是同時，對方也不假思索，連連說：「Sorry!

Sorry!」退後一步，朝女生宿舍飛奔而去。片刻，小白恢復了知覺思考，聞見自己身上一陣淡淡的雪花膏味兒，想起自己剛才那一撞是撞在溫暖而有彈性的東西上，頓時在回味中失魂落魄，騰雲駕霧一般回到寢室，整夜翻來覆去沒有闔眼。

又怎麼知道她是顧蘭呢？何潮高像偵探分析案情似的說，顧蘭身體強壯，黑夜裡看來像男生，而小白文弱小巧，乍看有幾分像女生，兩個人看看要撞在一起的時候大概都不知道對方是異性。對方口中的Sorry雖然是英語，卻有膠東半島的腔調，顧蘭是膠東人。那天小白一夜失眠，第二天又到相撞的地方徘徊觀察，撿到一顆扣子，是頭一天夜晚兩人一撞之下從對方的衣服迸出來的，經過查對，顧蘭掉了一顆扣子。我聽了非常驚訝：「你用什麼方法去查對？」何潮高說：「這個你不用管。」

這一夜，我構思信稿，沒有睡好。我發覺鄰鋪的曹茂本也沒有睡好，有一次我一翻身，兩人正好臉對臉，他的眼睛睜著，比我的眼睜得還大。

4

「疥藥方，一大筐」，這句俗諺說明疥瘡是很難治好的一種皮膚病，藥方多，可是真正有效的卻很少，由於「驗方」難得，「偏方」也就層出不窮。我們的醫官向來不肯替我們治療這種抗戰病，他說治疥瘡真正有效的藥方是：一、天天洗澡；二、勤換內衣床單；三、寢室乾燥，並且有床；四、沒有「抗戰蟲」：也就是蝨子、臭蟲、跳蚤。他說他開得出方子，拿不出藥來。何潮高聽見了醫官的「藥方」，大罵混蛋，一連幾天講述了許多軍醫院殘忍不仁的故事，說是拿蒸餾水給病人注射，硬說是維他命，我們不大相信真有那樣的軍醫，可是我們愛聽，聽了那些故事，會覺得僅僅有一點「疥癬之疾」實在很幸運。何潮高還說，醫官開的方子並不靈，老師們也生疥瘡，因為他們要到教室裡來講課；分校長不講課，手上也有新疤舊痕，因為他常常抽查學生的作業，摸弄我們的試卷和練習簿。這些人都有床可睡，也天天洗澡！因此，要想根治疥瘡，還得加上一味藥：不與患者接觸。這五味藥等於一味，就是「等到抗戰勝利」！

我們有我們治疥的方法。我們對一種方法失去信心之後，第二種方法即開始流行。每一種方法都是無效的，可是每一種方法在開始流行的時候都代表一種新的希望，後來希望雖然破滅，它已帶引我們走了一大段路，離抗戰勝利的日子更近。人人相信，只要抗戰勝利了，「抗戰蟲」會消失得無影無蹤，「抗戰病」也就霍然痊癒。在寢室裡跟我鄰鋪的曹茂本曾經到處打聽一些偏方來實驗，有些藥方可能就是他自己想出來的。這人不大說話，做事認真，星期天他在寢室裡拿著一把大大小小的子彈輪流敲打。我們圍在他身旁好奇的看，看他把彈頭取下來，把火藥倒在凡士林裡攪拌。別看子彈那麼小，為了取下彈頭，他累得滿頭大汗，平滑的彈殼怎能把平滑的彈頭咬得那麼緊，有些不可思議。彈頭離開彈殼以後，從那個神祕的小口裡傾瀉出來的，可能是近似鐵鏽的一堆鱗片，可能是跌斷了的鉛筆心一樣的小小圓軸，或者是黑色的粉末。各種形狀的火藥閃著威嚴的光澤藏進半透明的凡士林，準備以另一種方式爆炸，去轟死疥瘡的病菌。

5

追求顧蘭的信發出以後，我和小白都很關心下文。何說毫無問題，那封信已經到了顧蘭手裡。那麼，顧蘭的反應怎麼樣？接受？拒絕？不理不睬？這些問題的答案都在「何大哥」手中，他就像磁石一樣吸住了我，我們整個星期天都跟在他後面打轉。我覺得他這天特別像一個權威，這天小白喊何大哥的聲音也最輕最柔。他悄悄的問我：「依你看，顧蘭是不是收到了信？」我說當然，一定。於是他眼睛望著遠處流露笑意。這時，我也像是那些淺薄的人剛剛做了一件善事一樣沾沾自喜。我反覆默誦信中得意的句子，想像顧蘭讀到那些句子時怎樣紅了臉，怎樣雙手把信箋按在胸口試自己的心跳。我甚至想像小白和顧蘭怎樣攜了手在河堤上走來走去。不過我們仍不放心，想出一些問題來要何大哥回答，何板著臉說：「大丈夫談戀愛要不動聲色，不怕打擊。」他指著小白：「我說過，我是要教你怎樣做男人。即使你追求顧蘭失敗了，你已經讀完了這一課。」說得小白以羞愧的臉，惶惑的眼，急促的呼吸對著他。

6

回到寢室，曹茂本還是蹲在水泥地上配他的新藥，圍觀的人已散去，他一手握緊彈殼、一手捏著彈頭搖撼，想把彈頭拔出來。彈殼緊口的地方已經讓步，彈頭像生了根的大樹一樣只肯左右搖晃。他把子彈放在地上敲打，又拾在手中反覆細看，再把子彈送到嘴邊咬住，像很多人咬住菸嘴那樣，加上幾倍的力氣。他捏住了彈殼往外拔，一面拔一面抖動。看他認真的樣子顯然非達到目的不可。我直為他擔心，惟恐他的臼齒也在動搖，這樣下去可能彈頭和一顆牙一塊兒拔下來。想勸他住手，不知怎麼終於沒有說，只是提心吊膽的看和等，覺得他的頭隨著手一齊發抖。我聽見吃的一聲響，誰把擦著一根火柴的聲音放大了一百倍，同時有火光和煙。曹茂本大叫一聲跑出去，我在最要緊的時候眨下兩下眼，沒看清楚他怎麼了，連忙追出去，很多人比我搶先，他們遮斷了我的視線。人們像旋風似的聚成一個疙瘩，慢慢的向前挪移，看樣子是有人架住曹茂本向前走。

眾人頭頂上露出何潮高寬而亮的前額，他揮出一個手勢，大聲命令：「到醫務室去！」

人叢中有個聲音：「今天星期天，醫務室的門上了鎖。」何說：「你快到總務處找工友來開門！」有人跑步去了。又有一個聲音：「今天醫官休假。」何又吩咐：「你趕快到他家裡去找他！」又有人跑步去了。大家擁進醫務室，把門堵得嚴絲合縫。何潮高大叫：「出去！統統出去！」揮著手像趕蒼蠅趕蚊子一般趕人。我抓住門框不放手，等眾人退到門外，我看見何潮高已經把曹茂本放在擔架上，頭朝裡，腳朝外，半邊臉像紅燒肉一樣，悽慘中帶可怕。他痛得厲害，身體在擔架上翻滾，滿頭是汗，幾次從擔架上掉下來，何潮高又指揮兩位同學把他抬上去，綁住他。他抓緊了擔架邊緣，兩腳索索的抖，一隻草鞋掛在大趾上。有人心酸，不忍再看，從人叢中擠出去，另外的人從後面乘勢擠進來。一時議論紛紛，都說這是從來沒聽說過的奇聞，子彈怎麼會在人嘴裡響了？也有人說：「醫官老爺快點來吧，我希望他坐飛機！」另一個聲音說：「都是偏方害人，誰說火藥可以治疥？有科學根據沒有？」

7

何潮高站在門內，朝我們頭頂上望出去，兩手在空中做了個分開眾人的姿勢，「請大家讓一讓，有人要進來。」我還以為是醫官呢，東倒西歪的閃開。不料進來的是個女同學，高個子，臉膛黑裡透紅，顴骨油亮，她是誰？好像見她打過女籃的前鋒，名字不知道。她進了醫務室，誰也不睬，在擔架旁邊蹲下，握著曹茂本的手，輕輕的說話。曹茂本把她抓得好緊，手背上的青筋凸出來，一隻沒受傷的眼睛也睜大了。她就伏在曹的耳邊輕輕的說話，我敢說她的心目中完全沒有別人，連何大哥也不存在。曹慢慢的安靜下來，腳也不抖了，那女生掏出手帕來把他額上的汗珠輕輕拭掉，替他穿好草鞋，從醫務室的櫃裡找出被單來蓋在曹的身上，還隔著被單拍拍曹的胸膛，好像哄小孩入睡的樣子。我想醫官該來了，回頭張望，看見小白緊貼在我背後，委靡得像半腐爛的白菜葉子。我說：「你如果害怕，就別看了，我們都回去吧。」他一把抓住我：「我要看，她就是顧蘭！顧蘭！」我連忙仔細端詳顧蘭，只看見她蹲在擔架旁邊的背影，把曹茂本的臉全遮住了，由於看不見兩個之間的距離，就覺得他們真親密。我暗想：「糟糕！那封花了一夜工夫構思的信是白寫了！」

8

何潮高忘不了他是「大哥」，他拿起一顆子彈對我們說：「各位同學！你們卸彈頭的時候要小心，彈殼是銅做的，銅是比較軟的金屬，你夾住彈頭不斷的搖晃，會把這個地方弄鬆了，撐大了。」他指著彈殼緊口的部分。「這裡面有了空隙，火藥就會鑽進去，你取彈頭的時候，彈頭擠它，壓它，摩擦它，它就會著火。」他收住話，眼珠一轉，高聲說：「同學們散開，讓老師進來！」大家一個向後轉，見軍訓教官和訓育主任站在面前。眼睛幾乎還沒看清楚呢，耳朵聽見教官下令：「注意！」兩個字像鐵釘釘進腦子裡。大家連忙立正站好。「目標，各班教室，快跑！」人人不假思索，學著在戰場上躍進的樣子飛奔。我跑了十幾步以後，才想到教官用這個辦法驅散我們。

9

人散了，心沒散，處處有人在談曹茂本和顧蘭的戀愛。他們的愛情從地下突然冒出來，使很多人興奮。——曹茂本是個不起眼的男生，顧蘭怎麼會跟他那麼好？——看樣子，他們要好也不是一天了，我們怎麼一點也看不出來？——告訴你，本校有上千男生，幾百女生，不知道有多少對情人，只是我們不知道罷了。——曹茂本這個人啊，死心眼兒。那顆彈頭拔不出來也就算了，幹麼用牙咬住不放？——聽說他配藥送給顧蘭。他還親手給顧蘭擦藥呢！——真的？顧蘭的疥瘡長在什麼地方？——喂，喂，你這話太缺德，曹茂本有了意外，顧蘭挺身而出，愛情是聖潔的，是偉大的。——你看曹茂本會不會記過？——人躺在擔架上，半邊臉轟焦了，還記什麼過？——那麼顧蘭呢？——顧蘭嗎？大家議論紛紛，小白又想聽，又怕聽，臉上一陣白，一陣紅。

說著，何潮高一步跨進教室。大家正談到顧蘭，順勢問顧蘭怎麼樣了。何潮高不回答，只說：「來，大家幫忙找一樣東西。」大家跟他回寢室，他說：「曹茂本是坐在這裡卸彈頭的，後來子彈響了，彈頭到什麼地方去了？醫官說他需要知道。」大家拿出在家中替老祖母找針的本事滿地搜尋，沒有結果。小白撿起一粒東西，翹著小指拿給何潮高看，何瞄了一眼，說：「這不是彈頭，這是曹茂本的牙齒。」小白驚呼一聲鬆了手，何敏捷的接住了，說是拿去交給醫官。何要我幫忙收拾曹茂本的鋪蓋，「醫官說馬上把曹茂本送進後方醫院。」他抬頭看小白，意味深長的說：「顧蘭很勇敢。訓育主任問她：你不是顧蘭嗎？在這裡做什麼？顧蘭說照顧茂本。訓育主任挺著胸脯、提著腳跟的習慣又來了，他說學校自會照顧他，你回去。顧蘭不肯走，主任兩眼一瞪：你跟他什麼關係？顧蘭緊緊的閉著嘴。訓育主任轉臉朝著軍訓教官，說是現在的青年不識大體，得嚴加管教才好。他又說火藥治疥是旁門左道，異端邪說，應該禁止，為了學生的安全，也為了替國家省子彈。他越說越興奮，他的毛病就是說話的時候容易氣喘臉紅，最後不能斷句。無論他說什麼，軍訓教官總是很客氣的聽著。教官魁梧，可是訓育主任年長，又在總司令那裡當過祕書，直到現在還常常把他作的七絕呈給總座看，總司令也照例要祕書回一封信。所以這人在學校裡受尊重，說出話來有人聽，偏偏顧蘭不聽他的。

我問：「這麼一來，顧蘭和曹茂本的愛情擺明了，她還能在這裡讀下去嗎？」何說：「她不在乎。她也回寢室打背包去了，茂本進醫院，她跟著到醫院裡去服侍。」小白忙問：「她還回來不回來？」她當然沒打算回來。「她到哪裡去呢？」你不必替她擔憂，像我們這樣的中學有四十所，還怕沒有地方可去？周圍的聽眾嘖嘖稱讚，有人說顧蘭要得！有人說顧蘭有種！也有人大叫顧蘭可惜！問他「可惜」是什麼意思？他說可惜顧蘭已經有了對象，而對方現在又半死不活。何潮高提起茂本的行李說：「茂本要走了，本班的同學都去送一送吧！」長長的寢室的另一端有人接口：「為什麼非你們班上的同學不能去送行？我也想去！」緊接著又是：「為什麼只有送曹茂本的人才可以去？我要去送顧蘭！」何潮高的大拇指豎起來一晃：「有感情懂義氣的都來！」提起曹茂本的行李就走。他已經出了門，又退回一步，向我招手，壓低了聲音：「小白的氣色難看，你告訴他：這算得了什麼？全當拔掉一顆牙！」

10

送行的人都擠在醫務室的門口，人越聚越多，門口實在擠不下，大部分同學分散在醫務室通往大門的水泥路旁，等曹茂本和顧蘭上路。這些送行的人，也許大部分存心來看熱鬧，可是，等到顧蘭一出來，每個人的臉色都嚴肅了。第一個出現的是醫官，他服裝整齊，口袋裡裝著公文，負責把受傷的人交給醫院。醫官後面是兩個莊稼漢抬著擔架上的曹茂本，茂本的臉已經由醫官用他受過特別訓練的手紮起來，看上去像個紗布紮成的假人，只有一個鼻孔和一隻眼睛露在外面，那隻眼睛是閉著的。擔架後面的顧蘭，揹著背包，滿臉勇敢，腳上穿的雖然是草鞋，腳步落地的時候卻腿勁十足，像個穿馬靴的遠征軍。不管看熱鬧也好，送行也好，人人想看個清楚，於是不約而同，無須任何口令指揮，同學們沿著擔架必定走過的地方展開，像河堤夾住河水。從醫務室到訓導處的門口，到教務處的門口，到軍訓教官室的門口，然後左右都是寬敞明亮的玻璃窗，工廠廠房改成的教室。從這個長巷似的地帶穿出去，到一片空地，在這裡可以看見城堡一般堅固的圍牆，牆外高聳的白楊。再向前走，就是傳達處，就是大門，就是茫茫飛塵裡陌生的面孔和異樣的口音。擔架像一艘小船漂向下游，由剛剛從農舍裡徵用的縴夫曳引著。顧蘭是這艘小船的帆，張力飽滿，引人注目。

11

「人堤」好長啊！幾乎半個學校的人都排列在這裡。我想，顧蘭是孤單的，醫官只想把責任交給醫院，帶個「收到病員一名」的收條回來。民伕只是逆來順受，奉獻勞力，只罣念自己家中的母豬和小雞。茂本像嬰兒一樣，只能躺在別人的生活中成為一項負擔。而擔架的壓力，馬上就要從兩個莊稼漢身上轉移，由顧蘭承受。顧蘭是矯健的，顧蘭站著，顧蘭邁開大步走著，胸脯挺著。可是她的眼睛裡漲著淚水。她將獨自照顧嬰兒一般的茂本，時間是多久？比照顧一個嬰兒的時間長、還是短？為了愛情，她這樣斷然決定了，倔強至今還餘留在她的臉上。這張臉倔強得如此可愛，如此可愛的臉馬上就要從我們的學校裡消失，而我們所能做的只是匆匆看最後一眼。

畢竟有人比我聰明，長長的人堤中有一處響起掌聲。起初是兩三個人用力拍了幾下，別人立刻發現這個主意很好。顧蘭走到那些人面前，那些人就鼓掌。不管跟她是不是同班，也不管是不是認識她，長長的人堤立刻化成了兩串長長的爆竹。顧蘭想對鼓掌的人答禮，她一點頭，眼淚就從眶底傾出來了，淚珠有了出路，就爭先恐後朝外湧，再也不肯擁擠深藏。那些人看見她的淚水，掌聲就更熱烈了。

顧蘭走後，我發現在我身旁，在我的日常生活裡有許多重要的事情、稀奇的事情、曲折動人的事情而我一無所知。曹茂本和顧蘭是怎樣結為情侶的呢？有一天我們演習排攻擊，大家在野地裡連翻帶滾，顧蘭的軍服褲子忽然開了襠。她坐在一叢灌木後面紅著臉想怎麼辦。有兩個女同學知道了她所處的窘境就坐在旁邊陪她。誰也不知道一個女孩子如何露著內褲和腿肉在許多男生炯炯的視線之下回到學校寢室。有一個女生，足智多謀，可惜說故事的人忘了她的名字，她在曹茂本從旁經過時喊了一聲「等一等」，然後是「你過來！」她提出一個大膽的要求，讓曹茂本和顧蘭換穿褲子。她的理由是「你們倆的身材差不多」。她竟能料定茂本欣然同意，並且能事後守口如瓶。從此，曹、顧兩人的關係就越過一般同學。這件事我不知道，連見多識廣、耳目靈通的何大哥也不知道。

12

沒人看見過曹顧兩個成雙成對。田邊沒有他們，豆漿店裡沒有他們，河堤上沒有他們，教堂裡也沒有他們。他們在哪裡談愛？抗戰第二年，這裡遭日本空軍轟炸，附近田裡落下一枚炸彈，田主人察看彈坑，決定乘勢打一口水井。他挖井挖到一半，就帶著全家逃了難。附近的農家聽說地主在那裡埋下財物，你去挖挖看，我也去挖挖看，越挖越深，也越挖越大。這個廢坑倒是個隱祕的地方，如果有誰坐在裡面，你非走到十步之內不能發現。但是它的十步之內沒有路，行人不來，沒有草，牧童不來，雖有莊稼，莊稼漢無故不來。曹茂本在坑底搭了一塊木板，有時偷閒和顧蘭坐在木板上共度一個黃昏。據說，他倆身上，幾乎各部位都有疥瘡，只有背脊平安，因此多半是背靠背坐在坑底，抱著膝蓋，你的後腦勺摩擦著我的後腦勺兒。這件事，我們一向不知道。

內幕揭開以後我覺得十分羞愧，羞愧我寫過那麼一封火熱的追求信，雖是代人捉刀，到底是用我的筆、我的句子褻瀆了一顆純潔的心。

13

第二天還有餘波，早上訓導處派傳令兵來喚我和小白去談話。我立刻覺得今天的天氣一定十分燥熱。何潮高的反應快，對我們使個眼色，背著傳令兵低聲說：「記住，一問三不知，神仙也奈何不得。」他料到了談話的內容。到了訓導處，站在主任面前，隔著辦公桌，小白從訓育主任手裡接過一封信，我用眼角的餘光一掃，看出正是那封追求信。糟糕，信怎麼會到他老人家手裡。小白的額角馬上冒出汗珠來。我的心裡也著了慌，以為他老人家什麼都知道了。這天他老人家的口吻倒是很慈祥：「前天，星期六，顧蘭把這封信送到我這兒來的時候，我是很生氣的，現在顧蘭已經走了，再說顧蘭自己也違犯了校規，所以我不打算處罰你，不過有一件事不能不查，你是怎麼把這封信交給顧蘭的？」這時辦公室裡一片可怕的安靜。等了一會兒，他又柔和的說：「我只要你說出怎麼送信。你要老老實實的說出來。」

訓育主任見我們不說話，就耐心的加以開導：「你們兩個都好好的聽著！總司令辦這個學校不是辦著玩的，他要培植人才，他不能親自來管教你們，就把一部分責任交給了我。」說到這裡，他再也按捺不住內心的興奮，就提高了嗓門：「我在離開總司令部的時候問總司令有什麼指示，總司令說別讓那些孩子們談戀愛。我來到本校以後，就根據總司令的指示立下一條校規。這是總司令愛護你們，這是總司令交給我的任務！我這個人一向是鐵面無私！」

說到最後幾句，他的神情和音量，差不多就像是對眾人演說。

「而你，明知故犯。」他指著小白。「我現在給你一個機會，讓你將功折罪。信是怎樣交給顧蘭的？」他再指一指我：「如果你知道，你也可以說出來。」

我們都不說話，只流汗。蟬又像報警似的吶喊起來，陽光由旭輝的紅轉為白熱，汗水在髮根與髮根間蓄聚，聚多了，汗毛孔擋不住，就沿著鬢角，癢癢的，痲痲的，掛在腮上，再冷冷的滴在脖子上。另一條汗路是越過額角，沿著眉毛的外緣進入淚塘，以鼻梁作分水嶺瀉下，一部分隨著呼吸竄入鼻孔，它的滋味是辣；一部分依著地形滲入嘴角，它的滋味是鹹。條條汗河到下巴算是攀上了懸崖，翻一個身想變成瀑布，零零落落掛上前襟，畫上交錯的漏痕。

「你仔細聽著！」這回專門指我，我立即以大禍臨頭的心情挺著胸膛。「為什麼不准你們戀愛呢？你們如果把一分精神用在戀愛上，你們讀書的心思就少了一分。何況你們是不能只用一分精神去戀愛的，戀愛像酗酒一樣，像吸毒一樣，癮越來越大，人越陷越深。如果你們開始用一分精力去戀愛，到後來勢必完全荒廢了學業，要是那樣，你們何必進這個學校？我們又何必辦這個學校？」

天氣真熱。脖子也會出汗，就像胸膛也會出汗一樣。兩處的汗水合流，心窩做了渠道，腰皮帶做了攔水壩。在束腰的地方，軍服吸汗水，沉甸甸濕淋淋熱烘烘鹹津津有百般滋味。

汗衫早濕透了，緊貼在前胸後背上。

訓育主任盯住我的眼，把我的視線打落，繼續說：「人在戀愛的時候沒有不貪心的，沒有不嫉妒的，如果你們自由戀愛，你們就會形成許多三角四角，就會結幫結派爭風吃醋。你們也會放縱情欲，會生病，女生會懷孕。那時候，學校如何對得起你們的父母？你們又如何對得起總司令？」

他足足耽誤了我們一堂課，興趣還是很高。末了，他對我說：

「我的意思你聽明白了？你回去用這個意思寫一篇文章，勸同學們現在不要談戀愛，寫好了，拿來給我看。」原來他為了這個找我，我立刻放下了頂在頭上的一塊石盤。

「你呢，一定要說出來你是怎麼把信交給顧蘭的。我給你時間好好的反省一下，明天早上再來。」

我又不禁為小白擔心。

14

走出訓導處，走在烈日之下，反而覺得一陣涼爽。何潮高在外面迎接我們，他也滿頭大汗，我剛想把訓育主任的話告訴他，他說：「我在窗外全聽見了。」他拍拍小白的肩膀：「我知道你不會出賣朋友，房產田地可以賣，朋友不可以賣。」我問：「訓育主任一個勁兒追問信是怎麼交給顧蘭的，他是什麼意思？」何說：「你別管，他叫你寫文章，你就寫文章得了。」

15

小白始終沒有回答訓育主任提出來的問題。聽說主任十分生氣，認為小白該開除，顧蘭也該開除，開除學生要經校務會議通過，到了開會那天我們都有些緊張不安。何潮高跟一個在會議室端茶送水的勤務兵說通了，我們送他一包香菸，他把會中討論的情形隨時告訴我們。那天晚自習的時候我們三人一同坐在教室的角落裡，表面上好像是研究功課，其實六隻眼睛都瞄著窗戶，窗外人影一閃，我們三個趕快溜出去，圍著那勤務兵問：「怎麼樣？」勤務兵也是總部來的，還管主任叫祕書，他告訴我們：「祕書說了，有些學生實在大膽，明目張膽戀愛給我們看，這是反抗校規。不准戀愛是總司令的意思，反抗校規就是反抗總司令。總司令代表政府，反抗總司令就是反抗政府。現在女生早上起床的時候居然在枕頭旁邊發現男生的追求信，這成什麼話？能在女生枕頭旁邊放情書，也能在女生枕頭旁邊放別的東西。有人報告說是男生寫信追求女生，女生不理睬，男生就捉一些臭蟲跳蚤裝在信封裡，放在女生的枕頭上。……」勤務兵說到這裡，來不及作成結尾，就留下一句「過一會兒我再來」，跑開了。

回到教室裡，我問：「何大哥，那封信真的送到顧蘭的枕頭上？」何潮高說：「大丈夫敢做敢當，我承認。」我認為這種做法未必妥當，想埋怨他，結果變成問他：「你怎麼能把信送到枕頭上？」何說：「我不告訴你，你也不該問。」三人沉默了一會兒，小白說：「顧蘭自己正在戀愛，她應該了解愛情，幹麼要拿了信去告狀呢？」何憤憤的說：「她混蛋！」我說：「顧蘭出面檢舉，應該有功，現在怎麼連她也要來個除名？」何說：「混蛋！都是混蛋！」

16

正談論著，勤務兵又來了，他告訴我們，多數老師反對開除顧蘭，人已經走了，還開除個什麼勁兒？最多只能通知她自己申請休學。軍訓教官說，追求信怎麼放在女生的枕頭上，這件事應該查個明白，但是不必開除學生，如果把小白開除了。去向誰查問呢？老師們都認為有道理。勤務兵走後，何潮高說：「教官說得對。」我說：「教官對訓育主任一向十分客氣，想不到在節骨眼兒上能拿住分寸。」何說：「世上的人並不全是混蛋。」小白鬆了一口氣：「我正在盤算呢，如果學校開除了我，我上哪兒去。」何說：「你別害怕，何大哥帶你上重慶。」我安慰小白：「聽說重慶比這裡好。」何說：「要是抗戰沒到過重慶，終身遺憾。」

那勤務兵很負責任，他聽見晚自習的下課號，跑來告訴我們會還沒有開完。不久我們去參加晚點名，解散後回寢室的路上，我們繞個彎兒去找他，他說：「老師都走了。他們說誰也不必開除。祕書很不高興，說是要辭職回總部。」何潮高大喜：「如果他老人家辭職，我們也列隊鼓掌歡送他上路。」小白也很高興，在暗夜中露出一口白牙來：「想不到問題這麼解決了！」我說，這裡恐怕還有問題。他老人家回到總部，大概要向總司令說明原委，總司令既然反對學生戀愛，說不定要親自插手管一管。何潮高大怒，指著我的鼻子：「你專門說教人喪氣的話！」拉著小白走了。

戰爭壓力

1

侵略者說春天應該有戰爭，於是偵察機常來，空襲警報的號聲常響。那時候，螺旋槳的速度低，敵機的行蹤是從長途電話中得自鄰縣鄰省的傳告，電線的那一端，小鞭炮似的雜音中，來了遙遠而微弱的叮囑：「敵機一架，向本縣飛來，本縣已發出緊急警報。」——我們的警備司令部就發出預備警報；「敵機離開本縣，向貴縣的方向飛去。」——我們的警備司令部就發出緊急警報，並且沿著那千里一線把火藥的氣味吹入下一站。如此這般，敵機雖不曾天天來，警報卻幾乎天天有，學生天天跑警報，把課程表跑成了廢紙。

2

這樣鬧了半個月，我們得到通知，明天早晨有一次大集合。一次重要的大集合，病號、伙食委員、打掃清潔的值日生一律參加。果然與往日不同，我們整好了隊伍，西天還有殘星，熹微中，全體教職員都穿著整齊的軍服到場，一向清瘦的分校長在春寒中也沒有穿大衣。他登台講話，說是「天天跑警報，把你們都跑糊塗了，也跑懶了」。他警告大家不許懶，也不許糊塗，為什麼有這麼多的警報呢？「你們都自己在自己的手心裡寫一個字，寫一個左右的右。」我沒有在手心裡寫。我照著字帖摹過這個字，一橫特別長，一撇特別短，口字特別大，盡量向右下方擴占地盤，和那一橫的左端，那一撇的末梢在對角線上取得均衡。由於橫長、撇短，整個字的重心降得很低，常常使我聯想到伏地碉堡。這個字跟跑警報又有什麼關係呢？有。「那一橫是一條鐵路，那一撇也是一條鐵路，那個口字是一片平原，我們的學校就在口字裡。現在敵人從那一撇一橫交叉的地方往下邊打，想打通這一條鐵路。」

我們怎麼辦？分校長說：「你們不要操心，現在國家要你們念書，你們就好好念書。」他宣布從今改變上課的方式，每天天亮以前各班就離開學校，深入農村，在敵人飛機騷擾不到的地方露天上課，中午由炊事班送飯，黃昏後各班同時回校。如果老天下雨，那就不必疏散了，因為敵機在雨天是不會出動的。我們並不像分校長說的那麼糊塗，我們都曾經俯在地圖上推測戰局的演變，但是我們的想法是應該手裡有一枝槍。當初，還沒有入學的時候，聽說這兒的學生是佩帶手槍的，上午打靶，下午上課，晚上唱歌演戲，那時我們都心跳得厲害。手槍既然沒有，有枝步槍也好。想起槍，就想到徒手上軍訓的滋味，教官說：「你在這裡，這裡是機槍陣地。」「你在這裡，這裡是哨所，發現了敵人鳴槍為號。」他一會兒說現在機槍射擊，一會兒說現在步槍射擊，大家兩手空空，像被人繳了械一樣難過。比較頑皮的同學，在奉到射擊命令時由口中發出砰砰的響聲，逗得我們發笑，笑得很酸澀。現在聽了分校長的講話，知道戰火打亂了我們的生活秩序，心裡想槍就更想得苦，回教室收拾書本的時候有幾分心不在焉。

3

我們是在誰家的墳地上課，坐下去，斜倚在高大隆起的土饅頭上，或者用光滑的石碑作靠背，比在教室裡坐得舒服。陽光從松葉的針尖上溜下來，順著饅頭的斜面滑下來，落進狐狸或野兔掘成的窟口。死者的子孫一定很有錢，能用這樣蔥鬱的松林掩覆先人安息的地方，又能在墳前豎立特大的青石，上面刻滿核桃大的正楷。在我的家鄉也有這樣的墓地，而且不止一處，而且多半在周圍砌了透花的圍牆，並沒有人看守，可是行人牧童樵夫都不敢入內；

像我們這樣坐在祭掃時放供品的石几上，在樹幹上釘一根大鐵釘掛黑板，內急了越過三四個墳頭隨地小便，都是平時不曾發生過的事情，可是一旦發生了野戰，墳墓就成了現成的防禦工事，你攻進去，我攻出來，幾槍打殘了碑上的字，迫擊砲轟倒了碑，炸翻了墳上的土。戰火熄滅以後，許多野孩子到墓地去撿彈殼，挖砲彈的破片。這都是在家鄉發生過的事。我想念家鄉，也想到如果這裡發生戰爭。……忽然日影搖晃，頭頂上樹枝裡有些響聲，濕淋淋的鳥糞落在我的筆記本上，一灘灰白，微微散布腥臊。側身仰臉看樹，陽光下睜不開眼睛，那鳥兒自知理屈，撲簌簌的飛了。心裡想如果我有一枝槍，口中暗罵一聲倒楣。把筆記本撕掉一頁，想起某將軍如此問他的士兵：「天上的烏鴉多。還是鬼子的飛機多？烏鴉天天拉屎，有沒有落在你的頭上？」意思是不必怕空襲。可是現在，烏鴉屎落到我的筆記本上來了！……

第一天在胡思亂想中過去。

4

第二天，很多人連夜縫好了書包。天仍晴朗，可是野外風大，書本揭不開，黑板幾次要飛起來，英文老師的話常常講了一半，下面就聽不見了。吃過午飯，數學老師來了，他帶我們另外找地方上課，外面小麥正青，正高，高得我手心癢癢。風大，心亂，田野寬闊，老師只顧往前走，隊伍越拉越長，像是一些互不相干的路人。隔著幾塊麥田，另一條小路上有一群女生，像我們一樣，也是少數幾個簇擁著老師，多數人在後面零零落落藕斷絲連，最後一兩個人像是準備跟隊伍脫離的樣子。兩隊雖然隔得遠，但是彼此看得很清楚，男生這邊有人故意掉隊，悄悄的與那邊掉隊的女生會合。一路上損兵折將，到了目的地，膽小的同學一看是座古廟，露出害怕的樣子，轉身到附近農家找開水喝。老師也不管聽課的人有多少，走進廟門，就在天井裡掛黑板。

上課的時候，有人坐下去就不動了，有人一再換位置換姿勢。我是那種移動位置的人，而且每換一次地方就離黑板遠一點兒。這座廟大小是個名勝，我得四處看看。走進正殿，來不及看那座高高的坐在黑暗裡的金身，先被神座旁邊一把明晃晃的大刀懾住，刀桿豎在地上，握在一尊青袍黑臉的神手中。他的眉毛和鬢毛都向上生長，向外張開，眼睛並不特別凶，但是我怕他臉上那種衝動的表情。座上的正神倒和善，老實說上面又高又黑，也看不真切，你也可以說他很陰沉。他的袍角下面有香爐、供果、籤筒；他的右手下垂，食指微微向外，好像指著座旁的大刀。

正殿左右都有廂房，我看右廂有人居住的樣子，就向右走去。右面是僧房，一個小和尚一手提著帶血的菜刀，一手提著滴血的死雞走來，他到外面殺雞去了。他的年紀比我小，穿著僧衣，剃了光頭，模樣兒怪好玩的，他也站定了看我，好像心裡想的是：「你這麼大的孩子，怎麼穿著軍服，紮著皮帶？」我先開了口：「出家人也殺雞？」他說：「師父教我殺，我就殺。」一扭身進了廚房。我跟上去再問：「你師父怎麼教你殺雞？」他理直氣壯的回答：「師父說從前俗人殺雞，和尚殺白菜蘿蔔；現在俗人殺人，和尚就殺雞。」這話真新鮮，我還想再問，小和尚已經把雞丟進一鍋開水裡，死亡的氣味熏人，我退出來。

5

風息了。廟後面一片竹林，其中有幾棵竹子東搖西擺，我想準有同學在裡面作怪。遠看竹林密不透風，走進去卻疏朗寬敞，有一班同學在上課呢。講課的人也是學生，仔細聽聽，他講的是汪精衛怕老婆，大概老師缺課，吩咐學生臨時自治一下。這大概注定了要在全班找高大勇猛的人，這位同學夠格，我覓得面熟，想不起在哪裡見過。有幾個同學不聽課，把竹子按倒在地上用腳踩，竹子裂開了，可是任你怎樣也無法折斷它，班上的話題由汪精衛轉到如何弄斷竹子，他們需要一把刀。我在一旁插話進去：「廟裡頭倒有一把大刀，看樣子很管用。」那居於領導地位的同學問我能不能去借，我說我不敢，刀在神的手呢。他的興趣馬上提高了：「怕什麼，在家鄉破除迷信的那年我拆過廟。走，你帶我去看看。」

正殿裡擠了一堆人，老師上完了課，帶著同學們參觀。走近人叢看見一個又矮又胖的和尚，從下巴、脖子到胸前都是白白的肥肉，十個指頭伸出來鼓圓。我馬上想起開水鍋裡的母雞。和尚熱心的介紹那把大刀，說是本來有把銅刀，被賊偷走了，神託夢給他，要他出去化緣，他化了一千個子彈頭打造這把新刀，有一天，神用這把刀砍下一千顆人頭來，天下才會太平。神為什麼要殺人？因為世上的壞人太多。我上前仔細看刀，刀口的確鋒利。那巨大的泥偶伸出右手，五個指頭圍成環形，大刀的長柄就從環中穿過，要想取刀，勢必得弄壞這隻手。順著手往下看，黃銅打造的刀桿插在水泥地裡呢，想拔出來並不容易。我看那位同學，那位同學看我，我們臉上都寫著「算了」。不過那同學不大甘心，他在眾人走了以後問和尚：「黃巢殺人八百萬，先從廟裡一個和尚殺起。你害怕不害怕？」和尚翻眼皮看他，大概為了他的身材而不敢小覷他，合十念一聲「阿彌陀佛」，算是回答。

6

回校的路上，有些同學一面走，一面抓住一棵小麥，把「心兒」摘出來。小麥的莖是一種細長的圓筒，一節一節生長，從圓筒裡面一節一節往上抽，像魔術師表演的某一種把戲，當小麥長到半大不小的時候，把新生的一節從圓筒裡拔出來，可以聽到輕微的但是悅耳的聲響，然後欣賞到幾寸嬌嫩的新綠。看見人家這麼做，我也手癢，明知道受過摧殘的那棵麥子不能結穗，也不顧了。前面的人隨摘隨丟，一隻老牛跟在後面吃。前面還有人丟桂圓殼兒，是那種用火焙乾了可以長期存放的桂圓，這東西在這裡有誰吃得起，又哪兒買得到，準是廟裡的供品，不知哪隻小手順手抓了一把。好危險！要是那個忠心耿耿怒氣沖沖的護從揮起大刀，喀嚓一聲，豈不連脖子砍掉。後來我想不會，大概不會，刀桿被水泥咬住了，他揮不起來。

這兩天簡直是鬼混，從明天起要好好的用功了。

7

要收心真不容易。我們每天外出前到閱報欄瞄一眼大標題，看見前線正在激戰，整個身體立刻浮起來。有時望見遠遠的公路上，大軍正以和我們平行的方向調動，瘦馬昂首張鬣曳引黑沉沉的砲車；有時，躺在擔架上的傷兵，一身雪白的紗布和暗紅的血跡，閉著堅忍的嘴唇，和我們擦身而過。大家起勁的談論著開花彈、狙擊手、勛章、骨灰和俯衝掃射。那談巷戰和衝鋒的人，手臂和腿部的肌肉會隆起，臉會抽搐，聽眾在聽完了慘烈的故事以後鴉雀無聲，繼續聽自己的心跳，跳得你再也容不下別的東西。

8

在我們鬼混的這些日子裡，鐵教官卻格外忙碌，一雙馬靴格格響出響進。

當教官僕僕奔走的時候，有一個人常常跟在他後面，他就是我在竹林裡遇見的高個子，我們一同到廟中端詳大刀的那位。怪不得我覺得他很面熟，現在才發覺他的神態處處模仿教官，教官走路的時候握著拳頭，他學到了；教官站定以後把臉微微向左一轉，再微微向右一轉，目光向前掃視一番，他學到了；教官總是緊閉著嘴唇不讓人家看見他的牙齒，總是向後張開他的肩膀，看人總是盯住人的眼睛，這些他都學得很像。他崇拜教官，在氣質上成了教官的兒子。所以，我在第一次見到他的時候並不覺得陌生。

還有，他的臉和教官一樣泛著鐵色。

我打聽出來，他的名字叫佟克強。

9

我發現，在教官忙碌的時候，他身旁的人越來越多。不久，他宣布，他要選出十個男生來授予特別嚴格的軍事訓練，這十人入選的條件是：身材高，身體強健，以前有軍隊裡的生活經驗。經常圍繞在他身邊的人大都入選了。他說，他的計畫是先親自訓練十個人，再把這十個人分開，讓他們每人去訓練十個人，一旦有事，這特別挑選出來的一百一十個人負責維持秩序、保護女生、照料眷屬。這是一項榮譽。更令人心動的是，訓練是持槍進行的，每個接受訓練的都有一枝槍。

我自問身材夠高，又打過游擊，原以為必定入選，結果非常失望。不久，我知道在第二期的訓練計畫裡有我的名字，心情好些。當教官操練那十個人的時候，我興高采烈的去旁觀。教官對他們說（其實也是對我們旁觀者說），文學校裡平時的軍訓簡直是兒戲。「你們可知道，軍事訓練的第一課是什麼？」沒有人知道。他舉起右手，張開五指：「這是幾個手指頭？」當然是五個。「不對，是四個。」有人不懂這是什麼意思，「明明是五個，怎麼能說是四個？」教官說：「問得好！當你是一個老百姓的時候這是五個；可是，當你接受軍事訓練的時候，我說是四個，就是四個。」他把手掌高高的舉在空中：「軍人的最高道德是服從。你們要承認這是四個！要相信這是四個！這是徹底服從！無理服從！黑暗服從！你們第一件要學的，就是服從！」他掃視全場：「這是幾個指頭？」全場大呼：「四個！」「有反對的沒有？」「沒有！」教官放下手，十分滿意：「好，你們及格！」

訓練剛開始的時候，有許多女同學來看英雄，可是單調枯燥的基本訓練實在沒有什麼可看的，兩天以後，這些觀眾都不見了；只有我，我永遠喜歡看那些槍，看那些持槍的人。他們操練的時候，我喜歡聽槍身在他們掌中發出嗶嗶的響聲。他們揹著槍，排成隊伍，我喜歡看槍管在他們肩上聳起，槍口整齊的朝著天空。我愛看他們持槍跑步，或者抱著槍打滾。我覺得，在槍和人相依為命的時候槍有靈性，我看見教官做示範動作的時候那槍十分乖順，簡直成了他身體的一部分。一個臥倒，一個起立，動作像舞蹈般漂亮，步槍貼在身體右側和身體平行，沒有一點多餘的紊亂的線條。我看呆了，羨慕得要死，自忖不知要修煉多少年才有這般道行。

10

訓練是照著原定計畫一絲不苟的進行，可是周圍的事物悄悄的起了變化。學校決定西遷，從「口」字裡跳出來，穿過那一撇，到「右」字以外廣闊的空白裡尋一個建校的「點」，全程橫過三省，預計要用去整個暑假的時間，消息證實以後，有些老師趕快把太太孩子送到大後方去，以免遷校時拖家帶眷；有些同學寫信給父母商量，父母左一封信右一封信催孩子回老家，許多人因此怏怏退學。還有少數學生本是軍中將校的子弟，家長願意帶著子弟隨軍移動，等軍隊駐定了再就地入學。學校並沒有宣布停課，只是事實上聽不見上課號了。大團體影響小團體，等到訓練期滿，教官的得力幹部只剩五人。

第二期訓練的規模縮小了一半，我仍然榜上有名。開訓的那天，教官的興致很高，他預言到學校西遷的那天，我們是全校最重要的人。對著我們全體，他又提到服從。他認為一個軍人只要服從，所有的缺點都不重要，所有的優點都能充分發揮。這一次他講得仔細，他提到，在某一個國家，訓練精良的步兵接受測驗，奉令在陽台上前進，指揮官故意不喊「立定」，那些步兵就以不變的步伐紛紛跌下來。他又提到另一個國家對外作戰，指揮官命令砲兵轟擊一棟房屋，砲手打中了目標，也流下眼淚，因為那座變成了瓦礫的房子是他的家。「軍事訓練就是訓練這種奉獻的精神，這種無我的精神，你們將來軍人可以不做，這種精神不能沒有。」

11

他管負責的單位叫小隊，由他親自訓練的人擔任小隊長。我分到佟克強的一隊。教官又解釋什麼是「職務服從」：小隊長是你們的同學，你們因他的職務而服從他，下操場是長官部下，離操場是朋友兄弟。在操場裡，小隊長的話就是命令，不准反抗，不准辯論。「從今天起，你們不是一般老百姓，你們超出一般老百姓。你們是一種特殊的人，你們在操場裡只能說兩句話，一句是『是！』一句是『沒有意見！』」大家一聽，你看我，我看你，面有難色。

但是不容分說，教官已下令「各隊帶開」。

各隊帶開以後，我就是隊長掌握之下的一個列兵了。站在操場臉皮發緊，有腫脹的感覺。左顧右盼，同隊的人大半不熟識。佟克強挺威風的站在我們面前，模仿教官的腔調發號施令，教官在他背後用眼睛對我們施加壓力。佟克強的樣子越來越像教官，他是小一號的教官，而教官是小一號的總校長，他們的綽號都叫「黑子」，我面對兩個「黑子」，真以為那第三個黑子也在場。帶著這種感覺，我就死心塌地任由佟克強擺布了。

12

教官不能一直跟著我們這一隊。當操場裡只剩下一個小黑子的時候，我們逐漸恢復了批評的能力。以我來說，我不喜歡一些近乎惡作劇的訓練手法。我想別人也不喜歡。站在我的左首的陶震東是個傻大個兒，本來站在排頭，他反應比人家慢，常常把全隊帶到錯誤的方向，因此由排頭調到排尾，以免危害全局。但是他知道如何流露抗議和不滿。我們每次集訓先點名，小隊長手下只有十個人，他對每一個人都很熟悉，不需要名冊；他點名的方式是注視每一個人的眼睛，高聲呼喚名字，由那人響亮的答一聲「有」。點名可以使我們知道隊友的名字，但是每天點名一次實在是多此一舉。有一天，佟克強點到陶震東的名字，寂然不見反應。

他用更高的聲音帶著憤怒再喊：「陶震東！」陶大傻用牛鳴一般低沉的聲音回答：「你明明看見我在這兒！」全隊大笑，小隊長漲紅了臉，罵一聲「活老百姓」！給我們每人一拳。

所有的小隊長都喜歡在下達「立正」的口令之後，逐個檢查隊員的胸脯，他永遠嫌我們的胸圍太小。他用食指的關節敲我們的胸脯，喊著：「挺胸！挺胸！」我得吸足一口氣來應付檢查。佟克強總是敲著我的胸脯，等我支持到最後、胸膛不得不陷下去的時候再罵一句「活老百姓」。既然這是一種絕望的努力，我就扁著胸膛讓他打。站在我右手的金城總是想符合老佟的標準，總是艱苦的挺在那兒，終於自顧不暇，把碳酸氣噴在老佟的臉上，恨得老佟要一把捏死他。

13

一個星期以後我們同隊的人彼此熟識了，大家一談，都很討厭佟克強。金城最瘦，禁不起折騰，先歎了一口氣：「教官說我們超出老百姓，我看這樣下去我們實在不如老百姓。」陶震東慢吞吞的說：「佟克強是小人乍富，凸腰凹肚。」站在排頭的趙源插嘴道：「教官說無理服從，明知無理，為什麼還要服從？我偏不服從怎麼樣？」操練臥倒的那天，佟克強說：「你們跟著我做。」他喊一聲臥倒，自己先臥下，再站起來喊起立，一連幾個臥倒、起立，他做得很起勁；可是回頭一看，後面七零八落跟不上來，成了他一個人要給大家看。趙源見他回身，喊了一聲：「報告！鈕扣掉了。」他怒沖沖走到趙的面前，喝問：「死得了，死不了？」趙低聲頂回來：「死得了。」佟克強掄起拳頭對準趙源的肩窩，每打一拳，趙退一步，佟進一步，每進一步，佟問一聲：「死得了，死不了？」每退一步，趙回答一句「死得了」。這樣挨了六、七拳，趙忽然提高聲音說：「死不了，又活了！」說這話的時候沒有再退，胸脯一挺睜圓了眼睛也握緊了拳頭。

14

步槍發下來了。熬到現在才熬到一枝槍。雖然是一枝廢槍，木部有霉點，鐵部有紅鏽，黏答答的不滑溜，我還是一把抱在懷裡，說不出的親熱。抱著槍，覺得軍訓到底有意思。除了槍，還有一條破爛的子彈帶。沒有子彈，子彈沒有用處，因為這枝廢槍根本不能射擊。佟克強說，嚇唬老百姓，這麼一枝槍也夠了。他說可以把高粱稈截成子彈那麼長，裝在子彈帶裡，擺給外行人看。不過第一件大事是先擦槍，為了供應擦槍布，老趙吃吃撕碎了一床被單。要想把這樣一枝槍擦乾淨，必須大費手腳，最難擦的地方是槍管內部和槍托。打開槍機看槍管，來復線被一些黑茸茸的東西填滿了，白布條進去，拉出來的是黑布條。陶震東抱怨：「我看永遠擦不乾淨。」他跟金城商量，金城找了一根繩子，每隔一寸穿一根布條，穿成一串小小的萬國旗。他們把繩子從槍口送下去，從槍膛下面抽出來，兩人扯緊繩子拉鋸一般抽送。佟克強看見了，大喝：「陶震東！」老陶停手發呆。佟克強吩咐：「把繩子抽出來！——捲成一團！——丟到圍牆外頭去！」眼看老陶一一照做，心滿意足的說：「擦槍要用通條。」老陶這人沉默寡言，可是常常說不該說的話來：「我的槍沒有通條。」佟說：「你借金城的通條。」老陶又說：「金城的槍也沒有通條！」佟克強一怔，一時心慌，詞也亂了，他怒氣沖沖的說：「你們這個擦法不行，懂不懂？槍口越擦越粗，來復線越擦越淺，子彈的射程越來越短，懂不懂？」用話把大家壓住了才走開。金城說：「你聽左一句懂不懂，右一句懂不懂，這三個字教官也常說，可是到了老佟嘴裡實在難聽！」

15

大家低頭擦槍，不知道老佟又回來了，這次他喝斥：「趙源！」大家愕然望他。老趙心裡有數，慢慢的丟下半截磚頭。「趙源，你把鐵鏽擦掉了，也把槍托擦薄了。這是毀壞國家武器！」趙源聽了這個罪名並不緊張，平靜的說：「我也穿過二尺半，知道按規定不能用磚頭擦槍托。可是，立下規定的人並沒想到有這樣爛的槍。這槍並沒有按規定保養，我自然也沒有辦法照規定擦。」佟克強伸出指頭來：「趙源，你別耍大牌，騾子馬大了值錢，人大了不值錢。你的態度惡劣，我要報告教官。」金城看看佟克強的背影，對老趙說：「我看咱們還是無理服從吧。」陶大傻說：「奇怪，佟克強怎麼這副德行？大家本來都是同學朋友嘛！」我說：「這種小隊是臨時編組，以後是要解散的，到那一天他怎麼跟老同學見面？」金城擺擺他沾滿了油垢的手：「小隊長也算個官兒，我爸爸常說，人一做官，就官性大發，人性大變。」趙說：「咱們到底是學生，不能容他這個樣子胡來！我們在操場裡出洋相，女同學經過看見了，傳出去，誰還跟我們談戀愛！」大家駭然，沒有人接著往下說。

16

俗語說言多必失，佟克強太愛訓話了，出操的時候，他又先滔滔不絕來上一段：「槍是你們的第二生命，要好好保管，好好保養。記住兩句話，八個字：槍不離人，人不離群。教官說過，別看這些槍是報廢了的東西，槍廢人不廢，無用的槍訓練出來有用的人。」這時，我剛剛摸到槍的那股高興已磨損光了，正感覺為枝廢槍受些折磨不值得。心裡一冷，聽見老陶的槍托忽通一聲撞在地上。老佟氣勢洶洶走過來，和老陶臉對臉、鼻子對鼻子：「怎麼，你有意見？」「沒有意見！」「你有什麼意見？」「沒有什麼意見！」兩人都一聲比一聲高，像表演對口相聲。

槍這個玩意兒，看人耍弄很好看，自己操練就吃力。平時從未想到伸手拿槍只能用三個指頭捏緊，圓木正對虎口。拿槍這個拿法不但虎口紅腫，大拇指、食指更是僵硬疼痛，端起飯碗，丟了筷子。這已經夠受，老佟還要學教官從我們後面悄悄的奪槍。我們都知道有這一招，一旦眼前不見老佟，就會覺得腦後有一股颼颼的冷氣。也是活該有事，只聽得啪的一聲陶大傻鬆了手。佟克強說：「你看，這枝槍要是被敵人搶了去，你還有命沒有？」老陶一臉茫然，反問：「操場上怎麼有敵人？」佟不回答，只好吩咐站好，趁老陶「兩臂下垂、中指貼於褲縫」的時候，把槍上下豎直了，丟給他，這槍啪的一聲從老陶臉上彈回來，掉在地上。老陶不去拾槍，先朝鼻子上抹一把，看看滿掌鮮血，大叫一聲向佟克強撲過去。佟側身閃過，回手一拳又打中了老陶的臉。這時只聽老趙一聲吶喊，幾條身影圍上來。老佟敏捷的拾槍，雙手握住槍管舞了個大車輪，逼退眾人。他衝著老趙：「你們打算怎麼樣？」老趙說：「哥兒們想跟你談談。」老佟撩起大拇指：「誰有種，跟我到教官那裡去談。」老趙把步槍重重的摔到地上，一副破釜沉舟的樣子：「走，不去的是漢奸的孫子！」

17

我想我們闖了禍。教官主張無理服從，恐怕老趙有理也是枉然。等到第二天出操的時候也許老趙離開學校了吧？——沒有，他照常站在排頭，目不斜視。他在點名時洪亮的答應，毫無火氣。他在變換隊形集合的時候和佟克強有很好的默契。前一天緊張的場面好像是一個夢。中間老佟破例宣布休息十分鐘，我趁機會問老趙：「你跟教官談過？」他說談過，談了很久，看他的表情這場官司並沒有打輸。我問結果怎麼樣，他教我不要問，等著瞧。

瞧就瞧吧。說老實話，我瞧不出甚名堂。我瞧見老佟跟老趙常常交換眼色，看樣子兩人是不打不相識，不過我拿不準。老佟比較穩重了些，那套侮辱人的手法不用了；除了那一套，他似乎沒有新本事，因此訓練的過程鬆懈下來。他的銳氣也減了五分，是不是這樣，我也拿不準。「休息十分鐘」是他的新政，以前沒有。而且休息時先架槍，沒有通條的兩枝槍不能架，就隨便靠在槍架旁邊，讓我們空著手。這著棋深得人心，以我來說吧，漸漸我覺得槍是累贅，比帶個孩子還麻煩。老佟是不是想改變作風，結一點善緣？收操時，我問金城：「你是不是覺得今天很輕鬆？」老金說：「輕鬆是輕鬆，不過我可不感謝佟克強，我感謝教官。」我問此話怎講，他說：「教官把他好好的訓了一頓，不過教官也叫老趙跟老佟合作。」我恍然大悟，覺得這樣很好，就說：「他倆倒是都很聽話，教官說只要服從，一切缺點都可以避免，我有點相信了。」

18

佟克強說，操場的基本訓練結束了，野外實習開始。野外比操場自由，而且到野外去不必帶槍，大家不約而同的給他一聲歡呼。在野外隨隨便便走了幾里，好像沒有什麼目的，後來在一個樹林旁邊停下，老佟說：「就是這裡，這個地方好。」大家進了樹林，席地而坐，圍成圓圈。老佟現在說話的語氣和婉了：「震東，我出個題目考考你，哪兒是東？哪兒是西？」陶大傻心裡還有舊恨，板著臉答一句不知道。老佟盡量瀟瀟灑灑，要每個人指出那個方向是西，大家亂指一通，老佟說：「你們看這些樹，向陽的一面長得比較茂盛，茂盛的一面朝南，相反的一面是北。記住：右東左西，底南上北。」他定了位，掏出個指南針來往地上放，果然不差。

19

有人還沒見過指南針呢，大家都活潑起來。佟說：「我們今天走的這一段，是將來西遷要走的路。咱們這些人路遠盤纏少，困難一定有。不過也不必害怕，常言說得好：『餓不死大兵，旱不死大葱』。」我問學校到底要遷到什麼地方，他表示還不清楚。「聽說那地方山連山山套山，食物缺碘，十個人有八個甲狀腺腫大，你想吃海帶得到中藥鋪去買，咱們恐怕買不起，出發以前最好買半斤海帶打在背包裡，免得抗戰勝利了拖著粗脖子回家。」這天佟克強提供了很多的內幕消息，他說學校本來要求總校長派兵護送大家西遷，總校長不肯，這才自己訓練一批人。教官向地方駐軍要求借調十個班長，駐軍不肯，這才輪到佟克強。他說這個差事吃力不討好，但是總得有人幹。

談到中午，佟克強說午飯就在樹林裡野餐。他分派工作，指定某人拾柴，某人找作料，某人準備開水，他自己去弄菜，其他的人到田裡去採麥穗。這時小麥雖仍青，子粒已經飽滿，用火燒去麥芒，再搓掉外殼，吃起來別有滋味。經過一場不拘形式的閒聊，大家對老佟的印象改變了，欣然照他的分派去做事。老佟臨動身拉了我一把：「你來做我的幫手。」

20

我們朝著村莊走。他問我會不會捉螻蛄，我說小時候幹過。他說：「你現在去捉一個來。」一小時候捉螻蛄的事記不真了，彷彿是在竹林裡，地上有指頭粗的洞口，洞窟很淺，挖下去寸多深就見到這種帶翅的昆蟲。據說牠會咬人，可也沒見誰挨過咬。村口沒有竹林，有個臭水塘，記得螻蛄也喜歡在這種地方安家，就在水塘的邊沿仔細找。正在找得心焦，老佟在背後拍我的肩膀，他手裡提著一根線，下面吊著一個胖胖的張牙舞爪的小肉棍兒，那可不是個螻蛄？

老佟說：「跟我走！」他把螻蛄裝進袋裡，線頭留在外面。走到打麥場，老佟東瞧瞧，西瞧瞧，把螻蛄掏出來，放在場邊，放開線，退後幾步，讓螻蛄自個兒爬，對我說：「看看四面有人沒有，發現有人就咳嗽一聲。」他目不轉睛的盯住螻蛄，場邊上覓食的雞發現了螻蛄，大踏步追趕，尖嘴連連啄地都落了空，因為老佟巧妙的收線。那雞左右兩個眼球聚到嘴邊，只看見螻蛄沒看見線，更沒有看見長線的另一端有人，牠一直追到人的眼前，提線的人把螻蛄吊在半空裡，牠還伸長了脖子，拉長了身體去搆呢，嘴、脖子、肚子和腿拚命拉成一條直線。老佟挪出一隻手來，握住雞的脖子，向上一提，交給我接過來，再去勾引第二隻。可憐的雞，既無法掙扎，也不能叫喊，人不知鬼不覺讓我們提進了樹林。

21

樹林裡已經有一堆樹枝、一壺開水、一把葱、幾根蘿蔔。軍帽翻過來放在地上當海碗，貯滿了新麥。老趙一面用童子軍刀殺雞開膛，一面向老陶要鹽，老陶的回答是沒有。怎麼沒有？「沒有就是沒有，我拿出錢來向老百姓買也沒有買到。」老趙說：「糟了，沒有鹽怎麼吃？」佟克強又表現他的新作風。「老陶，村裡的人不做生意，你拿錢買鹽是買不到的。我知道你有困難，替你辦好了。」從口袋裡掏出一個紙包來交給老陶。我想佟克強真比我們強，我們辦不到的他都能辦到。老佟看出了我的驚訝，半真半假的解釋：「向老百姓要東西嘛，你得有技巧。這個技巧我是不傳的。」

烤雞很香，連野狗都引來了。青麥很柔很韌，裡面包著甜漿，越嚼越可口。飯後再吃青脆的生蘿蔔，特別清爽，也顯得雞肉特別肥美。我看別人，別人也看我，臉是熱的，眼是紅的。老佟又犯了得意忘形的毛病：「這頓飯一文沒花。西遷的路上哪位缺盤纏沒飯吃，跟著我走！英雄漢不能讓一文錢逼死！」離開樹林的時候他指著地上的餘燼：「每人撒一泡尿把它澆死，省得野火燒了人家的林子！」

22

自接受「真正的軍事訓練」以來，我就覺得不對勁。要是問我究竟什麼地方有毛病我又說不出來。我總是有一種預感：隨時可能出亂子。那天幾乎在操場裡打起架來，我當時以為產生了應驗，結果風平浪靜，老佟老趙兩個人合作把小隊控制得很牢靠。一連串的野外實習，多半會引起食物中毒，或者因擾民招致控告。——兩件事都沒有發生。老佟這人大概不會失眠，他在操場上消滅了的自信，在野外膨脹起來。他又常常下達無理的命令要我們服從。效果是出奇的好，絕大多數人笑嘻嘻的照做。例如有一天演習「渡河」——

學校和縣城中間的那條河，一路上吸收著涓涓細流，它離開縣城以後繞了一個很大的彎子。在地理先生繪製的風水圖上，這一段河道像是一個秤鉤，縣城是掛在鉤子上的一塊肉，所以自宋以來，這一帶發生了好幾次大戰，尤其以抗金之役犧牲慘烈。當地縉紳相信風水，認為日軍既然打通了鐵路，這一帶自然逃不了刀兵之劫。我們可沒把這話放在心上，我們想的是：在西遷之前去憑弔憑弔古戰場。我們向上游走去，史書上說戰場在上游。

23

史書上提到一座橋，我們果然找到了橋。史書上說有五千壯士渡河攻擊，我們只看見麥子、農夫、稻草人和漁翁。風向著對岸吹，天上雲堆狼藉，田裡麥子搖搖仆倒，一副金兵戰敗潰退的模樣。

24

佟克強說我們在這裡涉水渡河。老陶不服，現成的橋為什麼要涉水？橋梁已經被敵人炸毀。沒有，現在橋上正有牛車經過。你不懂，如果真的打起仗來，橋梁一定遭到破壞。如果真的打起仗來，我們過河去幹什麼？如果真的打仗，上面有命令教我們過河就過河，不問理由。現在並沒有打仗，我們為什麼過河？現在演習，我教你過河你就過河。老陶把心一橫的樣子，好吧！你說過河就過河。他上了橋。我到河對岸去就是了。老趙喊他：「回來！回來！」別的同學也喊：「陶大傻，快回來！」沒有人贊成他走橋。他站在橋上躊躇了一會兒，只好回頭。

陶踢掉草鞋解褲帶，好吧，涉水就涉水。佟克強高聲對著全體：「不卸裝，馬上行動。」怎麼，穿著衣服下水？為什麼？「任務緊急，時間第一。」老趙奮身領先，站在齊腰的河水裡向我們招手：「哥兒們，跟我來！」他在前頭當母雞，老佟在後面趕鴨子。河水一步比一步深，不久就淹到脅下，身子輕飄飄的站不牢，想隨著水紋打轉兒。人下水了，河面怎麼變寬了，難道我走一步，河面也加一尺？我想，不好，今天是出亂子的日子，說不定上岸清點人數少了一個，明後天下游的老百姓抬著一具屍體往學校裡送。

上了岸才覺得河水冰冷。佟克強一板一眼整隊報數，誰也沒掉在水底下。他帶著大家跑步，一路滴滴答答留下記號。他朝著一個村子跑，我們緊跟，路人都驚愕得忘了舉步。歷史上渡河追擊的人是神兵，我們現在是落湯雞！老佟不進村子，繞過村首，村子後面有座廟。敢情就是老地方，跑警報的時候我來上過課。小和尚手裡的血刀，泥神手裡的「殺千刀」！佟克強砍竹竿的竹林，老和尚垂著肥肉的下巴和脖子！不知道宋軍和金兵交戰的那年這裡有廟沒有，廟裡的小和尚可曾殺雞，不知道宋兵金兵怎樣對待那廟，廟裡的神又怎樣對待戰爭？……

25

我們衝進廟門，老和尚出來問訊，一下子撞在老趙身上，倒退了三、四步才站穩。我們的目標：正殿。任務：搬廚房裡的柴草，生一堆火。我們近火脫衣，連內褲都脫掉，一屋子赤條條的妖精隨著熊熊的火焰搖晃。煙和水蒸氣都上了神的臉。老和尚不敢進來，在天井裡念佛。佟克強說他當兵的時候三九天穿著棉軍服過河，上了岸拚命的跑，跑著跑著就跑不動了，衣服結冰，四肢都像打上石膏。衣服快烘乾了，老和尚仍然在天井裡喃喃有詞。「這和尚在幹什麼？」陶大傻自言自語。「和尚正在生氣，求他的神處罰你。」老趙跟他開玩笑。言者無心，聽者有意，我心頭悚然，莫非今天真要出事？偷眼看大刀，刀桿的長度正好搆著我的腦袋。「哼，他的神敢眨一眨眼，我們就拆廟！」持刀的神並不眨眼。我漸漸放下心來，想起刀桿和水泥分不開，大刀揮不動，拔不出來。

26

穿上衣服，出戶一身輕，比涉水以前還舒服、還體面。走過老和尚身旁，佟克強一臉秋霜，好像和尚對不起他。老趙說了句「謝謝」，兩個字在舌尖上打了個滾兒，像咬破了熱湯圓。我也說謝謝，老陶卻說了一聲對不起。不管是誰，老和尚的反應一律是「阿彌陀佛」！我的謝謝發自內心。我體會到應該換衣服而不能換衣服的痛苦，進而想到不能理髮、不能洗澡的痛苦。世上究竟有多少種非刑，沒有人說得齊全，不准洗澡、不准換衣服大概可以算其中一項。……

27

廟門之外，風正撫弄遍地帶芒的麥穗。風也拂過我洗過烤熱過的毛孔，特別輕柔。在春風裡我看見一隊人、一個奇特的隊伍走來，人與人之間連著繩子，四條平行的繩子穿過他們的身體，遠遠看去，這些人好像扶著纜索小心翼翼的通過危橋。他們的目標也是這座廟。等到距離近了，才知道這些瘦弱、疲憊的人，被人家用長長的繩子拴成一串，組成一條多肢的爬蟲。

入學以來，多次聽說兵役機關常常把新徵的壯丁拴在繩子上送給訓練機關。我們那年少氣盛的心胸，對於不平的世事，敏感而激動，做著幼稚的俠士的夢。眼前這一隊人、一隊提線戲裡的木偶，漸行漸近，他們哪裡來？到哪裡去？這是一個罕見的景象，我們都在廟外站定了，不約而同要看個究竟。

他們已經疲乏得睜不開眼睛。押送他們的士兵用指使畜生的態度指揮他們貼近圍牆，挨著牆根坐下，他們就把重擔一樣的身子靠在牆上，張著龜裂的唇喘息。院裡院外，一堆東倒西歪的破爛泥人。有些人的臉孔是那樣的黃，使人覺得他由裡到外只是一塊黃蠟。他們的衣服上有深深淺淺的各種汙痕，風吹過他們，像吹過剛剛施肥的菜圃，變臭了。啊，這些人！這些不能換衣服也不准洗澡的人！

從前，聽人講述壯丁的故事，沒有親眼見過。這種事只能是一陣將信將疑的風從你面前吹過，倘若當面證實了，那就是你的不幸。看那些壯丁（他們還能叫壯丁嗎！）繞著廟牆對任何人不抱希望的樣子，積存的憤怒翻騰了！忽然有了尋釁的念頭。廟後的荒地上，押解壯丁的軍官，正在指揮兩個和尚挖坑。他們挖出來的土，滾到一個死亡的壯丁身旁。他們要埋葬他。我想他的年齡不會比我大。他實在死得太早、太年輕。他還應該繼續發育。那時，我們的同情心剛剛發育到能為年紀相仿的人產生義憤。我悲哀的看他乾裂的唇，看他戴著繩痕的腕。看他每個指甲都像一個小小的杓子舀起一小撮泥土。我失聲叫出來：他的手還在動！他還是個活人！他們居然要埋葬他！佟克強跑過來，蹲下，看那隻手。全小隊的人都圍上來，看著，看著，老佟一言未發，躍身向那軍官撲去。

我們一擁齊上，這回真的出了亂子。

那軍官在挨了一陣拳腳之後，衝出重圍，向廟中逃去。他進了廟門，我們追進廟門。他衝上大殿，我們追上石階。忽然一回身，他豎眉怒目，手裡橫端著一把長桿的大刀封鎖了門口。就是那把殺千刀，注定了要殺一千個人的！我的天！這把刀怎麼到了他的手裡！

幸而我們野外實習沒帶槍！

28

我希望學校裡沒人知道這件事。可是不久大家談論軍訓教官辭職的事。據說總校長出發作戰之前，把學校交給當地的警備司令部管，現在司令決定給軍訓教官記一個大過，懲戒他的管教不力。同時，公文規定學校將步槍交回，持槍訓練取消。教官一看公文，立刻寫了辭呈回宿舍，分校長一看辭呈，立刻趕到教官住的地方去挽留。

教官在對你一個人說話的時候，神情氣勢也像對著全校的學生，他的表情，佟克強可以模仿出來。「處分？我絕對不接受！」態度強硬得很。在教官和分校長相持不下的日子裡，我們輪流去看教官，每天都有新的消息，教官認為他沒有錯，錯在那些押送壯丁的人，分校長勸教官為了學生隱忍，因為西遷需要教官押陣。教官堅持記過是一種不名譽的紀錄，不能默認。

我們都希望教官留下，西遷橫貫三省，我們要個依靠。蒼白的分校長，無風自動的分校長，如果我們靠上去，會把他壓倒。所有的老師都站在老婆孩子那邊和我們保持距離，你別指望靠他們。只有教官心裡想的是學生，有辦法也有擔當，他實在不能走。可是那個大過怎麼辦？

我們這夥罪魁禍首開了一個很長的會。我們的社會經驗都不多，可是每個人的經驗不同，一點一滴積聚起來也能解渴。教官爭的是紀錄，紀錄是人造的，我們也是人。我們不妨寫一封長信稱頌他，挽留他，大家在信上簽名，大家一同去送這封信。如果說這夥人力量小，可以聯合各小隊，甚至聯合全體同學。這樣一封信，在教官的心理上應該可以抵銷記過的公文。老佟決定這麼辦，但是他得先報告分校長。分校長連連說：「不能這麼辦，不能這麼辦，不過你們的建議很好，很有啟發性，很有啟發性。」後來我們知道分校長又去跟教官密談，問他：「你辭了職又怎麼樣？上級把記過的公文發出來了，也報上去了，紀錄怎麼抹得掉？我看辭職不如留任，咱們好好的遷校，將來功德圓滿，我負責給老兄請一座勛章！」教官聽了沒再言語。我們收斂了很多，也不能全是操場野外，總還得摸摸書本。針對這場風波我說過許多話，最後喉嚨裡還有東西。我需要一個聽眾，就去找金城。

「教官主張絕對服從，道理也許不錯，可是等到自己實行，才知道有多麼難！」我說。

捉漢奸

1

夜色近處淡，遠處濃，隊伍好像是在一個大坑底下集合起來的。

出校門，簡直就是鑽隧道了，兩壁貼滿了黑溜溜的眼睛，隱隱的閃著星星點點的光。這麼多眼睛看我們西遷！我覺得附近的老百姓全來了，來憐惜我們的漂流，來讚佩我們的奮鬥，來看只有抗戰時期才有的壯麗的一景。我們的眼也烏溜溜，彼此隔著重重黑紗，交換匆匆一瞥，流星一樣在他們眼底消失。

空襲是可怕的，黑是最好的防空洞，而今夜黑得如此令人滿意，把校門黑成隧道口，把觀眾黑成微光反射的星星，把長長的隊伍黑得只剩五尺，其他全埋進無限的黑塵。

我十分注意那些高高低低閃動的寒芒。在這麼多觀禮的來賓面前，我，還有別人，胸脯挺得更高，明知他們看不清楚，我們還是朝那個方向招手微笑。今夜太黑，黑得個人隨時可能跟團體失去聯絡，要不然，我，還有別人，準去握他們的手，撫摩他們的孩子的頭頂，告訴他們我很留戀這個地方，我會再來。

我們只能看看壁畫一樣的眼睛。壁畫的盡頭就是公路。公路的路面比平地高，形成一個斜坡。登坡而上，再也看不見眼睛，也看不見人家，看不見莊稼，看不見樹林，校舍變成一片濃濃的潑墨，然後墨色散開，化入夜色，再也找不出痕跡來。

專心趕路吧。

可是有人拍我的肩膀，回頭一看，是陶大個子，我不知道他就在我後面。他不說什麼，只是伸出長長的胳臂往後指了又指。怎麼，那已經沉入深淵的校舍又浮上來了，裡面燈火通明，宿舍裡和教室裡亮堂堂紅彤彤的，門窗的輪廓比砌出來的還清晰。我嚇了一跳，真以為看見了空襲後大火燃燒的景象。——究竟發生了什麼事情？

在我發怔的時候，多少人從我身旁流過去，領隊的何潮高流到我眼前來，人沒停，話留下，他催促我：「跟上去，當心掉隊！」

「誰在學校裡？」我追上去。

「老百姓點著火把撿東西，撿我們丟下不要的東西。」

我聽了，驚訝、悵惘和滑稽的感覺混合著襲來。我還以為他們捨不得我們呢，原來是，他們聚集在那兒等著撿垃圾。說不定，我們早走、快走，才稱他們的心。

難道真是這個樣子嗎？我不肯相信！

2

走著走著，前頭停下來了。

我擠到前面去。乍看公路是一匹灰色的布，上面打著許多補釘，方補釘扁補釘交錯羅列，中間留一條細邊。人在這條邊上小心翼翼的走動，不碰那些方形。這是一種防禦工事，故意在路面上挖些坑洞，阻擋敵人的汽車和戰車，只容單人步行沿著坑緣走，路程比童話書裡的迷宮圖還要曲折。何潮高站在坑沿上罵了一聲缺德，「這一下子敵人固然打不進來，我們也攻不出去了！」大個子陶震東老老實實的說：「這條路很好，走這條路不怕日本飛機，隨時隨地腳尖一轉就進防空洞。」這話很可笑，卻沒有人發出笑聲。只聽老何說：「少廢話，跟我來！」頭一低衝下公路。後面這一股滔滔黑流刷刷刷沿著斜坡直奔豆田。忽然有人哎呀一聲——是個女生——連人帶背包滾下去。人流虎虎虎收煞不住，也不知有人踢著她踩著她沒有。

進了豆田，早有一個同學坐在田裡，背包還沒有卸下來，後面有個同學扶著她。何潮高說：「你不能坐在這裡，起來走！」後面那個同學把她攙起來，她向前邁步，哎呀一聲又坐下了。何潮高蹲下，伸手摸她的足踝，摸了左腳摸右腳，她右腳上的草鞋不見了，光著腳板兒，老何站起來望望我又望望振東：「你們兩個大個子抬著她走。」受傷的人急忙拒絕：「我不要他們抬。」老何兩手往腰一插，語氣很重：「不讓抬也得抬，我是領隊，我對你們有責任！」後面另一位同學開了口，也是女的：「虞歌，這是緊急情況，你就讓他們抬吧！」虞歌？受傷的原來是虞歌，後面扶著她的就是吳菊秋！

抬！還是不抬？我們正在躊躇，背後有個女同學的聲音：「是不是足踝脫臼？我能治！」語音未了，人已蹲在虞歌面前。她把那隻受傷的腳捧起來，輕輕撫摩幾下，然後右手上移，抓住小腿，改成端槍的姿態，黑暗裡看不清楚她是怎麼弄的，只聽見骨節清脆的響聲。她站起來：「我給她治好了！」我們剛剛鬆了一口氣，又聽見吳菊秋帶三分哭音：「她昏過去了！」我突然冒了火，問：「怎麼搞的？」剛才動手治傷的人很沉著：「等她醒過來，我保管她能走路。」

菊秋先把虞歌背上的背包卸下來，再打開水壺朝手心裡倒水，用帶水的手掌拍打虞歌的額角，靜夜裡響得好脆好柔。虞歌呻吟了一下，菊秋趕緊扶她坐起來。老何問：「虞歌，你覺得怎麼樣？站起來試試看！」菊秋扶著虞歌慢慢站起來，鼓勵她：「你的腳已經好了，可以走！」虞歌朝前走了一步，腳一歪，腿一彎，嚇得菊秋一把抱住。虞歌說：「我能走，可是地上有東西刺我的腳。」大家這才想起草鞋。虞歌坐下，從背包上取下一雙新草鞋來。老何放了心，對剛才治足踝脫臼的女同學說：「醫生，這是你的病人，我把她交給你了！」語調輕鬆，但是腳步十分匆忙，他要追趕隊伍。菊秋提起地上的背包說：「我攙著她走，她的背包最好哪位替她揹一下。」話猶未了，早有兩隻手接過去了。

3

豆田看上去平坦，走起來十分吃力，豆秧老是來纏你的腳脖子，地上有千條萬條絆馬索。走著走著就有人停下來蹲下去東摸西摸，問他幹什麼，他說豆秧這玩意兒會替人脫草鞋。聰明人緊跟著前面的腳步走，讓前人開路，把一些豆秧踢斷了，踩平了。更聰明的人乾脆退到旁邊休息一會兒等著做後衛做排尾。隊伍越走越慢，也越拉越長，沒受傷的人和受傷的人也就沒有太大的分別了。

分校長曾經很鄭重的說，學校當局替將來寫校史的人定下兩個術語，學校搬家叫「西遷」，西遷的最高潮，穿過敵人利用鐵路設置的封鎖線叫「過路」。由校長到炊事兵都有個想法：我們身在敵後，四周明裡暗裡都有漢奸，漢奸一定替日本人蒐集情報，情報裡頭一定提到流亡學生轉移，日軍得到情報一定派飛機沿途轟炸，一定開了裝甲車在鐵路上攔截。夜是一種保護色、一種隱身術。夜一向幫助居於劣勢的人。我們突然發覺夜是如此重要。生命在夜間如此真實。從「西遷」這個名詞出現的那天起，我們每隔兩三天就來一次夜間演習，跋山涉水都幹過，獨是沒有走過豆田。

拖家帶眷的老師是第一批動身的人，他們扮成商旅，雇了獨輪車。不久，分校長也走了，他得去催經費，領到了經費先去整理未來的校舍，還得拜訪當地的駐軍以及士紳。軍訓教官對我們說：「你們人多目標大，得分開一隊一隊走。」每一隊都喊著：「教官！你跟我們這個隊在一起！」教官笑一笑，他要先到「過路」的地方去布置。每一隊都得自己走，都得自己管理自己。

我們這一隊最後離巢，領隊的人是何潮高，他選了幾個高個子做助手，為的是「跟老百姓打交道的時候像個兵」。我的身材不矮，入選了。他費了許多心思計畫一切，但是他沒想到一夜之間公路變成了半空中曲曲折折的走索。

4

我們行進的路線大致和公路平行。有時公路挨近村莊，我們就在村中穿過。我們的腳步聲惹得全村的狗都沒命的狂吠，但是沒有人聲。連咳嗽也沒有，連吱呀一聲推開窗子也沒有。只有狗吠，好像全村沒有人，只有狗。

等我們回到公路上，夜色逐漸淺了。涼意漸褪，兩肩被背包的繩子勒得火辣辣的。人的輪廓漸漸清楚了，田野的顏色分出濃淡。在公路上走，我愉快得想飛，雖然濕漉漉的褲管緊貼在小腿上，也不覺得有什麼不便。我們大概用褲管和草鞋把豆葉上的濃露都擦乾了吧。終於，地平線畫出來了，朝曦又把我們的褲管和草鞋吸乾。

朝西走的人看不見東方的魚肚白色，但是旭輝終於把西天的雲也照透。回頭望那浩瀚的豆田，不知道自己是怎麼走過來的。陶震東也在朝著麥田發怔，我問他看什麼，他說：「你看什麼我也看什麼。」我問他看見了什麼，他不回答，低沉沉的說了一句：「我們走豆田，糟蹋了不少莊稼。」接著他又微微一笑：「種田的人倒是可以撿到一堆草鞋。」我說：「老陶呀！你對事情總有獨特的看法，難怪有人說你……」我把下面的話嚥住了，他倒大方接下去：「神經病是不是？我知道有人這麼說。我家是種田的。也許有人想：除非是神經病，怎麼有人去種田！」正要駁他，何潮高來了，後面跟著烏麗莉，公認的未來的何大嫂，還有個小白。這次西遷把人跟人的關係擺明了，人跟人的交情用平秤稱過了，每個人都跟自己最合意的人同隊，路上彼此互相扶助，班級打破了，甚至分校和分校間的區分也不堅持了，學生重新編組，誰是誰的男朋友，誰並不是誰的女朋友，都擺在盤子裡端出來，某些傳說證實了，某些揣測推翻了。我們一直認為老何戀愛，他的女朋友就是某一個女同學，儘管都這麼想，沒人拿他跟烏麗莉配對兒，老何是大漢，烏麗莉是小鳥。而且烏麗莉的皮膚真黑，黑得很飽滿，外號叫黑豆兒，何大哥怎麼會喜歡？倒是聯想過小白，光明秀氣，白皙，兩個人有時候怪近乎的，一黑一白相得益彰。西遷戳破了這層紙，揭開謎底，老何小烏是老相好了，大家起初愕然，馬上在一片何大嫂聲中接受了事實，背後也不再叫她黑豆，改成叫她黑珍珠。不過嘴上的改變快，心裡的改變慢，老實人如陶大個子不知不覺就流露出來。我跟烏麗莉打招呼，問：「怎麼路上沒看見你？」老陶作了個解釋：「她這麼黑，你怎看得見？」小烏倒有大嫂風度，半嗔半笑的喝斥：「少貧嘴！」何大哥另是一種氣派，慢吞吞的說：「現在沒工夫開玩笑，我們有要緊的事。」

5

老何下令休息三十分鐘。這時晴空如碧，一隻老鷹正在近處盤旋，公路像槓桿把我們舉高，太陽伸手指戳我們每個人的額角說你在這裡，這怎麼能休息。可是老何說這裡最好。有人告訴他，隊伍裡有個不像學生的學生混進來，形跡十分可疑，如果是鬼子派來的漢奸，我們恐怕到不了目的地。老何要我們不動聲色、悄悄的把這個傢伙找出來，隊伍停在村頭的公路上，為的是教那個小漢奸沒有地方躲藏。這個小漢奸——姑且管他叫小漢奸吧——是男是女？是高是矮？哪兒的口音？老何一概說不出來。

這可就難了。西遷編隊的原則是自由組合，許多熟識的人不見了，許多不認識的加進來，還有人特地換上便衣，以為便衣會有很多方便，這一來，就不像平時那樣容易發覺眼睛裡有一粒沙子。幸而老何提供了一個識別的參考：那小漢奸沒有背包。好吧，看看哪個是甩著兩隻空手的陌生人。這時同學們紛紛下田，這裡一堆那裡一堆拔黃豆，連秧帶葉堆得高高的，點著火，劈哩啪啦燒起來，然後看準火候，三下兩下把火撲滅了，從燙手的熱灰裡揀出豆粒來，剛剛熟透。它已經長成了，顏色還是青的，彈性還在，中心還有一丁點兒漿汁未凝，放在嘴裡慢慢嚼，越嚼越甜越香。但是哪裡燒豆子哪裡就升起一股煙柱，成林的煙柱是個令人驚心動魄的景象。老陶拍我的肩膀，指指煙柱：「敵人的飛機來了，一定找得到目標，他還要漢奸做什麼？」肩膀一歪，背包落地，他坐上去了。

我撇下老陶去看那一堆一堆同學，每個人都有背包，有人挽著背包睡，有人墊著背包坐。他們有的拉我坐下吃青豆夾饅頭，有人只顧說說笑笑沒理我。走著走著，老陶從另一個方向來了，他說：「那邊有六個人，五個背包。」我渾身發緊，連問在哪裡，踉踉蹌蹌跟著去看。一心希望小漢奸名副其實的小，如果個子大，我和老陶未必制得了他。到了一堆女生附近，老陶忽然停步。怎麼不走？他說就在這裡。怎麼，難道小漢奸是個女的？這可新鮮。一雙眼睛先點人數，後點背包，忙得一團花，沒看清人臉。忽聽得虞歌發話：「我正要找你向你道謝呢。」道謝？為什麼？「謝謝你替我揹背包。」你的背包怎會在我這裡？我愕然，虞歌也愕然。菊秋插進來問：「不在你那兒，在誰那兒？」

6

我傻了兩分鐘，理出個頭緒來，暗暗罵陶大個子混蛋。我們要找的是個陌生人，而虞歌是老同學。再說虞歌並非沒有背包，只不過別人替她揹著。我跟虞歌菊秋在學校裡很少來往，怎麼會扯到我的頭上呢？菊秋說了：「虞歌不是跌倒了嗎，我把她的背包解下來交給一個男同學，好像就是你。」我說：「我也曾經看見你把背包交給一個人，但是那個人並不是我。」幾個人不約而同「咦」了一聲。那會是誰呢？虞歌說：「我不擔心，反正在我們的同學手上。」靠她這句話，大家的情緒鬆下來，我問虞歌足踝還痛不痛，她說不痛了。她一指身旁的女生：「這就是妙手回春的大醫生，多虧了她。」那女生仰臉朝我一笑，兩個門牙不很平整，刷得雪白，白得我的心怦然一跳。

老陶在一旁玩弄背包。我的背包加上他的，共是兩個，他時而揹一個，提一個，時而兩手抱胸，兩個胳臂彎兒裡各挽一個，時而把兩個背包重疊，都揹在背上。我問：「老陶，搞什麼名堂？」他說：「我試試一個人揹兩個背包怎麼揹法。」「一個人為什麼要揹兩個背包？」「我要揹自己的背包，又要揹虞歌的背包。」我聽了忽然得到啟發，立即去找老何和小烏，問他們有沒有發現一個人兩個背包，他倆都說沒有。我說，現在有個很簡單的算術題，有人替虞歌揹背包，他應該一個人揹兩個背包。現在每個人都只有一個背包，那表示什麼？替虞歌揹背包的人自己本來沒有背包！老何一聽，抓住了我的胳臂直奔虞歌。

虞歌，你的背包有什麼記號沒有？——記號？沒有。——有什麼特徵沒有？——沒有，一樣的白被單，一樣的細麻繩，一樣從兩頭往中間捲，捲得很緊。——女孩子愛乾淨，也許虞歌的被單特別白一些——那可不一定，一路上泥土、露水、汗珠兒，也白不到哪裡去。——我們要幫你找背包。——對，找你的背包。可是，沒有記號，沒有特徵，怎麼找呢？——對，怎麼找呢？不能把每個人的背包都打開看。——烏麗莉說，你們找是找不到的，得虞歌自己找，女孩子對自己天天用的東西一看就認得。這是女孩子天生的才能。——可是虞歌能自己找嗎？她的腳剛剛好。對，她的腳……。

7

吃飽了，歇夠了，老何的主意也拿定了，就吹哨子集合。虞歌站在路邊，我，老陶，還有菊秋陪著。成列成排的背包從我們面前經過，讓虞歌檢閱。只要她用手一指，我們就會竄上去把那人連背包抓住。我們以貓犬一樣的心情作好了準備。虞歌、菊秋目不轉睛看行人，我全神貫注看虞歌的臉和手。進了學校以後我只在壁報上見過菊秋的畫，只在大集合的時候眺望虞歌的影子。我們的學校並非侯門，但有時比海還深。跟初見的時候相比，她瘦了，也黑了，菊秋反而胖了也白了。現在她們兩個人的差別不像以前那麼大，尤其是虞歌剪去了大辮子，和菊秋一樣穿著軍服和草鞋。戰爭使人改變，菊秋變美，虞歌變壯；菊秋變柔，虞歌變剛；虞歌變謙虛，菊秋變得有自信。菊秋像化裝成大小姐的丫頭，虞歌像裝扮成丫頭的大小姐。兩個人也還有相同的地方，都忘記了我們曾經一塊兒穿過敵偽的封鎖線，一塊兒入學。……

我也看背包，看高高低低浮浮沉沉的背包。不錯，一樣的被單，一樣的麻繩。不過也有心裁別出的小地方，有人把捆背包的麻繩染成淺綠，有人染成米黃。有人在背包經常著地的地方墊上一層牛皮紙保持清潔。有人在背包貼肉的地方加一層油紙，預防汗水浸濕棉被。麻繩套在肩上的那兩個環，有人用綁腿把它纏粗了，省得在肩膀上勒出兩條鞭痕來。每一個背包都捲得很緊，紮得很緊，越緊揹著走路越省力。每一個背包上都掛著備分的草鞋，一雙兩雙或者三雙。每一個背包旁邊掛著一條毛巾，準備隨時在池塘河溝裡蘸水擦汗，再隨風晾乾。每一個人都知道征程之辛苦和漫長，也都知道空襲可能是喪鐘，封鎖線是死亡線，而漢奸是拘魂的鬼卒。

真難相信，小漢奸就混在他們中間。

我睜大了眼睛看虞歌，她完全靜止，沒有任何表示。

8

晌午時分，老何帶我們走下公路，沿著一條有牛蹄印痕的小徑，穿入一個村莊。村頭幾戶人家，家家門口掛一串紅辣椒，圍住了門框和門楣，在烈日的照射下如同鑲了寶石。也不知是誰先動手，每個人經過門前都摘幾個辣椒塞進飯包，轉眼間只剩下一圈空空的繩子。村子裡很靜，牛在睡，豬在睡，狗懶得向我們大驚小怪，村外一排垂柳，柳絲掛在空中一動不動，樹下的土地廟清靜無為，好像土地公也關門午睡了。走在前面的同學見了這幅光景，不約而同在樹蔭裡站住了，老何打開手中的地圖稍一端詳，決定在這裡吃午飯。我暗想：這麼寧靜的村莊，怎麼不見有人？瞻望竹籬茅簷，一時有如夢如幻的感覺。這時有一個鬚髮皆白的老公公朝我們走來，我反而懍然一驚。

老公公打量我們，連說：「各位辛苦了。」他大約看見了老何嘴角有幾根硬毛，上前問：「你是官長吧？」不等老何可否，老公公緊接著：「我已經叫村子裡燒開水，馬上可以抬過來。」老何問他：「你是村長？」「好說，這是個窮村子，別的沒有，開水一定管夠，總不能教各位喝涼水拉肚子。」他又看看大家：「你們是——？我看都很年輕！」「我們是學兵！」這也是學校當局預先替我們想好的詞兒，專門在西遷途中使用的。若說是兵，也許老百姓害怕，若說是學生，又可能被老百姓看不起。既學又兵，既兵又學，兩者截長補短，調和折中。老公公沉吟一番：「學兵，學兵，好，有志氣！」

9

村長的年紀雖大，辦起事來挺有精神，青一色的瓦罐，熱氣騰騰的開水，擺了一地的黑陶碗。「喝！多喝！這是真正的滾水，不是燒熱了端出來騙人的，咱們不省那點兒柴火。」同學們一口饅頭一口辣椒，稀里呼嚕喝著開水，個個滿頭大汗。吃飽喝足大家還想多涼快一會兒，老村長忽然朝老何一揖：「官長，你就帶著大家上路吧。」老何問有什麼地方不對。「我是一村之長，不能不替村上的人說話。要是日本人的飛機來了，朝你們丟炸彈，村上的人都要跟著遭殃。」老何怫然不悅，問他：「我們走了，鬼子的飛機就不來了嗎？」老村長很有把握的說：「春天打仗的時候，國軍開到哪裡，日本飛機炸到哪裡。飛機上有千里眼、順風耳。」老何聽了又好氣，又好笑，嘴唇張開又闔上，沒發出聲音來。旁邊的老陶卻突然失聲一哭，問他怎麼了，他說：「我們是死活沒人管的孩子！」老何低聲警告他：「別在這兒丟人！」村長只顧一個勁兒的哀求：「這是沒法子的事！官長，你要是不走，我跟您下跪了！」

說著朝老何彎了彎膝蓋，沒有真的跪下去，一直不斷的作揖。

10

菊秋忍不住問：「你這麼怕轟炸，究竟挨過炸沒有？」村長連聲說：「炸過，炸過，不信我帶你看。」菊秋說：「我正想看看。何大哥，咱們去好不好？」村長一面帶路，一面告訴我們：「人家說飛機下蛋先低頭，那是亂講，我們村子挨炸彈的時候，飛機大模大樣的飛過去，跟平時經過這裡一樣。」我以為炸過的地方斷壁頹垣，傷心殘目，村長卻把我們帶進一座四合房，雖是土牆茅頂，外觀卻十分完整。但大門半掩，門裡門外野草萋萋，這才看出了發生變故。進門之前，村長回過頭來擺擺手，囑咐「小心，小心」。他輕輕的進了大門，站在一旁，連喘氣都先得想想的樣子。吳菊秋、烏麗莉走在我的前面，她倆一進大門就興奮得變了聲調，我跟上去一看，天井中間插著一顆大炸彈，好是在天井中間種了一棵樹或者塑了一尊神。圓鼓鼓的肚子，細細的脖子，上端張著翅兒，成了房主安放的一個大花瓶。我們圍著炸彈走了一圈兒，覺得殺人的鋼鐵和普通鋼鐵確是不同，有一種陰狠的氣質流露在外，使人不寒而慄。老何膽大，走近炸彈，輕輕的撫摩一番，讚嘆：「好漂亮的炸彈！日本的軍火工業到底是第一流的！」村長急得跺腳：「別碰，不能碰啊，炸彈沾了人氣會炸的！」嚇得烏麗莉尖聲阻止他：「叫你別碰你就別碰！」

我看這是一座空屋，就問：「沒人在嗎？」村長說：「這家人老少三代，男女十一口，本來日子過得很好，不料閉門家中坐，禍從天上來，誰敢跟這麼大一顆炸彈住在一起？他們搬到親戚家去了。」我說：「幸虧炸彈啞火。」村長很淵博的說：「別看東洋人，他們也信因果報應，那些造炸彈的人，每造十顆炸彈就故意造一顆不炸的，他們要積陰德，消罪孽。」他意味深長的提高了聲音：「人要隨時隨地積陰德啊！」我說：「人家都說日本炸彈上頭有字，鑄著天皇的年號，剛才我怎麼找不著？」村長說：「天皇年號怎會有？那不是每丟一個炸彈就毀天皇一次嗎？」老村長一面跟我說話，一面用眼角餘光看老何，抓個機會說：「官長，炸彈，您也看到了，該上路了吧？」老何說：「等吳菊秋畫好她的畫就走。」吳菊秋拿著個本子，正對著炸彈畫速寫。

11

再上路，渾身是火，烈日、開水、辣椒……，加上日本人的炸彈，老村長的逐客令，都能燃燒。火燄由體外燒到體內，由體內燒到體外，背包水壺飯袋，連軍服草鞋算上，都成了燃料。汗水不住的往下流。老陶趕上來問我：「四個火字在一起是個什麼字？」我說沒這個字。「為什麼沒這個字？」我沒正經的回答他：「火太大，寫不出來，一寫就把紙燒了。」他倒恍然大悟的嗯了一聲，信以為真似的。旁邊有個女同學說：「陶是個老實人。」我偏過頭去，看見了那一口發亮的門牙，原來是替虞歌治傷的醫生。我叫了聲：「醫生！」她說：「我姓左，叫左良玉。」「什麼？左良玉？他不是在歷史上造過反嗎？」她粲然一笑：「那叫清君側。」這一笑，笑得滿臉汗珠亂滾。「以前沒見過你？」「我在另一個分校。學校要西遷，我回家拿盤纏，他們先走光了。」「你怎麼會治脫臼？」她半真半假的說：「祖傳祕方！」「你會不會治痢疾？會不會治害眼？」她當我開玩笑：「誰生病生得這麼全？」我老老實實的說：「大熱天趕路，恐怕有許多人生痢疾或者害眼。」她說：「你別擔心，長途行軍能治百症。」這話一定是玩笑，可是她的表情認真。

12

這時日色偏西，暑氣蒸人，走得我如焦如枯，要是路旁有口水井，也真想跳進去泡泡。天不絕人，忽然前面出現了一條小河。——不能算河，是條小溪。——甚至不能算溪，只能算是一條水溝，無論如何那一股清流比水壺裡的水多出億萬倍。我們立時嘗到窮人暴富的滋味，行動異乎尋常，背包朝地上一摔，好像從此再也不要了，臥倒溪旁把頭伸進水裡大洗大搓。有人匆匆脫光衣服跳進去，溪裡的水比澡盆深不了多少，他也只有採用泡在澡盆裡的那種姿勢。這種事有人開了頭就有人跟進，小溪很窄，並排只容兩三個人，第四第五個人再下水得到上游另選地方。上游的人把水弄渾了，下游的人吃不消，跳起來叫罵，賭氣到上游找清水去。後面的女同學遠遠看見一些赤條條的人影，不敢再走，回過臉去看豆田盡頭的青山。老何大踏步上來，喝道：「穿衣服！穿衣服！不穿衣服的是畜生！」水裡的人都裝作沒聽見。

我本想痛痛快快洗個臉，動作太慢，水先渾了。那就洗洗腳、浸浸草鞋吧，嘩啦嘩啦上游又有人小便，只好頭一扭，算了。——扭頭時看見那堆女同學奮不顧身炸開了似的往四面跑，必有變故，急忙掃視空中，還沒聽到聲音，先看見一架偵察機在青山和女同學之間的空白上貼著。四顧沒個地方可以掩蔽，趕快就地臥倒，明知豆葉蓋不住人，只有將身體盡量貼扁。這時飛機低空掠過，呼嘯一聲，就像有人狠狠的刮我頭上頂著的一張鐵鍋。我太陽穴的筋跳出來，暗想我們隊上真有漢奸，出發第一天，敵人的飛機就追上來了。正在恨漢奸恨得咬牙，頭頂上又是呼嘯一聲，震得我頭暈眼花。心臟在下面打鼓翻騰，要把我的身體舉起來，我壓也壓不住，只覺得飄呀飄的往上浮，浮上去做敵人飛行員的活靶。我的脊椎骨寒颼颼的，由後頸一直涼到尻骨，全心全意的猜想機槍子兒到底從什麼地方經過。

良久，平靜了，我抬起頭，看見前面高高的站著一個人，就是老何。我翻身坐好，田間處處有人冒出頭來，伸出脖子來，好像是從豆秧底下長出來的古怪植物。小溪的水又恢復了清澈，可是我沒有心思再去洗臉洗腳了。有些人，大概是心急膽小吧，早早上路，穿林入村去了。我、烏、吳、陶、小白，幾個人不約而同聚在老何身旁，有人說可怕，有人說不怕。烏麗莉用大嫂的語氣問小白怕不怕。小白忸怩著，不回答。何潮高說：「怕什麼？飛機炸彈，家常便飯。」烏說：「我本來不怕，可是你一直在那兒站著，我擔心得要命。」一面說，眼睛朝著他的臉轉來轉去。氣吹到他臉上。何依然用他的粗嗓門兒：「我要看看地面有發光的現象沒有，漢奸可能用鏡子反光指示目標。」我說：「原來對空聯絡可以用鏡子。這麼說，漢奸的特徵有兩個，一個是揹著虞歌的背包，一個是藏著一面鏡子。」虞歌馬上接口：「你這話失言，女同學哪個不帶鏡子？」我連忙彌補：「我是說，如果男生也帶著一面小鏡子。」小白從喉嚨眼兒裡嗯了一聲，滿臉通紅，大家等著他說，卻沒有下文，何潮高對我說：「你又錯了，小白飯袋裡就有鏡子。」吳菊秋想幫我：「我想他的意思是，如果有人冒充是我們的男同學，又藏著一面鏡子。」虞歌笑著朝她背上捶了一拳。

老陶在一旁發呆。烏麗莉問：「陶震東，有什麼心事？」老陶把精神從遠處收回來：「剛才飛機飛得很低，用步槍就可以打得著。」幾個女生一齊問：「你看見了？」「飛機來的時候，你們都是臉朝下趴著，我可是臉朝上。」「幹麼要臉朝上？」「我還躺在河裡洗澡。」此語一出，大家愕然，烏麗莉做出欣賞頑皮兒童的表情說：「你有神經病！」老陶只顧說：「我在想，如果我手裡有槍，剛才啪啪兩槍就可以把敵人的飛機打下來。那個駕駛員要是沒摔死，一定和我們拚命。我們怎麼對付他？我看他還是摔死算了。還有，那架飛機要是沒有起火燒掉，我們搬也搬不動，丟又捨不得，怎麼處理？它還是起火燒光好了。」老何瞧老陶，越瞧越有趣，問他：「你的問題解決了沒有？」老陶連忙回答：「還有一個問題：要是飛機燒光了，駕駛員也在裡頭燒成灰，將來我告訴人家我打落了一架飛機，誰會相信呢？」我說：「我們都可以替你證明。」他憂心忡忡：「要是你說是你打下來的呢？」老何伸出大手用力往他肩膀上一拍：「你剛才嚇掉魂了！」

13

老何帶著我們殿後。虞歌突然喊叫：「陶震東，等一下。」老陶問什麼事。虞歌說：「我看看你的背包。」老陶卸下背包，虞歌捧在手裡，看了正面看反面，指著麻繩上藍墨水的痕跡說：「這是我的背包。何大哥，我的背包找到了！」老陶大驚：「這是你的背包？」菊秋說：「老陶別緊張，我們知道你不是漢奸。」老陶悻悻然：「我當然不是漢奸，問題是我的背包怎麼變成了你的背包？」虞歌說：「你要是不信，咱們打開看。」老陶把背包要回來，捧在手裡掂一掂，拍幾下，還給虞歌：「這不是我的，不必打開了。奇怪，你的背包在我這裡，我的背包在誰那裡？」虞歌找到背包十分高興，拉著菊秋和烏麗莉就走，丟下老陶站在那裡發怔。

「為什麼不走？」老何問他。「我得想想背包怎麼弄錯的。」「跟我走，邊走邊想！你洗澡的時候，背包放在什麼地方？」「在小溪旁邊的豆田裡。」「豆田裡還有別人的背包沒有？」「下水洗澡的人都把背包丟在那兒。」「有幾個人下水？」這一問，問得老陶又站住了。老何推他，他說：「別忙，讓我想想，大概八個九個。」老何說：「好機會，你沒能打下一架飛機，你捉到一個漢奸，功能也不小。」「漢奸在哪裡？」「他剛才和你一條河裡洗澡，空襲的時候慌張，上岸拿錯了背包。現在我們去捉他，你能不能走快一點？」老陶加快了腳步。「能不能再快一點？」老陶用碎步小跑。經過烏麗莉身旁，她對我說：「看樣子老何要跟人打架，咱們去幫他！」也拉我一把，一路小跑跟上去。

14

看炸彈，躲警報，耽誤了不少時間，到達預定住宿的村子，天已昏黑。我一看見那些沉甸甸的屋頂，腿已瘓了，腳也疼了，恨不得立刻找個門鑽進去。可是我不能休息，我，老陶，跟著老何去找村長。我們在打麥場上一群乘涼的老頭子和小孩中間找到他。老何對我說：「你去辦交涉，歷練歷練。」這時全場鴉雀無聲，人人望著我，我上前叫了聲村長，其餘的老頭子紛紛走開了，小孩子退到場邊去縮成一圈兒。我說：「村長，我們路經貴地，要打攪打攪。」他連忙說：「好說好說。」骨碌著眼珠打量我。我說：「我們今夜在貴村住宿，請你帶我去號房子。」他往北一指：「你們到鎮上住吧，鎮上的房子大。你們是哪一部分的？」我說我們是學兵。「學兵？沒聽說過。」我說：「省政府有公文給你們，要你們照應我們。」他想了一想：「公文？好像沒有。也許是油印的吧？公文到我手裡我先用鼻子聞一聞，聞到了油墨的氣味，我向來是不拆封的。」我急了，叫他到辦公室去找出公文來看看。他乾笑了一聲：「我哪有辦公室？」我仍然要他看公文，他乾脆告訴我：「我孫子拿去擦屁股了！」

我為之語塞。忽聽得老何怒喝：「你拿著省政府的公文擦屁股？好呀！我可逮著你了。省主席是戰區司令長官你知道不知道，他可以槍斃你！」連我都嚇了一跳，村長立時改了口：「官長，您別生氣，大家都是說著玩兒的！來，跟我去，號房子！」他一邁步，我才知道他是個跛子，油然而有歉意。「村長，你的腿怎麼了？」他嘆氣：「別提這條腿了，我跟我老婆吃齋念佛，腿是小事，命一定保得住。官長您說是吧。」說著來到一家門前，他指著門框說：「這家可以住四個人。」我用粉筆在門框上寫「男四」。再往前走，我說：「村長，你的孫子拿省政府的公文擦屁股？」村長說：「我們鄉下人本來用田裡的坷垃擦屁股，可是學校的老師說，坷垃有毒，屁股中了毒會生瘡，一定得用紙。我孫子聽老師的話，不聽我的。我哪有那麼多紙啊！」他停步說：「這一家可以住三個。」我連忙在門框上寫「男三」。

15

我說村長啊，公文要隨到隨辦啊。他說公文太多了，累死也辦不完啊。他又說他不識子，天天求人看公文也難。我說，公文不辦，耽誤了國家大事，真會吃不了兜著走的啊！他說不會、不會，凡是油印的公文，辦不辦都沒有關係。他哀聲說：「官長，你們不知道，村長的差使不好幹啊，皇天在上，誰也不能槍斃我，就是委員長知道也會饒了我啊！」一邊說，一邊走，我在門框上寫字，老陶統計人數。老何向村長提出抗議：「怎麼是茅屋？那邊不是有瓦房嗎？」村長說：「瓦房裡有狗，我怕狗咬傷了你們的人。」老何怒沖沖的說：「你在真人面前說假話。這些年哪家沒住過兵，大戶人家都蓋狗屋，輪到住兵的時候就把狗關起來。」村長對老何連連作揖：「我給你們三位找瓦房。」老何說：「我們住茅屋，我要女生都住瓦房。」村長連聲答應：「好，住瓦房，住瓦房。」

16

忙忙碌碌，好容易安頓好了，草草吃過晚飯，老何向村長要根蠟燭，開始巡查，我知道他的用意，他要徹底找一找漢奸在哪裡。同學們住的雖然分散，好歹都在一個村子裡。出門吹蠟燭，進門點蠟燭，一處一處看人看背包。背包都打開了，人人要換洗內衣，到處是泥水，到處是掛在繩子上的衣服。凡是「號」過的房子，若有一處沒掛濕淋淋的白色衣褲；若有一個背包放在地上不曾打開，那是很不尋常的。居然有這麼一個地方，門框上寫著「男一」，裡面卻平平靜靜，一個年輕的媳婦坐在院子裡打著盹兒，搖把破蒲扇有一下沒一下的替她一歲多的孩子趕蚊子。院子角落槐樹底下鋪張席子，席上有個完完整整結結實實的背包。老何問：「人呢？」小母親驀然驚醒：「他出去了，沒說去哪裡。」老何叫老陶察看背包，光線微弱，老陶沒有把握，他吃吃抽麻繩，索性把背包打開。他拿起內衣說：「這是我的！」拿起一個小小的錢包說：「這是我的！」老何喜孜孜的說：「好極了，這小子在數難逃，我們在這裡等他。老陶，背包歸你，繩子借給我用，等一下捆人！」

左等右等，夜露生涼，小婦人抱起孩子進屋去了，她的丈夫也從田裡回家，閂上大門，問一聲「老鄉還要開水不要」，也進屋去了，我剛想說：「大門上了閂，那小漢奸怎麼進來呢？」老何輕輕走過去，把大門的門閂抽下來，當作武器握在手裡。蚊子真多，直往鼻孔、耳朵眼裡鑽。一想到損失的血，椎心似的痛。三個人不斷打蚊子，明知小漢奸沒進門就能聽見巴掌聲，無奈忍不住。老何在院子裡走了一圈，回到席上：「這個小院真乾淨，想找一樣趕蚊子的東西也沒有，剛才把那把缺了半邊的蒲扇也收到屋子裡去了。」老陶說：「我真想不透，怎麼會有人當漢奸？」我說：「世上有許多事情不可解，你想想看，為什麼有蚊子？」

老何說：「有蚊子，就打；有漢奸，就抓。」我仰臉看天，想看出夜有多長：「小漢奸怎麼不回來？」老何說：「咱們輪流睡覺，輪流站衛兵，醒的人給睡的人趕蚊子。等小漢奸出現，三個人一起下手。」

夜真長，也真涼，把白天烤得通紅的一塊鐵涼透。我們苦候一夜，沒有所謂小漢奸的影子。老陶說：「他倒滿機伶。跑了。」老何沉吟半晌，恨恨的說：「這個小傢伙聰明，我們找空手行軍的人，他揹虞歌的背包，我們找虞歌的背包，他就換陶震東的背包，我們找老陶的背包，他就一走了之。……算這小子走運，他下次可別碰見我。」

功敗垂成，快快上路，才出村外，後面有人直叫「官長」，村長拖著一條腿趕來。他氣喘吁吁的對老何說：「村子裡還有你們一個人，他教狗咬傷了，躺在地上，請你馬上回去看看。」老何聽了，一秒鐘也沒耽誤，伸手向我們一招，回身就往村子裡走，後面劈里啪啦跟上一大群。我落後一步問村長：「狗怎麼會咬他？」村長說：「年輕人嘛，都是貪嘴好吃，他到人家雞窩裡去摸雞蛋。」「他昨天夜裡住在哪裡？」「他麼？昨天晚上狗追他，他逃到放草料的屋子裡，關上門。狗在門外不走，他不敢出來，就在裡頭餵了一夜蚊子。」聽到蚊子，我不覺打個寒顫，心裡馬上明白了，我們昨夜要找的人，就是他。村長還在說：「到了今天早上，他看看門外沒有狗，就悄悄往外走，那隻狗忽然竄出來，叼住了他一條腿。」我無心再聽，急忙去追老何。

17

村頭上，眾人圍著一棵樹，樹底下半坐半躺著一個小夥子，低著頭，伸著一條血腿。老何正指揮老陶搜他，搜出一捲鈔票和一瓶黃粉。「有小鏡子沒有？」「沒有。」老何很權威的說：「瓶子裝的是毒藥，日本鬼子給你錢教你朝井裡下毒來的。」眾人驚愕得叫出聲來。小夥子沒命的分辯：「不是，我不是。」「你說幹什麼來的？」「我想跟你們一塊兒上學。」他一抬頭，滿臉滿脖子都是小米大的斑點，有些已經腫成紅豆，沒腫的地方卻是紙一樣白，想起那些蚊子，我又打了個寒顫，可是老何心腸硬，狠狠朝那條血腿踢了一腳，小夥子伏在地上又叫又爬，一條腿拖在後面像尾巴。烏麗莉去扯老何的袖子，意思是反對這麼幹，老何奪回袖子，表示拒絕，吆喝一聲：「你快說老實話！」

小夥子連連答應：「我說！我說！」他先倚在樹根上喘幾口氣忍痛，鼻子眼睛都挪動了位置，一張臉要多難看就有多難看。汗水朝鼻翅嘴角流，也不去擦。「我在鄉長家裡聽差。鄉長知道你們要走，就對我說：小三兒啊，他們走，日本飛機一定去炸，你去看看，要是有女學生炸昏了炸傷了，你揀個漂亮的運回來。」眾人忙問運回去做什麼。「給他做姨太太。」左良玉立刻罵道：「該死！」女同學們一齊響應：「你該死！你該死！」小三兒似乎不怕女生，抗聲反駁：「我是端人家的碗，服人家的管。」眾人望著老何，老何沉吟：「這件事兒太離奇，我不相信。」小三兒著急：「我要是說謊，教我讓瘋狗咬了，七天七夜不喝水渴死。你看，這是鄉長給我的槍傷藥，教我救受傷的女學生，這些錢，是鄉長教我雇一輛車……」左良玉朝他一擺手：「你別說了！」她撿起藥瓶子，聞了聞氣味，又察看小三兒的腿傷，問：「你腿上擦的就是這個藥嗎？」小三兒說：「可不是？這是鄉長家的祖傳祕方，靈得很！」左良玉緊緊握住瓶子，一副捨不得放下的樣子。老何看看日色，知道不能多耽擱，就問村長：「你看這是個好人壞人？」村長說：「阿彌陀佛！我是先往好處裡想。」老何順勢一推：「那就把他交給你，你通知他的那個什麼鄉長把他領回去。」村長還沒有對答，小三兒先叫起來：「我不回去——我跟你們走——」這話一出口，人人怔住了，跟我們走？憑什麼？小三兒大概料到事情難辦，連珠砲似的說：「鄉長有鄉長的打算，我有我的打算，我是真心要投奔你們來念書的。我家三代都不識字，你可憐可憐我！」說著，伏在地上咚咚的磕響頭。我真怕他磕破了腦袋，連忙喊：「行了！別磕了！」

18

烏麗莉輕輕的說：「他真可憐！」左良玉說：「何大哥，咱們帶著他！」這一下子老何為了難。「學校裡不是早已停止收容新生了嗎？」烏麗莉說：「校長也常說有原則就有例外。」老何故意把眼睛睜大了：「你別說話，我不能受你的影響。」氣得烏麗莉翹起嘴唇。左良玉問：「鐵面無私的何大哥，我可以說話嗎？」老何說：「當然可以！」「學校西遷，有些同學不肯遠走，又回老家去了，學校的公費有空額，怎麼會不收他？」老何動了心，問小三兒：「喂，你讀過什麼學校？」小三兒大喜，連忙回答：「我讀過《百家姓》、《三字經》。」「會不會雞兔同籠？」「什麼？」「會不會背X加Y的方？」「什麼？」老何告訴他：「你的程度太差，不能進我們學校。」小三兒牢牢抓住一線希望不放：「我會《三字經》、《百家姓》啊！人家說不識字的人都能進去。」老何生了氣：「哪有這回事！謠言！混蛋！」左良玉勸解：「後方的確有不識字也能進的學校，不過不是我們，鄉下人道聽塗說，你別怪他。」老何兩手一攤：「就算我肯帶他走，他怎麼通過我們的入學測驗？」左良玉說：「不管入學不入學，年輕人對抗戰總有用處，他留在鄉下，跟那個混蛋鄉長在一起，說不定有一天真的當了小漢奸！」小三兒連忙插口：「我不當漢奸，我要抗戰！」老何又看日色，知道必須當機立斷，就對大樹周圍的人說：「我們來個民主表決，贊成帶他走的人舉手。」沒人舉手，卻聽得歡呼一般喊出來：「贊成！」老何一跺腳：「好，帶你走！」小三兒迭聲說：「謝謝！謝謝！」老陶向前一步：「我揹著他走！」老何的眼睛卻看著村長：「村長，他有錢，給他雇部車！要快，越快越好！」

車上車下

1

路西四十里，路東四十里，這一夜八十里，像是提著一口氣、腳尖點地走過來的。沿途繁星滿天，總覺得一張鋼釘鐵條連成的網罩在頭頂上，隨時可以落下來把我們打盡。若有若無隱隱現現的小徑，是唯一的逃生設備。後來星稀了，網破了，路寬了，路旁野店裡徹夜不熄的油燈還亮著，透光的窗櫺遠看如一塊新補釘，我知道我們已在路西四十里外。日本軍隊沿著鐵路向兩側掃蕩從未到過四十里以外的地方，我們已遠離敵人的威脅。夜，這個龐大的黑包袱解開了，裡頭包著的鬆懈、高興、疲乏，一下子散放出來，隊伍雖然還在路上走，已經變成一條三心二意的百足蟲了。

2

教官手裡拿著地圖，按部就班執行他的計畫，任憑野店的夥計在路旁叫喊：「住店不住店，先吃兩碗麵。」他一概無動於衷。日上三竿，來到一座大鎮，我望著鎮東的一家又一家野店，腿肚子裝滿了上等好醋，恨不得立刻進店把它倒出來，可是教官一直到鎮西才下令解散休息。

野店總是那個樣子：門很大，商旅的車輛可以推進來，窗戶小，冬天比較暖和些，屋子裡沒有任何家具，地上鋪一層層厚厚的麥稈或稻草，供疲乏的行人倒頭便睡，不收房錢，惟一的條件是買店家煮的麵條充飢。麥稈這種東西經過人體不斷的輾壓，就斷了，碎了，也髒了，有潮氣和臭味，旅客選店先看地上鋪的東西換新了沒有，麵的好壞並不計較。可是這一夜走得好苦，我連地上有沒有麥稈都懶得去看，背包朝地上一丟，就是地動天搖也不管了。

大概是餘悸猶存吧，熟睡如死仍然作個噩夢，夢見鬼子兵用鐵鑽鑽我的腳掌，鐵鑽很細，很長，一直鑽進心臟。醒了，夢是假的，痛是真的，腳掌成了烈火炙烤過的死肉，通紅發燙，指頭按下去是個坑，除了連心的痛沒有別的知覺。身旁一堆同學正在有說有笑，他們剛從鎮上看戲回來，劇目是劉備招親，唱得並不好，可是不知怎麼演員起了衝突，當著觀眾在台上大打出手，孫國太喬國老孫仲謀扭成一團，滿堂倒彩，管事兒的從後台到前台對著台下直作揖。他們說得有趣，我越聽越累越煩。看樣子他們一點也不累，教我羨慕得要死。窗外天色已是傍晚，奇怪的是肚子並不餓。暗想再睡一夜，明早一定能恢復體力，就唉呀一聲又倒下了。

夜間倒是醒來幾次，每次都連忙坐起來摸弄腳掌。最後一次醒來見滿門、滿窗都是人影，曙色初臨，大家準備出發上路了。我覺得精神很好，誰知想站反而跪下，滿地都是釘板刀刃，沒個落腳處。那股隱隱絲絲的疼痛向上直竄，化做淚水滾出來。這可怎麼得了，教官進屋來察看大家預備好了沒有，見我還坐在麥稈上，過來摸摸我的頭，我正覺渾身發燒，可是他說沒有。在哨子響、腳步聲裡我說實在走不動，他說：「走不動也得走。你可以走得慢一點，不過要處處小心，別碰上八路。」怎麼這裡有八路？八路的人什麼樣子，教官很驚訝，反問我：「你連八路什麼樣子都不知道？」

3

店裡只剩下我一個行人了。掙扎著想到廚房去叫麵吃，卻見有個男同學走來朝我一笑。我覺得他面熟，問：「你是幾年級的？」他說：「我是新生，還沒有編班。」西遷路上怎麼會有等待編班的新生？我想起來了，他本來是什麼鄉長的小跟班，鄉長派他出來找姨太太，他趁機會跟定了我們，趕也趕不回去。我在恍然之後接著問：「你有名字了吧，總不能再叫你小三子？」他很驕傲的回答：「我姓孟良焦贊的焦，叫焦林，樹林的林，左大姐給取的名字。」我一聽這個名字，立刻覺得好熱！焦林說，他的腳掌磨破了，只好離開大隊自己走。我一聽同病相憐，慶幸自己有個同伴，對他說：「我也走不動了，咱們一塊走吧。」他問：「是不是腳掌也磨破了？你跟我來，左大姐有辦法。」我走了十來步，實在沒法支持，就往地上一坐，哭喪了臉。他說：「你等著，我叫左大姐來。」

記得西遷第一天，左良玉給虞歌治踝骨脫臼倒是手到病除，她還在野店裡，這是天無絕人之路。她來了，看腳掌有沒有破，沒有。足踝有沒有脫臼，沒有。她蹲下看我的腳，用哄小弟弟的口吻說：「你能走，是你自己不願意走。你這麼大的個子，又離開了家，還想撒嬌？你給我站起來！」我一聽，臉也熱了，心也跳了，用力一挺身，果然能站。她說：「告訴你自己，你能走。」我點點頭。「光點頭不行，要大聲說出來。」我毫不遲疑的說：「我能走！」「好，再來一遍！」我照她的話再做一次。「好，現在開始走，一，二！」我邁出兩步，身子歪歪斜斜，背包差一點掉下來。「咬緊了牙走！一，二！」我本來暗暗咬牙，現在索性張開了嘴。「挺起胸脯走！一，二！一，二！」我挺起胸脯。她的聲音突然柔和了：「好極了！不就這樣走下去，不要停下來，一停下來你就走不動了！」說完，帶著我們兩個上路，我走不快，可是，腳掌果然不痛了，只有一點麻。我想告訴她我還沒吃麵呢，只見左良玉回過頭來對我一笑，我精神一振，就緊一緊腰皮帶走下去。

4

路上行人漸多，獨輪車不斷在身旁吱吱響，聽那乾燥的聲音就知道今天燥熱，果然太陽伸出頭來紅得很惡毒，草葉上怎麼連個露珠也沒有。我們是朝西走，太陽從後面照過來，先鑽進我們的背包，背包越來越熱，就像烈日要落在我的背上。我和焦林都落在左良玉的後面，從後頭看左良玉，真羨慕她的手腳靈便，左手往前一伸，右手朝後一甩，腳尖貼地，身子就衝出去一大截，揹背包當是掛個斗笠，全不放在心上。焦林問我：「腳還痛不？」我說：「什麼感覺也沒有，就像我的身子裝在別人的腿上，雖然不痛，倒有些心慌。」焦林歎道：「以前只聽人家說念書要有好腦子，現在才知道還得有好腳好腿。」我說：「看人家左良玉，虧她還是個女孩子！」焦林說：「她不同，她用沙袋綁在小腿上練過。」我很奇怪：「她練這門功夫做什麼？」焦林只顧想自己的事：「這一路要受很多辛苦，到頭來還不知道學校肯不肯收我。」正想安慰他，左良玉在前頭站住了，用她的眼睛鼓勵我們。我覺得難為情，搖擺得像隻鴨子。她倒說：「不要急，慢慢的走，不過你們別只管談天忘了走路啊，我要跟在你們後面走，不讓你們偷懶。」焦林一聽，就閉口不說什麼了。

這時有幾個大漢，挑著擔子，越過我們直奔前程。他們的扁擔像大廟的屋脊那樣兩端向上翹起來，下面掛著沉重的柳條包，走一步，扁擔兩頭跳一跳，他就趁著那一跳的勁兒把步子邁得很大，一手扶著扁擔，另一隻空著的手一揚一揚的維持平衡，那不是走，那簡直是飛。左良玉在後面給我打氣：「看看人家！你們好意思再說走不動嗎？」

5

我和焦林俯首無語，汗珠兒嘩嘩往下掉。走著走著，後面有轟隆轟隆夾著匡噹匡噹的聲音逼近，我為了省力氣，沒有回頭，好在左良玉會替我們察看。後面又多了一種聲音，咚咚鏘鏘，非鑼非鼓，我只等左良玉怎麼說。她碰碰我的左臂，教我們靠邊走，讓一輛卡車駛過。這輛車走在路上車門碰車廂，車廂碰車盤，隨時要碎骨粉身的樣子，偏偏喇叭失靈，得司機伸出拳頭來擂敲車門，表示我來了。車在我們身旁減低了速度，司機伸出頭來叫：「同學，要不要搭便車？」眼睛只看左良玉。我的心一動，可是馬上接到左良玉的警告：「別理他！」只好目不斜視。那司機朝我們揚揚手：「等你們走不動了再見！」人很年輕，挺熱情，戴著黑眼鏡，鑲幾顆金牙。他一踩油門，車子猛喘幾口氣，咳嗽著，走遠了，我看見是輛空車，暗中叫聲可惜。正想問為什麼不能搭便車，左良玉先來解釋：「你一上車就再也不願意靠自己的腳了，真可怕！」我哦了一聲，心裡十分疑惑。她知道我心裡的滋味，走近我，專對我說：「我知道你從沒受過這樣的苦，可是，誰教祖宗給咱們留下的國土這麼大呢？你想想，要不是仗著地方大，小日本不是早已把中國滅掉了嗎？咱們以後還不知道要走多少路呢。你也不用怕，再長的路也比人的腿腳短，到最後總是人還可以走，路到了盡頭。」我兩肩一抖，霎時覺得可以一口氣再走兩百里。

6

腳掌確實不痛，肚子也確實餓了。我從昨天進店就沒有吃東西，注意力全放在腳上，忘了肚子。那奇怪的疼痛似乎毀壞了我的味覺和消化機能。現在我又有了胃，又有了口腔。可恨那些開店的，賣飯的，早就給你算好行程，量好距離，不走到日正當中休想有個打尖的地方。

打尖的地方有炊煙，有陽光下耀眼的蓆棚子，有順風而來的油煎火烤的香氣。走近了，每一家飯鋪都有個夥計站在門口，滿臉滿手的油，束著圍裙，手裡滿滿的握著一把筷子，用力在門前的桌子上摔打，望著行人吶喊：「吃飯，吃飯，好大包子好大麵！」或者：「涼粉涼稀飯，不涼不要錢！」中午的陽光，廚房的灶火，筷子敲在桌子上的爆炸聲，夥計和夥計之間的宣傳戰，都熱得炙人。當一個夥計用展覽一幅畫的姿態揭起一張油餅向我們炫耀時，我和焦林都不覺停步。

「不行不行！」又是她。有什麼不行？難道油餅有毒嗎？「你們不能停。」焦林真聽話，立刻改成原地踏步。肚子餓呀，難道不准吃喝？「錢給我，水壺給我，我替你們買包子裝冷開水，你們只管往前走。」事情這麼嚴重！我也不得不緊張起來，萬一真的癱在路旁，那不是沒救了嗎！「你們可以慢慢的走，就當是散步，只要不停下來。」她難道有一雙鐵腳，這時候還奉行「貨買三家不吃虧」的格言，進了一家包子鋪又進另一家，才提著三個水壺捧著三個紙包趕上來。「你們一面走，一面吃。慢慢的走，慢慢的吃。你們要是在那裡停，就得在那裡住宿。」打尖的地方真熱鬧，推獨輪車的，挑牛角形扁擔的，都在這裡休息，這是蓆棚連蓆棚建成的臨時的市街，和一個小鎮密接，想必是鎮上的人早出晚歸開闢出來的商業區。我們在路上吃喝，引來很多好奇的目光，左良玉既然能坦然承受，我們自問是男生，如果臉紅，那也一定是太陽曬成的了。

7

鎮上有些人家，大門二門都開著，老老小小在過道裡搖扇子，呼呼的穿堂風好涼快。出了村鎮，牧童在樹蔭底下睡熟了，口涎流在草上，草葉沾在臉上，要多舒服有多舒服。我對焦林說：「你看！」意思是恨不得做那個牧童。誰知他的想法不同，昂然說：「是啊！他真可憐！」

出鎮後心裡一喜，那輛汽車就停在路邊。追上去看，不錯，就是它，在這條路上你難得看到汽車。駕駛室裡沒有人，車廂曬得滾燙，摸一摸敲一敲，汽油機油混合的氣味很醉人。忽然從車子底下爬出來一個人，兩手汙黑，拿著奇形怪狀的鐵棍鋼板，背上是汗水和成的泥巴。他這時沒戴眼鏡，滾動著小眼珠，閃動金牙，問：「那個女學生呢？」經他一問，我回頭一看，才發覺左良玉還留在鎮上沒有出來。我暗暗端詳他，好像認識他，忘了在哪裡見過他，惟恐他就要風馳電掣不見了，卻想不起來他是誰，越看越心慌，眼見他進了駕駛室，聽見他說：「車子發不動，幫我推一把！」就中了催眠術似的把背包往車廂裡一丟，肩膀扛住了車屁股，焦林跟著我學，兩個人咬著牙，車子直放臭屁，屁流直往我牙縫裡鑽，車輪卻不轉動。那司機下了車，站在路心，向過往行人一揚手：「嗨老鄉，幫忙推車！」黑眼鏡自然又戴上了，好像鏡片有多大，他的眼有多大。那挑擔子的放下擔子，推車子的放下車子，大家一伸手，車輪就往前滾。車子朝眾人放了幾個大屁，沖起一把灰塵，脫了韁似的跑掉了。

車子是能夠開動了，不過還有什麼事情不動勁，我看焦林，焦林看我，他忽然想起來，大叫：「我的背包！」老天爺，他的背包、我的背包都在車上，而車子已經看不見了。

8

一陣頭昏，天旋地轉，心裡想的卻是：「太陽這麼厲害，不戴一頂草帽是不行的！」此外拿不出別的主意來，只好回頭去找左良玉。她一眼看出來我們有麻煩，問：「背包呢？我到郵局去寄了一封信，你們就出事了？」焦林的口舌靈巧，連忙把剛才的經過說了，還好，她沒有怪我們，反而說：「沒關係，我知道這司機不是好東西，早就把他的車牌號碼記下來了，咱們追！」

她走得真快，我和焦林怎麼也趕不上。於是她一陣快，一陣慢，讓三個人有比肩而過的機會，她就利用那幾秒鐘會合的時間說幾句安慰的話：「別著急，他那老爺車也許在前面又拋了錨。」或是：「他要是拐走了背包，咱們告他！我有他的牌照號碼！」我心裡一陣憂，一陣喜，一會兒覺得左良玉有辦法，一會兒又認為希望渺茫，焦林也忍不住嘀咕：「我那背包，是一個同學要回老家，原封不動賣給我的，才到手兩三天，可千萬不能丟哪！」

吃飽喝足加上急走，汗水不是一滴一滴往外滲，而是一股一股往外奔瀉，數不清身上有幾處小噴泉。左良玉也在出汗，汗珠沿著兩頰向下巴匯合，顯出了下巴的尖削，額上的汗壓著眉毛，壓得她瞇著眼看人。我也覺得自己的眉頭沉重，伸手一摸，手掌心指頭縫全是水。誰說眉毛沒有用，要是沒有眉毛，這些汗水早已把眼睛淹沒了。看那挑擔的人、推車的人，他們出汗更多，天生的眉毛擋不住，用細麻製造了一道假眉毛箍在額上當作防水壩，每走一陣子就把假眉毛取下來拍打一番，汗珠隨風往旁人臉上手上亂撲。再看左良玉，她，也把白手帕對角摺成細長的帶子紮在頭上，好像是別出心裁的一種首飾，添了嫵媚。我暗暗的對她好感激好感激，迷迷糊糊的想：「要是丟了背包，卻得到她的關心，背包又算什麼呢？」我有點怕，惟恐背包找到，問題解決，她就不管我了。

9

午飯後是一天之中最熱的時候。路是酥的，人影是慘白的，風裡翻騰的不是塵沙，是火星子，我渾身淋漓而下的不是汗，是油。我想起一個故事，一個逃難的故事，婦女在前面逃，土匪在後頭追。土匪看女人比金銀重要，而婦女看貞操比生命重要，所以逃的人和追的都不肯停，都絕望的拚命。那也是一個炎熱的夏天，汗流成雨，髮根冒煙，人不再是人，是水火同源的神仙或妖怪。跑著追著大家上了山，山路崎嶇，逃的人漸漸慢下來了。也許是上了山就離太陽更近吧，那足以把貞操和生命一同銷熔了的熱，簡直要把那些冰清玉潔的人黏在地上了。那些又髒又臭的漢子張開雙臂，朝著她們撲過來。就在此時，所有的烈女貞婦都化成了油，所有的虎狼都失足滑倒，滾下峭壁墜入深谷。……在這個令人毀形喪志的烈日之下，我想那些化成了油的人。我省察自己成油了沒有。我估算由人到油還有多少時間……。

10

走在前面的左良玉喊道：「我們勝利了！」緊跟在她後面的焦林發出回聲：「我們勝利了。」我嚇了一跳，還以為他們說的是抗戰勝利呢，腳脖子一軟，幾乎認為不必往前走了，可是他們兩個在前面並沒有停下來，反而打手勢催促我加快速度，分明他們所說的勝利是一件伸手可及的東西。這時汗水聚在我的眉毛上壓得我抬不起眼皮來，連忙用那被汗水濕透了又曬乾、曬乾又濕透的手帕擦抹了，向前看，哈哈，心裡的高興簡直和抗戰真的勝利了差不多，遠遠公路中間像屎殼螂模樣的小黑點不是一輛卡車嗎？它似乎癱瘓了，又似乎蠕動著，看不出是熟睡後的慵懶還是絕命前的掙扎。隔著一大段距離，我惟恐它放一串起身屁又不見了，這時公路微微彎曲，露出車前有一頭黃牛擋路，瞧牠的腿勁和腰勁，還正在拖著重物呢。

我簡直不能聯想牛和汽車有什麼關係，可是汽車怎麼會跟在牛屁股後面？牛旁有個人，戴著由白變黑的斗笠，赤著腳，褲管捲得很高，分明是個農夫，他又那來的膽量爭先？你不能不佩服夏天的太陽，它能把牛肩上的軛，牛肚子旁邊的絆，農夫小腿上的青筋，農夫手裡搖曳著當鞭子用的那根柳枝，一一勾畫出來，情景是無可置疑的逼真，黃牛拖著汽車勉強前進。這回你準跑不掉，心裡一喜，臉上帶笑，汗水撲簌簌見縫就填，眼又睜不開了。

我們惡狠狠的攀上了汽車。還好，背包躺在那兒，只是像開水煮過一般燙。慌忙抓緊它，跳下車來，不敢貼肉，先用提開水壺的姿勢提著。這才有心情細看那車，車是十分的安靜、文雅，恐怕軋死螞蟻一般謹慎，無聲無臭。黃牛氣吁吁的走一步，車輪靜悄悄的轉一轉，半點不敢擅作主張。司機還坐在駕駛座上，還戴著目空一切的黑眼鏡，還在把方向盤當魔術棒，簡直以為那牛就是他的引擎。可是他心有餘、力不足，如果他心焦，他得伸出拳頭來沒好氣的捶打車門，牛是木然無動於衷，甩著尾巴，搖著頭，敷敷衍衍的踱著慢步，牠的主人，四十來歲的莊稼漢，一直在牛的身旁伺候著，臉上肉少骨頭硬鬍子碴兒多，用近乎誇張的殷勤回頭訴說：「官長啊，這種天氣會熱死牛啊，這牛好可憐啊！」司機哪裡肯依，拳頭擂得更響，莊稼漢連忙喝斥那牛，其實聲音裡充滿了慰問，又提起柳枝鞭打牠，其實是替牠趕蒼蠅。那牛一定跟主人之間有默契，依然不改變牠的遲鈍和怠惰。

11

司機移轉注意力，問我：「那妞兒呢？」一面左顧右盼自己找，透過駕駛室的窗戶吆喝：「那位女同學！上來坐！」左良玉裝做沒聽見，下巴一揚，搶到車子前頭去，焦林緊跟著。

年輕的司機碰了釘子倒沒有火氣，平靜的對我說：「我跟你們同路，可以順便幫你們一個小忙。你們錯過了我這部車，未必能有第二個機會！」他慷慨的對我說：「你上來好了！」我不敢答應，可是我也實在趕不上左良玉和焦林。為了不辜負他，就伸出一隻手來抓住車門，鬆口氣，省省力氣。走著走著走近了村子，迎面過來一群孩子，拖著鼻涕的，提著褲子的，一窩蜂都來看笑話，大喊：「牛拉汽車！牛拉汽車！」恨不得把全村的人都叫出來，有的還拍著小手。司機暗中運氣，一聲呸把一口濃痰射出去，一道黃光加上腥風從我的鼻尖掠過，逼得我連忙撒手後退。濃痰擊中了一個小女孩，她還穿著開襠褲呢，自以為中了暗器，慌忙回頭就跑，一路上大聲喊：「媽！」司機接口罵一句：「你媽的×！」又伸出拳頭捶打車門，那莊稼漢連忙走近駕駛室，半是哀求半是威嚇：「官長，別驚了牛啊，牛受了驚是會發瘋的，那就走不成了！」司機無奈，只好罵自己倒楣、窩囊，莊稼漢只顧自說自話：「這是牛拉車，不是馬拉車，牛到底是牛啊！」言下之意好像是希望他另外找匹馬。

12

我們是往西走，太陽也逐漸偏西了，大地由火爐變蒸籠，風卻柔和了些，車身的鐵板鐵釘也不炙人了。手扶著車門比拄根拐杖還得力，戀戀不忍放開，總想能省一分力還是省一分力好，省一分力就可以多走一步路，前面山山水水遠得很哪！太陽的威力減弱，那司機也不戴黑眼鏡了，我越看越覺得以前認識他，印象很深刻，偏偏不記得他是誰，這就奇怪了。低頭尋思，耳畔聽得趕牛的莊稼漢央告：「官長呵，該放我的牛回去啦，牠還得回頭走夜路呢，牠總得喝口水，吃點草料啊！」

我抬頭看那司機有什麼反應，恰好斜陽一線穿過林隙描他的臉，把臉的輪廓重描一次，這回看出來，他原來不是個小號兵嗎，野心勃勃的到學校裡來找我們的號目比號，還下了跪要求號目收他做徒弟呢。那一天，斜陽就曾這樣照他！唉，難怪江南號聖不能再傳，連現役的號兵、當初對吹號那麼熱心的、不也改行了？他現在兩頰胖了些，再兩條橫肉隱隱約約要生出來，牙齒給香菸薰黃了，但是眼窩鼻梁嘴角改不了。雖然越看越像，一時還不敢相信這麼巧，就試試探探的對他說：「我想起來了，咱們以前見過面。」他不作聲。我緊追一句：「你吹號吹得真好，天下第二。」他用驚喜的眼瞥我：「你聽過我吹號？在哪裡？」我不敢提比號的那一段，他那次比輸了。急忙從他的話題中逃出來：「你吹號吹得那麼好，怎麼現在當了司機？」他不馬上回答，先用鼻音哼了一聲，再慢吞吞的：「小兄弟！我原諒你年輕，沒人敢給我叫司機。」經他提醒，我也覺得司機這個名稱不好，就問：「應該給你叫什麼呢？」他說：「我開車出來，路上人人跟我叫機座。」好傢伙！委員長人稱委座，司機是機座！我笑了，半真半假的喊了聲：「機座！」他老腔老調的誇獎我：「對了，你很識時務。上來，我送你一段路。」

一時心慌意亂，不知怎麼就坐到他身旁的空位上去了。屁股一落在椅子上，就觸到了一種叫做「舒服」的總開關，幸福的電流立刻流遍全身，似真似幻，很想找個軟軟的東西抱著哭一場，就一把摟緊了剛卸下來的背包，咬住嘴唇。弄不清司機是好意惡意，只聽他說：「我知道你們要到哪裡去，那地方遠得很哪，不走死你才怪！依我看，你就是讀到大學畢業，也是見了我得叫機座，還不如跟我去學開車！你聽說過沒有？馬達一響，黃金萬兩！」我茫然，反而問他為什麼叫「機座」。他說：「馬達一響，萬人之上，你懂不懂？」我不懂。他哎了一聲：「你什麼都不懂，就跑到這麼遠的地方來，你爹娘怎麼能放心？那麼馬達一響，女學生平躺，你自然也是不懂了？」我一怔，想不通。他笑了一笑：「喂，跟你在一起的那個小妞兒，叫什麼名字？她也想讀完中學讀大學？太可惜了，等她讀完大學，不知道折磨成什麼樣子，那時候男人誰還要她？」我越聽越摸不清頭緒，暗想你扯到哪裡去了，前言不符後語，你又沒喝醉。咳，你的父母對你倒很放心。

正說著，趕牛的莊稼漢又挨近了，問了又問：「官長，不早啦，你什麼時候放我回去啊？」司機不理他，他也不管我是老幾，向我求起情來。

這時我坐在高處，低頭一看，原來那農夫赤著腳走路，吃驚不小，問他：「你怎麼不穿草鞋？」他提起腳來，指指腳底板上的一層厚繭告訴我：「這就是我的鞋。」說著，謙虛然而滿足的笑起來，那層繭黃澄澄的墊在腳肉和大地之間，使我想起象皮，眼睛卻不知不覺去看前面的牛蹄。那頭老牛也在想家，越走越慢了，彎著脖子掉回頭來半是絕望半是希望看牠的主人，而牠的主人正用同樣的眼光看我，而我看見太陽掉進西天的雲窟裡，光線驟然暗下來，驚起烏鴉在空中盤旋，鴉背上還有青色的光澤，肚子和翅膀下面幾乎是黑成一團了。

13

暮色漸漸昏黑了，我很想念左良玉，惟恐和她失去聯絡，伴牛的農夫垂頭喪氣，偶爾伸手撫摸牛背，好像要向牠道歉似的。也不知那牛是怎麼想的，牠忽然勤快了，伸直了脖子、歪著頭、興致勃勃的往前鑽，牛蹄發出撲塔撲塔的響聲，簡直是在跟著馬學，牠的主人拉緊了手裡的繩子也不能使牠慢下來。可憐的牛，難道想用最後衝刺早一點奔到目的地嗎？牠何嘗知道目的地在哪裡呢？牠只是望見前村的燈光幻想自己的歸宿罷了。

果然，接近前村的時候，牛自動離開公路，決意入村，趕牛的人顯然有意縱容，駕車的人見牛往左走，就用力向右打他的方向盤，相持不下，僵住了。那農夫左右為難，不知如何是好，那司機用肘觸我一下：「你看看外邊是不是你的同學？」我倒疏忽，左良玉可不就站在村外路旁張望嗎？你一定想不到我就在車上。她怎麼獨自站在這兒，背上也沒有背包呢？

八成這個村子正是我們要投宿的地方，她先把焦林安頓好了，再出來接我。我心裡一喜，對司機說了聲謝謝，悄悄推開車門，先把背包丟出來，希望她沒看見我下車。誰知道她的臉不早不晚往這邊一轉，我心裡一慌，落地就打了個滾兒。

到底受過幾天軍訓。雖慌不亂，知道車輪底下危險，就抱住背包蜷起兩腿滾得遠一點，偷眼看車輪，倒順著老牛使力的方向轉過來了，接著，向村子緩緩進發了。司機突然改了主意，看樣子也要在這個村子裡住宿。我該站起來了，可是哪裡能夠，只有坐在地上捏腳脖子的分兒。伸手向前一摸，又趕快把手縮回來，腳掌腳跟腳趾頭除了大水泡就是小水泡，水泡裡一包亂針，迎著風橫衝直撞。難怪左良玉把搭便車說得比染上鴉片煙癮還可怕，我還以為她誇大其詞呢。現在怎麼見她？——抬頭一看，她正雙手扠腰，一言不發，等著我出醜呢！這可教我怎生是好？

「你呀，就是依賴心太重。」這時村頭只有我們兩個人。她毫不客氣：「依賴心太重的人容易墮落。這個毛病你要是想改，現在就痛下決心。你想改不想改？」我當然想改，哪有不想改的道理？「為了表示你的決心，你現在自己爬到村子裡去。」

我愕然，怎麼叫我爬？「你不爬，難道要我揹著你嗎？」是啊，不能讓她揹我。我放眼四望，夜已經黑到能夠遮羞的程度，可是我為什麼要爬？血氣一沖，霍地站起來：「你先走！」腳掌不是很痛嗎？我還偏要重重的踏下去呢！拚著兩腳砍掉餵狗。這一段路不遠，我可是刀山油鍋的走過來了，坐在洗腳盆旁邊熱汗冷汗流個不停，水泡流出來的汁液把草鞋和腳掌黏成一片。經過路上摩擦，鞋底早已像蜘蛛網一樣輕，用力從腳上把它脫下來，隨手裂成許多碎片，只剩下周圍一圈麻繩。

我們投宿的農家，在院子裡搭了一個棚，棚下有鍋有灶，做夏天的廚房。左良玉先從鍋裡舀出兩大碗開水放在我手邊，又抓住柴草放在灶裡吹火點燃，柴草成了灰還能飛出來黏在她的鬢上，臉也烤紅了，是女孩子甘心做家事的時候才有的那種甜美。這種感覺短到只有一秒，她把加熱以後的水倒進一個木盆裡，從自己的飯袋裡拿出一包鹽來撒進去，攪拌了，把半盆熱水推到我的腳邊，用命令的語氣說：「洗腳！」我怎麼敢洗，望見木盆裡冒出來的蒸氣，我早把兩腳縮回來了。可是她說：「洗腳！洗了腳你明天才能走路。」盛情難卻，我偷偷的瞞著自己把腳伸出來，心裡想的是：「不能洗，我的腳掌有肉沒有皮，怎麼能用鹽水洗！」說時遲，那時快，左良玉抓住我的腳脖用力朝水裡按下去，我大叫一聲，身子向後一仰，兩腳從水盆裡彈出來，水珠弄濕了她的袖子。我沒有氣力道歉，她也沒有認真生氣，平靜的告訴我：「好了，把腳放在水裡泡一泡，不會再痛了。」我想，也罷，事已至此，就勇敢的讓盆裡的熱水浸我的腳尖，再浸我的前掌，然後到腳心再到腳跟。一切正常果然不可思議！如果這時候從外面進來一個人，我告訴他剛才是我為了洗腳失聲大叫，他肯相信才怪了呢！

14

疼痛的感覺消失以後，疲倦馬上趕來填補，腳從木盆裡抽出來，懶得去擦，任夜風去吹，明知屋子裡有地鋪，也懶得去睡，就把背包拉過來當枕頭算了。掙扎著喝完兩碗水，簡直什麼也不能再做。睫毛的縫隙裡漏進來星光，明天響晴，一定很熱，然後就什麼也不能再想了。

不過這一夜睡得不安穩，斷斷續續作夢。先是夢見焦林連床夜話，焦林說他睡不著，而我呢，瞌睡得知覺都遲鈍了，只聽得他在耳旁悶悶的說，他在洗腳時候也大叫過，引得這一家婆婆、媳婦都出來看。

他那充滿了怨憤的聲音在我耳旁迴盪：「我吃的苦並不比別人少，為什麼不讓我跟別人一起念書？」他說無論如何他不能回家，他家三代都不識字，都沒個正式的名字，現在他好容易有個名字叫焦林，一旦回到老家，他又變成一個沒有名字的人了。他又幽幽的說：「這種苦日子，三年才苦到初中畢業，五年才苦到高中畢業，八年才苦到大學畢業，為什麼要把我們折磨這麼久呢？為什麼不能縮短呢？」……後來彷彿也是他說，左姐知道後方有一所與眾不同的大學，對學生主張寬收嚴訓，像他像我這種程度的人都能進去。他問我這所大學在哪裡，他說：「如果他們不讓我讀中學，偏是另外有人讓我讀大學，那可真是給祖宗三代爭口氣……」

我太累，累得沒有力氣思索，但是又不能熟睡，耳朵裡響著大學！大學！大學！我模模糊糊記得西遷，記得一張簡單的地圖！記得長城很長，記得人會化成油……，記得的事情太多，太累，忽然又什麼都不記得了……然後一個恍惚我們上了路，路上有很多行人，都走得飛快，不知怎麼這些人腳下都起了火，每個人變成一根劃著了的火柴，所有的人滑行到地平線上燒成一座熊熊的火山，黑油從起火之處流下來，寂靜無聲，油裡有未化盡的毛髮指甲，漂浮著一個紙筒，我拾起來打開看，原來是一張大學畢業證書。可是焦林呢？我四面張望尋找，我赤裸的雙足浸在火辣辣的油裡，我在縮短我在化油。驚醒了，首先想起自己的腳，夢裡不知不覺腳又泡在盛水的木盆裡了。

然後是我們在新的教室裡做雕塑，我和焦林合作塑一個頭像，我們都捏著石膏。起初，我並不知道我們要完成一件什麼樣的作品。漸漸的，臉龐成形了，五官的輪廓確定了．怎麼，這不是左良玉的頭像嗎？神情還保留著投宿農家吹火燒水時的親切呢。我仔細修飾它的脖子，我的手掌輕柔的均勻的撫摩由脖子到肩膀的弧形，我內心的溫熱給了它溫熱，我掌肉的彈性給了它彈性。我要撫摩撫摩，不停的撫摩，直到它成為一個活人。焦林在一旁眈眈的望著我的動作，很不以為然的說：「行了！」他似乎越來越緊張，一會兒又說：「夠了！」一聲音比第一次提高了很多。再過一會兒，他終於粗暴起來，我和他扭成一團，撞倒了塑像。迷糊慌張中伸手朝地上摸索，手裡緊緊的捏著一只空碗。

15

忽然有聲音。螺旋槳發動的聲音，敵機臨空的聲音。睜開眼，一躍而起，聲音滿耳滿院子，這回不是夢。抓起背包看天空，天空白了，還沒有藍，飛機怎麼會起得這麼早。想逃想躲，走了兩步又停下來，從來跑警報都是下鄉，這裡是個小小的村莊，還想躲到哪裡去。驚魂稍定，有了判斷的能力，聽出來聲音不在天上，在門外。不用說，這是一輛汽車。車在門外停住，卻不熄火，大概司機猛踩油門，馬達聲高一陣低一陣，夾雜著車後面排氣管爆氣，一副惡形惡狀。黃狗立刻想起牠的職責，站在院子裡拉足了架式向牆外狂吠，雖然牠並不知道到底發生了什麼事情。雞的膽子小，在驚惶中飛上鍋台，飛上石榴樹，吱吱咯咯呼朋引類。老太太出來了，扶著拐杖，一個俊俏的小媳婦也出來了，跟在後面。家裡好像沒有男人，焦林也出來了，他嘴唇掀動，手向下指，在汽車司機的示威聲中我聽不見他說什麼，低頭一看，原來我赤著腳呢，趕緊放下背包取草鞋，今天果然可以照常走路了，這一喜，把昨天的疲勞昨夜的睡眠不足都忘了。

16

我一馬當先出去瞧瞧。一步門裡一步門外，司機正好從駕駛室裡走下來。還是昨天的那部車，他伸出大拇指從肩膀上頭向後一勾：「車子修好了，大家都上車！」我還以為這是昨天晚上約好的呢，要不，他怎麼找到這個地方來？高高興興的和他交臂而過，踏上踏板，聽得他回頭吩咐了一句：「今天你坐後面。」就順勢攀高，跳進廂內。我想，駕駛旁邊的那個座位，一定是給左良玉留著的了？她本來反對搭便車，昨天晚上是怎樣改變主意的呢？不過這個改變很好，坐上汽車，我們今天就可以趕上大隊。大夥兒一起走，總比孤伶伶的有趣。這時汽車周圍全是小孩子，全是骨碌骨碌的大眼睛小腦袋，一層一層，我坐在高處向下看，心裡想，這麼小的一個村子，由東頭一眼看到西頭，怎麼有這個多的小孩子。最前面的一排孩子，在距離汽車大約三步遠的地方站定，除了骨碌著眼睛，或者吮吸著手指，沒有人亂動。後排的孩子也不擁擠爭先。在最後一排孩子的後面，又有五步到十步遠的空隙，那裡或是牆角，或是門前，站著門牙歪斜的大姑娘，胸前有奶水滲透的小媳婦，眼角爛得發紅的老太太，她們顯然是來照顧從自己家裡跑出來的小孩子，卻又寧願離孩子那麼遠，表示外界的新奇事物和摩登享受跟她們全不相干。他們老老小小雖然人數很多，卻非常安靜，連整個環境都沒有什麼聲音，好像所有的聲音都被剛才鋪天蓋地的馬達聲吞沒了，吸乾了，堵死了。而坐在車上的這個人，我，也彷彿成了一個怪物，被他們看了又看。

良久，司機出來了。只有他一個人，沒有左良玉，沒有焦林。看樣子他一切不在乎，可是他心裡實在有氣，「跺」上踏板，「摔」上車門。當他登上踏板的時候，有些十分機警的孩子早已跑開了，當他打開車門的時候，那些做祖母的，做母親的，做姊姊的，都緊張的喊出某一個名字來，把自己家裡的孩子喚回身邊，那十分敏捷的還搶步上前，把逗留不去的孩子當小鴨捉走。當馬達沒好氣的響起，車前車後空無一人，他們全離開了這是非凶險之地，貼在牆根，躲在門內，聽任他們完全不能控制的事情發生。

17

情形不對。怎麼又是我一個人坐車？駕駛室的後牆有個小洞，鑲著模糊不清的玻璃，我伏在洞口看了一會兒，想不出怎麼跟他聯絡，車身搖擺得厲害，好像要把我摔出去，一不小心額角和駕駛室的後牆撞上了，撞出一把金星來，反正車身正在震動，嘩嘩啦啦的響聲也很大，司機完全沒有覺察。我連忙把姿勢坐低了，閉上眼睛，就當是在風浪中坐船。

走了一程，車子停住，司機把駕駛室的門打開，探頭出來，叫我坐到前面去。前面平穩多了，響聲也沒有那麼大，而且腿可以向下伸，背可以向後靠，和後面簡直是兩個世界。我以為司機有話要說，可是他板著臉，閉緊了嘴。陽光開始灑在路上，路旁有個穿中山裝的人，一手攜著孩子，一手揮動草帽，希望車子能停下來，孩子背後還站著母親呢。司機取出黑眼鏡來戴上，從他們身旁衝過去。不大的工夫，路旁又有一個軍官，手裡捏著幾張鈔票，在風裡朝著車子招展，司機一踩油門，還給他一聲怒吼。我問：「他手裡拿錢是什麼意思？」「他是想告訴我，雖然他也是軍人，搭便車照樣出錢。」「你怎麼不讓他們上來？」「我帶黃魚兒要先看順眼不順眼，並不是有錢就行。」我想打動他的心，就說：「那個人帶著小孩，好可憐！」他趁勢說：「所以我勸你學開車，坐在車上看，在地上走路的人都很可憐。你還作夢讀大學？」

這個「夢」字來得真巧。我昨夜不是夢見了一個問題嗎？當「機座」的人見多識廣，消息靈通，我連忙問他：「聽說有個大學，沒讀過中學的人也能入學，到底有沒有這回事？」他說：「那個大學是八路軍辦的，你想當八路？」正好車子一顛我跳起來，頭幾乎撞著車頂。難道我真的遇上八路了？這個「八路」又是誰呢？想來想去，我接觸的人非常有限，不管怎麼猜，都跟八路扯不上關係。……我沉思，那「機座」也在沉思，他在想什麼？是不是把我當作一個小八路了。……奇怪，怎麼車子越走越慢？怎麼在路邊停下來了？糟糕，他要盤問我嗎？司機不慌不忙擦他的墨鏡，不慌不忙點著了香菸。「昨天跟你在一起的那兩個學生，一男一女，他們是什麼關係？」我說大家都是同學。「我問你，你要說實話，那個女學生為什麼不肯坐我的車？」原來你是問這個，這有什麼好緊張的，他說一搭便車就不想自己走路了，就覺得步行的痛苦難以忍受了，就要依賴別人的車子、喪失獨立的性格了。「她是這麼說的嗎？」對，她就是這個意思。「是了，是了，原來她是吃過虧上過當的，難怪！」他自己慢慢的想通了：「這麼年輕，就不是處女了，可惜！」他把半截香菸從車窗丟出去，順手打開車門：「你在這裡下車。」我一時摸不著頭腦，但是我知道我得照他的話做。雙腳落地，回身想從座位上取回背包，他卻粗魯的推開我的手，砰的一聲關上車門，我連忙拍門，彼此隔著車窗，他問我：「你有多少錢？」要錢做什麼？「你搭我的車，我要收錢。」這是青天霹靂，我沒有錢！「你真的沒有錢？」看樣子他對真正沒有錢的學生也許免費，我就指天畫日的發個誓，他的身子向後一縮，臉轉過去，轟隆一聲開了車，我的背包還在上面啊，我的背包！我叫，我追，可是那有什麼用處？

18

我大哭，路上行人來去，沒個人停下來問我。當初到後方來，以為只要穿過敵人的封鎖線就什麼困難也沒有了，沒想到封鎖線難不倒人，到了後方另有這麼多的折磨。不過一想起離家的豪情壯志，眼淚漸漸乾了，淚痕經過的地方在風裡微微發麻，麻得心癢。想起左良玉說過，她手裡有那輛汽車的牌照號碼，稍覺安心，就放慢腳步，等著跟她會合。少不得走幾步回頭看一看。岔路的地方有棵樹，索性不走，站在樹下目送別人南來北往，個個曬成了蠟燭模樣。難怪當「機座」的人那麼神氣，才不過抽了一兩支菸的工夫，就把左良玉他們甩遠了。怎麼西遷沒有幾十部卡車，風起雲揚的走完這一程。怎麼搭個便車要受這種窩囊氣。一氣之下，真想不念書了，去學開車算了，如果我也是「機座」，我會一路上恤老憐貧，作些翻案文章給他們看。……幻想可以治療痛苦，想著想著，心裡不那麼難過了。

可是一看見左良玉又想哭。一看見焦林在旁又想充硬漢。心裡的滋味一口糖醋一口蒜，怎麼也調和不了。這次她倒沒怪我，一再叫我放心，好在是夏天，夜裡不需要蓋被子。空手趕路走得快，等我們到了學校再告狀。焦林說聽左姐的話一定錯不了。她又說我純潔善良，有文人的氣質，吃點虧是意料中事，經一事長一智，就當是交了學費吧。這些話我聽了比坐汽車還得意，對左良玉又感激起來。左良玉啊，既然上當能使你發現我的價值，我就甘心情願上當算啦！

19

左良玉還記得我早晨一口水沒喝就不見了，取出昨夜烙好的單餅，打開水壺，三個人坐在樹下吃早點。焦林揀那最薄的火色最勻的餅挑給我，又拿起長得最粗水分最多的大葱替我剝了皮，單餅捲大葱，咬在嘴裡脆響，光聽也夠美。吃著吃著來了蒼蠅，野蠅的模樣就像普通蒼蠅褪色了也長胖了，不怎麼急於跟人搶食物，還有閒情在我們面前搓手搓腳。左良玉要我仔細看蒼蠅：「有個故事你知道不知道？蒼蠅是一個長工化成的，那長工欠地主的債，答應替東家搓麻繩還債，他一直搓到死，債沒有還清，就變成蒼蠅繼續搓，永遠搓。」焦林說：「原來蒼蠅也很可憐，我們不該見了牠就打。」我說蒼蠅挨打是因為牠攜帶病菌。焦林說長工到死後還得替地主搓麻繩，順便帶點細菌去也很公道。我說蒼蠅也往長工家裡飛，也把細菌帶給長工，所以長工也打蒼蠅。這時左良玉接過話頭：「生物是不斷進化的，若干年後，蒼蠅一定不搓麻繩也不帶菌，牠的模樣也一定比現在好看。」我說那太好了，所有的蒼蠅都變成蝴蝶。焦林連忙說：「對對對！」

飯後，左良玉問我：「腳不痛了吧？你只有這一雙草鞋嗎？走路的時候當心一點，別半路上斷了繩子。走到有水的地方把草鞋弄濕，草鞋就比較結實。路過市鎮的時候別忘了再買一雙，有備無患。——你們誰缺錢用？」說著掏出一小塊黃澄澄的東西來，托在手心裡讓我們看。我問：「這是什麼？」焦林認出來：「是兩顆金牙！鄉長嘴裡就有兩顆！」

哪兒來的金牙？左良玉說，大家在路東集結，等候過路。她看見老太太小孩子在田野裡低著頭找東西，向村人一打聽，知道那一帶是個戰場，敵我兩軍狠狠打過一場硬仗，鬼子架起木柴燒他們的陣亡官兵，幾十里外都聞見屍臭。戰事過後，地上總有砲彈皮子彈殼，撿到手可以賣錢，運氣好的人還撿到鋼盔戒指。左良玉想蒐集一件紀念品，不料發現了金牙。「等我們走到有金店的地方，把它賣了，給你先買一床被子。」我連忙說不要。她柔柔的說：「這又是你的文人脾氣。我認為你不必推辭，因為日本鬼子欠我們每一個人的債，我們賣了他的金牙，應該有你們兩個每人一份。」焦林居然說，他的那一份不要了，都算我的好啦。

我蓋了金牙換來的被子睡覺，怕鬼來咬我。可是我沒有再說什麼，自從離家以來，沒有人這樣關心過我，我快要被溫情融化了，一心想做件事情報答他們。我能做什麼呢？在我看來左良玉完全不需要別人的幫助，而焦林所有的問題都早已由左良玉替他解決了。幸而我還不是完全無能，我知道他們可能遇見了八路，而他們自己未必發覺。總得有人提醒他們。還有誰比我更適當？於是我說：「我打聽過了，焦林說的那個大學是八路辦的。你們可得小心一點，教官對我交代過。」他們兩個張著嘴看我，好像我念的是一種咒語。接著，焦林的反應是：「我哪裡跟你提過什麼大學？你弄錯了。」我說，我記得昨天夜晚我似睡未睡的時候你來到我身邊……。焦林笑了一笑：「沒有的事！你是在作夢！」這一下子我可真正的目瞪口呆了。

20

走在路上我真有人生如夢的感覺。昨天曬得發昏，今天顛簸得發昏，加上司機突然的捉弄，焦林斷然的否認，我果然有人間天上的疑問。昨天晚上，焦林到底和我談心了沒有？他抱怨讀大學太難了沒有？他說他現在就可以進大學了沒有？他說了多少？我半睡半醒有沒有聽錯？會不會他只說了一半我就睡著了，順著他的話自己編了一個夢？抑或昨天晚上我們根本沒有見面，一切都是我的幻想？人，的確有候時夢境和事實混淆不分，或者一段事實、一段夢境連接起來編織故事。我曾經有過這樣的經驗，毫無疑問，昨晚是這種經驗的重演。

有了結論，我就把這件事丟開一旁，專心應付天的熱、路的遠和貪小便宜的悔恨去了。左良玉和焦林，好像也對那個特殊的大學沒有什麼興趣，只顧腿上裝了彈簧一般趕路，焦林倒還能緊跟在左良玉左右，有時還能談談說說，我雖然沒有背包，反而遙遙落在後面。將近中午的時候，我根本看不到他們的影子了，不過我知道他們會在打尖的地方等我。

我獨自在快要乾成齏粉的公路上走，覺得比昨天涼爽，左良玉親手裁了一片巧雲罩在我的頭頂上。我心裡唱著：「白天太陽必不傷我，夜間月亮必不害我。」我的汗比昨天少，一半也是因為不帶行李，突然減去了那麼多重量，足以使爬蟲變成飛鳥。有時風從後面吹來，吹透上衣直達肌膚，那種被撫摸的滋味簡直是難以形容。不過一種空蕩蕩的輕鬆也提醒我遭受了慘重的損失和無情的愚弄，在心裡埋下了暗傷潛恨。這天是災禍和幸福混合的日子，我沒有辦法只嘗其中之一。我是一陣沮喪、一陣興奮的在沙漠上的躑躅。不過我實在逃不出避苦就甘的習性，就強迫自己忘掉那司機，多在心中描繪汗珠怎樣掛在左良玉的下巴尖端，以及她母親般的嚴厲，姊姊般的大方，情人般的細心。呸，怎麼想到情人上頭去了，豈不是自我陶醉？不過一個女孩子，不是你的母親，不是你的姊姊，卻肯對你做母親和姊姊才做的事情，不是有情又是什麼呢？如果是有情，這分情將來又會怎麼還報呢？一路胡思亂想，幾乎要手舞足蹈。

21

到了打尖的地方，找來找去不見他們的蹤影，後來還是他倆從乘涼的地方走出來喊我，三個人重新會合。左良玉說：「我們已經吃過了，你自己吃吧！」焦林說：「左姐打聽過了，前面有個地方叫太平集，是個大鎮，可以把金子賣掉給你買東西。今天晚上就在那裡住宿。左姐帶著我先走，在商人收市以前趕到。東西脫了手，找好住的地方，再到公路上去接你。」我望著左良玉，她的眼睛也在這麼說，等焦林交代清楚了，回身就走。焦林還回頭叮嚀：「太平集，別忘了喲！」是的，天下太平，忘不了。

並不怎麼餓。早晨飽餐了一頓單餅，中午只覺得渴。我連喝三碗綠豆稀飯，潤透了五臟六腑。當你看到花盆裡的土壤乾裂的時候，你只想到澆水，等到水分飽足，你才想起它還需要肥料。我就是這個樣子，肚腸暢順，心頭卻拴了疙瘩。我很失望，咳，她，左良玉，為什麼不等我一同打尖。也許她餓了，或者焦林餓了，誰教自己走不快？咳，她左良玉要是等我吃完了午飯再走，有多好。這也難怪，她要到太平集去賣金牙，而賣金牙也是為了我。咳，她怎麼不親自向我說明理由？為什麼一言未發？那一定是因為焦林獻殷勤搶著替她說，她用不著跟他爭。儘管所有的問題都有答案，我還是不痛快，得不了滿分。

我想趕上去跟他們同行，就付了稀飯錢上路。我已經磨練過，能一連超越幾批行人。喝三碗涼稀飯只是一會兒的工夫，估計他們走不多遠。我一面急走一面盤算：應該追上她了，然而沒有。前面那兩個穿軍服的應該是他們，結果並不是。

我暗暗佩服她：走得真快！所謂女中豪傑巾幗英雄，大約正是這樣的人物。追隨一個本領高強的人是一件辛苦事，我在武俠小說裡早已讀到。反正太平集就在這條公路上，反正你在大路口等我，倒也無須擔心失敗。如果我到得太早，也許她還在金店裡討價還價，那樣反而容易錯過。……這麼一想，腳步不覺慢了，任性的幻想新棉被的顏色質料，幻想是母親的手還是姊姊的手捧著棉被交給我。

22

這樣一陣緊一陣慢的走著，走到又渴了、又餓了，走到遠近村落的炊煙升上來了，走到三三兩兩農夫從我面前橫過公路回家去了，我並沒有看見一個可能設立金店的集鎮。如果有這麼一個地方，它不會讓樹木掩住，它一定爆裂似的露出房屋街道，吞吐車輛牛馬，必定大模大樣跨坐在公路上，不像一般小村莊躲躲閃閃。它也必定有密鄰的短牆連成長牆，牆上漆著雪白的大字標語，或者還有飄揚的國旗，荷槍的衛兵。靠這些明顯的特徵，就算三更半夜你也能找到目的地。可是走著走著，並不見有這麼一個地方，越走，我的信心越動搖。

天黑以後，我知道不能再憑猜想去暗中摸索，就離開公路走進路旁的一個村子。我首先看見一個大姑娘——也許是小媳婦——坐在井台旁邊洗衣服，我走過去說：「請問——」她頭也沒抬，回了一句「不知道」，端起洗衣盆就走，井繩瓦罐還留在井口旁邊，也來不及收拾了。我毫不客氣，用她的水罐打水，先來一番咕嚕咕嚕的牛飲，再洗了臉，又把水倒在腳上濕透草鞋。只見一個老者持著煙袋緩緩走來。我連忙迎上去：「老先生，到太平集往哪兒走？」他想了一想，用煙袋往半空一指，我順著方向一看就看見了北斗七星。我說方向不對「你不是到帶兵集嗎，錯不了，有一輩古人在那裡帶過兵。」我說不是帶兵，是太平。他抽了兩口菸，還是沒有把問題弄清楚：「你是問唐平集，還是帶兵集？要是唐平集，唐王李世民在那裡打過仗，可就遠得很嘍！」我說，太平集，天下太平，就在這條公路上不遠的地方。他搖搖頭：「沒這個地方。」見我將信將疑，又加了一句：「我今年五十五，從來沒聽說過。」

23

這一下子我知道我有了麻煩，這回無論如何不是作夢。我也不能再往前走了，腳摩磨出新泡，得放在滾燙的食鹽水裡治療。而且從昨天到現在沒有沐浴更衣，前胸後背都在醃鹹菜，尤其是兩股之間，也不知跟浸了汗鹽的褲管摩擦了幾千次，現在我想是紅了腫了，才會火辣疼痛。

我對老者說我迷了路，暗夜無人，我打算在井旁沖個澡，把衣服上的汗氣揉掉，然後穿著濕衣找村長投宿。老者說：「也好，你得離井口遠著點兒，別把髒水迸到井裡去。」我答應了。他又說：「你放心洗好了，我替你放個哨，別讓婦道人家走近。」我連忙謝了。

我就脫光衣服用瓦罐打水，一罐又一罐，肆無忌憚的洗將起來。

山裡山外

1

我想翻越一座山。山以嚴峻的臉色對待我。它是萬古千秋生了根的閘門，阻擋兵馬，過濾遊子，保護林木鳥獸。行人如水，自古繞山而行。抗戰是對這一規律的破壞，是對山的侵犯。我們要踐踏它。我仰臉看那涓涓細流一般又像掛下來又像貼上去的小徑，思量如何辦得到。

繞山而行的人仍然很多，他們走公路。這山好厲害，左右開弓，巍然專橫，想切斷所有的路。然而世上沒有不能繞過去的大山，只要你肯多花盤纏。我的路費將盡，我想離開弓背，攀緣弓弦，貪條捷徑。我望著山思量。我想這山真笨真矛盾，既厭惡人來攀越，又不肯從中間讓開一尺。

忽聽得有銅鈴般的聲音喊：「賣涼水！」吃驚中看見一位白了頭髮拄著拐杖的老婆婆

守著水罐和碗，牽著一個六、七歲的男孩。男孩模仿雄雞的姿勢叫了一聲：「賣涼水！」瓦罐和陶土燒成的碗都和老人的皮膚一樣粗糙易毀，水卻像孩子的聲音一樣清澈新鮮。別無行人，孩子的那一聲一定是喊給我聽的，不忍教他失望，就買了一碗水，呷了一口，把水倒在腳上去滋潤草鞋。倒惹得老婆婆緊緊捏住到手的水錢低聲禱念：「阿彌陀佛！糟蹋水是有罪的啊！」

那不是虞歌和菊秋嗎？她們已經走過去，又折回來。和往日一樣，她們並肩而行。環境時代不饒人，清一色的服裝，能分辨誰是誰的只有臉，而有時候清一色的表情，能分辨誰是誰的只有聲音，以及由那聲音自己報出一個名字。但我永遠能分辨虞歌和菊秋。我見過從前的虞歌，垂著黑油油的辮子，青春洋溢在臉上，裹在衣服裡，由兩袖兩手流瀉出來。在菊秋之旁，如同把菊秋罩在美麗透明的罩子裡，壟斷了男人的目光。無論如何，舊日的痕跡不會完全消失，任何細微的痕跡，都能把往日重建起來。

我望著她走近，暗暗下了決心：她們怎麼走，我怎麼跟。她們顯然是發現了我才折回來的。虞歌問我在這裡等誰，我說我是一人獨行，她很高興的說：「那就還是跟我們作伴吧！」她說「還是」，意思指的是三個人曾經一塊兒穿過敵偽的封鎖線到後方求學，我常常回憶那一段旅程，虞歌卻從來沒有提過。現在她說「還是」，我聽了真是痛快，歷史總算又連接起來了。

2

虞歌說他們早就決定走山路，讓菊秋在山上寫生，她倆所以來得晚，走得慢，就是因為菊秋要在路上畫畫兒，這倒好，我也實在是一隻跛鴨。她忽然問我還有路費沒有，語氣十分鄭重。她最精明的時候也就是最美麗的時候，同時也是使我傷心的時候。我拒絕回答。菊秋一直望著我，默不作聲，這時用肘彎輕輕碰了虞歌一下，對我說：「走吧！」

3

先經過山腳下的幾戶人家。有一家就住在路旁，門口豎著一捆竹竿。我走過門外的時候，門窗像畫上去一樣安靜。可是不久我聽見背後有隻狗像面臨生死關頭一般狂吠，那戶人家的狗從門外跳到門裡，從門裡跳到門外，威嚇虞歌和菊秋。她倆倒也不怕，站在路上察看那捆竹竿。不久，屋子裡面出來一個小孩子，不過八九歲罷了，狗卻一面叫一面看他的眼色，等到發現不必這麼緊張忙碌，就和緩下來，零零碎碎短吠幾聲，用大部分時間搖著尾去舔孩子的手和肚皮——孩子是光著上身的。這時虞歌和那孩子對話，虞歌掏出一些錢給孩子，孩子笑得鼻涕過河，抽出三根竹竿來給虞歌，原來虞歌看出來這些竹竿是專為登山人準備的手杖。

買賣成交，狗弄清楚了人與人之間的關係，對著虞歌也搖起尾巴來了。

我接過一根竹竿，試試長短，倒也合手稱心。砍竹子的人不馬虎，切口很整齊，每一個竹節都削得平平滑滑。我拄著竹杖走了幾步，虞歌在後面叫：「難看死了！」怎麼？難道不是做手杖用？回頭看她們，她們都把竹竿扛在肩上，像扛一枝槍，姿勢果然勇敢得多。我想花錢買竹竿絕不是為了扛著玩，就站住等她的解說：「山上草多的地方可能有蛇，你明白了吧！」我恍然大悟，更覺得她想得周到。「你以前走過山路？」「沒有。」「哪裡來的經驗？」「問有經驗的人。我若做一件沒做過的事，總要找三個五個人好好打聽打聽。如果能找到參考書，我就看書。」我一聽，這辦法倒好，我得跟著學！

4

山路越走越陡。我的上身前傾，臉和路面平行，讀書一般讀一條路。一面揮灑汗珠做標點。讀書讀累了就抬頭讀畫，天上的蒼鷹，石縫裡的叢竹。看那一塊一塊石頭，每一塊石頭是一張吝嗇的臉。要是什麼都不想讀就聽音樂，知了在這座山裡熱心地獨唱，誰若走近它的舞台，它就停止表演，緘默無聲。它總是和你隔著一段距離，而且常常在你的腳下數丈之處，當你站在高處，蟬聲是很動聽的。你也可以聽聽伐木的聲音，斧頭砍下去的聲音是聽不見的，你聽見的是鼓掌似的回聲，拍門似的回聲，一隻手掌拍下去，四山的千門萬戶都會響，一個人怎麼能弄出這樣多的聲音出來，樵夫真是神祕，真是威風！

5

在窄小的山徑上，虞歌和菊秋不能再並肩行走，山把她們拆成一前一後，山安排我們三人走成一線，一條彎彎曲曲的線，坎坷的路面又強硬限制三個人必須隔著相當的距離。我在菊秋的後面，只有在轉彎時才可以遠遠望見虞歌。在我們三個人中間，虞歌走得最勇敢。當初穿越封鎖線的時候她就很勇敢，現在的勇敢更成熟。她一往直前，從極細的泉流上跨過，從布滿苔痕的巖石下繞過，不曾回頭看人。她並沒有拿竹竿當手杖用，她把竹竿扛在肩上。走到腳旁有亂草的地方，伸出竹竿向草叢中拍拍打打。她是用竹竿趕蛇。她是為我們開路。她從來比我們勇敢，比我們聰明。

虞歌不見了。樹林擋住了她。茂密的枝葉也擋住了陽光，林裡沒有陽光，也就沒有草。也就沒有蛇。樹林裡只有偶爾隆起的樹根和清涼。我叫不出這些樹的名字，只知道這是一種不能養活蟬族的樹，所以林中也沒有蟬聲。天憐行人辛苦，賜下這一片平坦幽靜，可是林中也沒有別人，只有虞歌等我們。虞歌問我們要不要休息，我說不要。她說應該讓菊秋第一個先走，我們好知道她想在哪裡停下來畫。菊秋馬上取出鉛筆畫簿來就想畫一張畫。那麼我們就休息。她一路上已經畫了很多速寫，飯包裡沒有乾糧，只有畫紙鉛筆橡皮。虞歌說還有一些藏在背包裡，飯包實在放不下。菊秋說她畫畫用的東西全是虞歌買了送給她的。虞歌稱讚菊秋有美術天才，沒有天才的人應該幫助天才；她問我有天才沒有，我說沒有；那就該幫助菊秋，她畫畫兒的時候你替她揹著背包。好，這很容易，我馬上把菊秋的背包拿在手上。

6

菊秋要畫什麼？她不倚在樹上畫，她坐在路上畫，我站在菊秋後面看她畫。於是剛才一路經過的地方盡入眼底，剛才哪兒是走，簡直是騰雲駕霧。當時只看見眼前腳下幾尺，路是窄了一點，到底還是路，回頭看全程，簡直一條長龍，它一段懸在樹梢上，一段藏在懸崖下，一段架在懸崖與懸崖之間。菊秋作畫的時候全神貫注，我從她的手背，後頸，坐的姿勢，看出她的緊張。畫好了，對照實景稍稍修飾一下，肌肉才放鬆了。她說：「學校遷定了以後，我想開一個西遷速寫展覽，你能不能到會場裡幫忙？」我說當然可以。她輕輕嘆了一口氣說可惜沒有水彩和油畫，全是鉛筆的作品，把世界畫空虛了。說到這裡，平靜的山裡忽然起了一陣風，只見遠處的竹林起起伏伏，近處的樹木雨打海潮一般響，驚起多少大鳥小鳥從竹叢裡從林梢間衝出來盤旋飛翔。好像滿山都有聲音催我們趕路。就在這時候，眼前驀地一暗，升起一股襲人的陰氣，原來是山高太陽低，山峰遮住斜日，儘管遠野還明亮如鏡，暮色卻早一步到了山腰。虞歌說：「走吧，未晚先投宿。」我問今夜宿在哪裡，她伸手向前一指，遠處林梢掛著一匹灰白色的羅紗，那是炊煙。

7

漸漸看到了幾戶人家。虞歌說：「當心啊，把竹竿扛在肩上。」她大概料到我會疑惑為什麼，就自動加了解釋：「山裡人家一定養狗，狗可能把拄著竹竿的人認為叫化子。」我從小怕狗，看見葵花子就會想到狗牙，本來就走在她們後面，這時更是遲疑不前。我聽說過，山地人養狗不只防賊，還防狼，防蛇，凶猛得很，簡直咬死人。而且山裡沒有醫生，咬傷了沒處醫治。正想著，後面有軟裡帶硬的東西碰我的腿彎兒，回頭一看，腿和手都麻了，竟有一隻跟小馬駒子那麼壯的大黑狗在偵察我的底細呢，我恨不得能通狗語。我不敢跑，不敢站，不敢多看，不敢不看，不知道要怎樣應付才算適當。幸而後方有人一聲輕叱，黑狗立刻掉頭而下，不見了，轉眼工夫下面冒上來一個漢子，短褲短袖，竟然赤著腳爬山，遇到需要防滑的地方，十個腳趾彎成鉤子抓緊地面，怪可怕的。他背上揹著一個木製的框架，裡頭放著一些包包罐罐，那東西的寬度超過他的肩膀，我得站在路邊貼近岩石讓他通過，那東西的高度使他不便再戴遮陽的帽子，所以他由臉黑到脖子，並且好像是從褲管裡穿過去一直黑到小腿，那是一種泛出紫紅來的黑，沒有光澤，看上去顯得憔悴。不過那又是從強壯裡滲透出來的憔悴，他是鐵人一樣背負著他的重擔，他的狗一會兒跑在前頭引著他，一會兒又跑回去迎他，十分和善殷勤。

8

那漢子在和我們擦身而過的時候望著我們笑，這一笑招來的後果是我們三個緊緊跟著他走，走到他家門口，狗先衝進屋子裡報信，搖著尾巴送出來一個小媳婦，她在細胳膊細腿的骨架上掛著一個大肚子，走起路來像個鼓手。臉色有一般害喜的人那種黃，看見我們三個穿軍服的，不免一驚。聽那漢子說「好渴」，趕快從水缸裡舀出半瓢涼水送過去。他一路拄著根木棍，棍子的一頭有杈，現在用它撐住後面的貨架，一轉身，乾淨俐落的卸下擔子，臉色一鬆，大黑狗圍著他又親又跳。我們沒法近前，隔著距離向他找村長，他說：「這裡只有四戶人家，哪有村長！」那就找保長吧，「保長，遠得很哩，一保四十里。」你們這裡總也有個替大家辦事的人吧！「有啊，就是我！」那太好了，請你今天晚上給我們找個住的地方。

「就住在我家好了！你們還沒吃飯吧？我家裡的東西你們是吃不慣的，好在我剛從鎮上販了貨回來，有鹹魚、大頭菜、麵粉、豆腐乾、豆餅、花生醬！」

我沿途投宿，總是由世故很深的老年人出面接待，雖然打擾了他，很感謝他，卻也無法喜歡他的虛偽和油滑。我知道他一年到頭要應付許多需索，一個人乃至一個村莊都沒有那麼多的誠懇。眼前這個黑瘦的漢子倒是爽快宜人，我們一下子就跟他熟了起來。他說他除了種些梯田，還打打獵，這幾年常常過兵，不敢隨便放槍，就把獵槍賣了做小販，定時到山下去販些雜貨回來賣給附近的人家。虞歌一聽馬上掏出錢來說今天要烙油餅請他們夫妻一塊兒吃，媳婦的聲音很開心：「那怎麼好意思！」漢子卻坦然的說：「你們別嫌我食量大。蔥是自家種的，柴是山裡長的，這兩樣都不要錢，白麵和豆油我賠不起！」

這邊菊秋捲起袖子和麵，那邊小媳婦在灶旁箕踞而坐點火燒水，我跟漢子到外面拔蔥，他順便從什麼樹上砍了一根樹枝回來。等鍋裡的水嘩嘩響，他把樹枝伸到灶下去點著了，趁它燒得正旺，以極快的手法掀開鍋蓋來一個烈火撲水，給開水加上顏色香味，就是一鍋熱茶。茶起了鍋，第一張餅也擀好了，虞歌一手拿鍋鏟，一手拿油瓶，擔任主廚。只聽嗞啦一聲油下了鍋，虞歌用鏟子朝鍋裡攪了兩下，叫道：「這鍋漏油！」菊秋伸過頭去看鍋心，我蹲下去看鍋底。嗞啦一聲，鏟子又在鍋裡響了兩下，虞歌又叫：「你看，油到哪裡去了？」漢子納罕：「奇怪，鍋怎麼漏油了呢？」媳婦恍然：「沒有漏，沒有漏，是鐵鍋喝油。」喝油？「是啊，這鍋是塊生鐵，平時不見油，就會這個樣子。」虞歌說：「我就只好讓它先喝個夠。」於是油下如注。漢子心疼的叫：「夠了！」媳婦在灶口火光的照耀下興奮了：「烙完了餅，這鍋可不能刷，我要留著油鍋明天炒個菜。」

9

大家稀里呼嚕吃熱餅。媳婦吃得最慢，時時深情的注視狼吞虎嚥的丈夫。又趕走一圈一圈的來聞香的大黑狗。又十分好奇的問我們到哪裡去，虞歌說了個地名，她不知道那地方在哪裡，又問我們從哪裡來，虞歌說了個省名，她也不知道那是個什麼樣的省。然後問念書為什麼要跑這麼遠。問日本鬼子為什麼打中國。問坐過輪船火車沒有。問火車的輪子究竟是鐵的還是橡皮的，問外面苦不苦？「不苦！」憑良心說，真不覺得苦。問想不想家？「不想！」憑良心說，真沒有想過。她跟虞歌談得很投機，她說她生在另外一座山裡，嫁到這一座山裡，從沒到過平地。她說如果她沒嫁，如果她也在外面讀書，她也不怕苦，不想家。說著說著扯住了虞歌的手。

菊秋呢？她注意那個揹著搬運東西的架子。她去看它的構造。也撫摸那根帶杈的木棍。那漢子說，揹這東西揹久了，肩膀和背上都起了硬繭。他說山路太窄，彎曲又多，不能挑擔子，不能推車子，只有揹著東西走。他說這個架子不但能裝貨，稍稍改裝一下還能載人。他說有個女學兵突然得了病，就是他揹下山去的。菊秋對揹人很感興趣，打斷了虞歌和小媳婦的談話，要求虞歌明天早上讓那漢子揹起來。她要畫一張。

是我多嘴，我說什麼地方有一種風俗，新郎迎親的那天就這樣揹著新娘。虞歌哇的一聲說她不幹。菊秋用哀求的聲調說你不幹我就少了一張好畫。虞歌指著我：「叫他坐上去，你畫他。」「唉，他是男的，我希望畫個女的。」虞歌說，你可以故意把他畫成女的。菊秋嘆氣，你不明白，那是不行的，我得對我的作品忠實。虞歌突然轉移話題，罵了我：「你呀，一肚子沒有用的壞知識！」

10

那漢子打個呵欠，說他今天太累，要去睡了。那媳婦想站，虞歌連忙扶著她站起來，她猜我們一定想洗澡，屋後順著山坡有一條竹子做的水管，晝夜不停的往下流水，三面圍著竹牆。她建議虞歌帶著大黑狗，虞歌菊秋都連忙說不要不要，她們寧可要我。竹牆插得挺嚴密，何況夜又這麼黑。虞歌觀察四周，小屋的後牆沒有窗洞，山坡上也不可能有人，水分充足的地方難免生了許多草。虞歌的意思是，她倆洗澡，我在外面打草驚蛇，然後換班。於是我就掄起竹竿劈里啪啦的敲打那片草。起初我是沿著竹牆的牆邊敲，但求蛇不進牆，虞歌的喊聲蓋過嘩嘩水聲：「你離牆遠一點！」我擴張領土，向遠處搜索，虞歌又問：「你到哪裡去了？怎麼聽不見你的聲音？」我只好採取蛇形路線，她嫌近的時候能遠，嫌遠的時候能近，打那些想像中可能存在的長蟲。

輪到我洗，似乎聽不見竹竿撥草。洗完出來，草地上沒有半個人影、狗影、鬼影，倒是彷彿有些蛇影。我又驚又怒，趕回投宿的地方理論，虞歌不答話，還是菊秋好，對我笑：「地上根本沒有蛇。」既然沒有蛇，你怕什麼？「我們怕的不是蛇。我們怕的你不怕。」

11

雞鳴早看天，日出前就登上峰頂。原以為能看見平疇沃野、田園人家，卻不料眼前又是另一座山。山的那一邊，海浪一般起伏的還是山。從外面怎麼也看不出來山外有山、山裡套山，總以為青山雖高，不過一重，倘若早知不然，寧願去走另一條路了。山以它的簡單引誘我，一座山掩藏著眾山欺騙我，我幾乎賴在地上不想走、走不動了。菊秋也站住，拉出紙筆滿臉的幸福，她想畫。虞歌很興奮的說，那個小媳婦昨夜講故事，說山是怒氣，山是冤魂。當初（天曉得那是什麼時候）這裡是平地，是良田美池雞犬人家。在某一次改朝換代的時候，這裡的人誓死反抗，征服者來了個屍骨如山，血流成河。一夜之間（夜可以變出許多奇蹟來）這裡忽的湧出一群山峰，像一鍋沸騰的水湧起，瀉落，拒人千里，連家畜都化身為山中的虎狼。新皇帝征服了這片土地，可是沒有辦法統治。據說這些山本來還要拔高，還想擴大，玉皇大帝知道了說不行，說此事應適可而止，惟恐山峰戳破了天，山腳壓翻了地。天帝命仙女用金針刺每一座山的尖頂，山就停止發育，並且露出受了挫折的模樣。

虞歌說，這回你有了寫作的材料，你看，跟我們走準有好處。菊秋有畫，你有文章，我什麼也沒有，我只是替你們服務。她說你不能光占便宜不吃虧，你得替我們趕蛇。我連聲答應。於是我就走在前面。

12

山是披著灰衣，是一群沉默的弔客。可是太陽出來了，山換了淺色的上衣，梳洗過，用筋骨脈絡顯示了儀容。太陽升高，山的眼睛亮了，服飾燦爛了，身段架式擺出來了，由天地舞台的一角走到中央來了。山是在舉行時裝表演。我看不出它們蓄怒反抗，不共戴天。也許那是歷史陳蹟，是它們祖先的事，現在的山已是子孫，沒有切膚之痛。也許自從挨了天帝的金針以後它們就軟化，代久年湮，由不甘而自然。管那些傳說做什麼呢？我看菊秋並不想聽，她只是想畫，她不讓傳說妨害審美。可是她苦悶的停住筆，說畫不出來。她站起，貪婪的看山，說要畫這種山只有用油彩。把失敗的嘗試從簿子上撕下來，一張，兩張，隨風飄揚，船一樣雲一樣的在兩山之間盪著，盪著，卻不落下去。太陽忽然捉住了紙，把紙擦白，放大，降幡一樣招展，遠了又像墳前的紙灰那樣無常，不真實。菊秋只看那山，喃喃的說：「我非學油畫不可，等我學好了，我再來。」

山上有人揹木柴，有人帶著狗找獵物，有人挑著擔子找人剃頭，孩子們聚在一起燒知了吃，有洗地瓜的婦女，把地瓜切片攤在石頭上曬乾，有割草的婦女，把青草攤在地上曬乾。入山越深遇見的人反而越多，他們大概是愛山的人，他們好像說既然不得不住在山上就不必再看見平地，他們互相競賽誰能活在深山的深處。山是他們勤勞、堅忍而且多孕的母親。山像包孕岩石一樣容納他們養活他們。他們默默的淡淡的表情忘了山是山。

這些人同化了我。走著走著我走山路走出趣味來。我簡直覺得那些走大路的人真笨。走山路比較累，你累了就會印象深刻，會永遠記得你經過的地方。而且累了就容易被山同化，同化了就不再覺得累，到達目的地還是石頭一樣堅硬。山裡的小孩子都非常可愛，是一些穿上破舊衣服的天使。青年人天天爬山，腳趾都向下彎曲，他們跟鷹學習。老年人揹東西揹慣了，都微微的彎著腰，跟風口旁邊的老樹學習。女孩子都很矮，她們的腿短，她們的臉泛著青春紅，她們像山花。那些老婆婆瘦了，乾了，縮小了，臉像胡桃殼，只留下皺紋，閉鎖著感情。我是過客、路人，從平地來，跟他們不同。我用心的看他們，他們卻不大看我。他們對山的專情、對平地的忘情，實在是我意想不到的。

13

我們傍著山谷走。近午時分，日光直射，能清楚的看見谷底兩壁被雨水沖刷的條紋。我說真奇怪，人怎麼能找到上山的路。虞歌說人走的路就是水走的路，水怎樣順著山勢流下來，人怎樣走上去。所以我總是傍著山谷河流，水朝我們來的方向流，銀光濺射，往後抽我們的腿。我們走路，同時拉縴，同時拔河。

14

投宿的地方是一簇石板屋，天上有倦鳥回巢的時候，五十多歲的趙太太出來喚雞，我們跟著她的雞進了她的家。她家除了雞、狗，只有五十多歲的趙先生，兩間石板屋有一間空著沒人住，顯得寬敞。趙先生對我們異乎尋常的親熱，用誇張的聲調催促老伴燒開水，又問我們從哪裡來，到哪裡去。問我們餓了沒有，不等我回答，又問我認不認得趙源。我說趙源是我們的同學，大家很尊敬他。趙先生馬上張大了只剩下一半牙齒的嘴，哈哈的笑起來。「這孩子進學校念書去了，有出息！有出息。」我問他跟趙源什麼關係，他說：「是我的兒子！」我說：「不會吧，趙源是我的同鄉，怎會是你的兒子。」老先生連聲肯定：「是我的兒子，我只這麼一個兒子。」一面說一面拉著我去看證據，一間空房子，他兒子本來住在裡頭，現在床鋪還在，地上堆著些地瓜和乾草。

趙老丈抄起菜刀，太太連忙攔阻，問他想做什麼，他說招待小源的同學。教他別忙，問清楚了再說，無奈老伴聽不進，於是趙先生追雞，趙太太追趙先生。菊秋低聲說：「可憐，他想兒子。」虞歌責怪我：「你回答得太快了，應該多想一想，天下總有同名同姓的人。」禍既然是我闖出來的，我只有頂上去阻擋：「趙老伯，你的兒子是另外一個人。我們學校的那個並不是你的兒子。」他反抗：「你怎麼知道不是？」我說省籍不對。「省籍不對名字對！山上缺水，我給他取了個水字旁。」「可是身材面貌不對。你兒子是高是矮？我們這個同學是個高個兒。細長條兒。」老丈渾濁的眼睛失了神，趙太太就動手奪刀。拿刀的人手一鬆，頭一低，沒了主意。

吃飯的時候，趙老丈又提起精神，一再說「給他們一人一個荷包蛋」。太太只當沒有聽見，他氣哼哼的自己動手，我們都說不必，蛋還是下了鍋。老先生一面看我們吃蛋，一面說：「你們年輕人走五湖四海，見的人多，拜託你們打聽打聽我兒子在哪裡，叫他寫信回家。」

說著，作了一個揖。虞歌問他兒子是怎麼離家的，「唉，還不是賭博害的嘛！我奉勸你們千萬不要賭博！」他說兒子去年夏天不辭而別，一年來沒有音訊。起初他常常出山去打聽消息，有人說看見他兒子當了兵。左鄰右舍都說他老了，上山下山爬不動了，不知哪天跌一跤掉進山澗裡摔死。老伴不讓他再下山，只有坐在家裡想兒子，初一十五老兩口兒去菩薩那裡燒香磕頭。說到這裡看見老伴低頭掉淚，就打住了，嘆口氣起身進屋。虞歌掏出一張票子塞到老太太手裡，低聲說：「我們不能白吃你的雞蛋，這是買蛋的錢。」老太太好像聽見了，又好像沒聽見，又好像根本不知道手裡拿的是錢。

15

夜裡作了在平地上騎腳踏車賽跑的夢。天明才知道下了半夜大雨，山上不知有多少條大的流泉小的瀑布，像不同的樂器發出不同的響聲，山中充滿了喧譁，談話得提高聲音才行。菊秋又在作畫了，虞歌說今天不能走，天雨路滑，一失足成千古恨。於是只好呆立著看大自然怎樣在山上刻了痕又灌滿液體。看近處的水怎樣跳躍奔騰，辛辛苦苦變化姿態，看遠處的水好像凝固了，冷卻了，寂寞如死。看太陽出來，活的水死的水都光華耀眼，四山躍躍如出水鯉魚。我去看菊秋畫什麼，她沒有畫，只有出神。

虞歌說：「這麼好的空氣，我們何不走走？」山村的好處就是不會積水。雨水只替你沖洗汙垢。雨水也使某些地方露出稜角來，某些地方凹下去，像作畫一樣修改地上的線條。村後山坡上正直高大一棵樹，仰臉看去想起中流砥柱。由山上流下來的雨水淘洗虬根，把糾結在一起的龍蛇形體雕空了。我擔心樹已有些傾斜，虞歌說沒有。菊秋估算還有多長的根埋在土裡，能埋多深。如果連年雨水充足，它還有幾年就要倒下來，那也許要壓垮下面的一棟房子。預防的辦法是早些殺樹，但是那樣樹根會朽壞，水土保持的功能喪失，將來再下雨，有些土石要隨雨水滾滾而下，那塊最大的石頭也許比樹幹還重。結論是現狀不能改變，一切聽天由命，任其自然。

16

我們去看一旦樹倒下來可能砸到的那所房子。也是石塊砌成的牆，石板搭蓋的頂。不同的是雙扇油漆大門，雖然門上沒有字，卻也明擺著不是普通住宅。我們只顧逡巡好奇而不敢推門，卻見我們投宿的主人老兩口兒來了，趙太太挽著籃子，裡面盛的東西用一塊乾淨布蓋著，謹慎得很，他們十分嚴肅的推開門，迎面赫然是觀音大士的金身，敢情這石板屋是座觀音廟！金色的法衣、蓮台，白色的淨瓶、手足，粉紅色的蓮瓣、臉頰，都和外面的天光山光相接，教人忘了石板屋的簡陋狹小。兩位老人家恭恭敬敬的揭開籃子，拿出紅燭黃香，菩薩有了香火，遍山都是生氣。兩老跪下去，先生直著上身，他的老伴俯伏在地，香煙升上去，再散漫的披在他們身上。良久，菊秋已畫好一幅畫。良久，爐裡已燃完半炷香，門外聚集了兩三對善男信女。兩老在起身之前，竟敲著冰冷堅硬的石板地咚咚咚的磕了三個頭。

17

趙太太帶著滿足自信的神情對我說：「磕個頭吧，菩薩靈得很呢！」我想我不能既拜基督教的神又拜佛教的神，那樣也許我得罪了觀音也得罪了耶穌，兩個教都給我準備地獄。趙老丈見我猶疑，就熱心的告訴我，去年此時山裡山外方圓百里這一帶大旱，連樹葉都乾了，他們跟渴壞了的狼和猴子一同漫山找水，找著找著找到了一尊觀音，他是伸出雙手把觀音捧回來的人，古銅雖然帶鏽卻光明潔淨，壓著你的手燙著你的手你覺得祂真正實在可靠。趙老丈說：「我知道有了救。觀音菩薩一定是從天上來的，要不，怎麼會在山頂上呢？」是啊，的確奇怪。山裡的人不覺得奇怪，他們興奮。他們不再談飢渴，談的是第二年五穀豐登之後怎樣給觀音修廟。這一夜果然下了大雨，比昨夜的雨還大，他們露天長跪整夜陪著觀音挨淋。也許觀音菩薩顯過靈降過雨就升天去了，可是第二天放晴，觀音端坐在彩虹之下，好像要永遠做他們的守護神。他們就立刻用血汗和石板造廟，又從城市裡請工匠來用他們的血汗和泥土裝塑了一尊大的觀音，有了大的觀音，他們就活得更有依靠。自從觀音菩薩來了，這裡連雞也沒瘟死過，唯一的一件壞事是小源不見了。

18

我一面聽他說建廟的歷史一面看廟，石板屋的確簡陋到原始的程度，可是觀音的造像卻是規格堂皇，跟平地廟宇的標準完全一樣。說來真是不敬，這對比使我想起窮苦人家娶親的第一天，盛妝的新娘子坐在低矮陳舊的小茅屋裡等親友鬧房。如果不這樣想，用石板屋象徵苦難的人間，用法相莊嚴象徵神的權力和尊貴，這樣子的廟就更能激發虔誠的信仰。可是你不宜再想下去，你最好忘記菩薩帶來山洪，形成久遠的威脅，潛在的毀滅。既然旱死淹死都是死，人又何必修廟。你不能這樣想，事實是人在快要旱死的時候修一座廟，到快要淹死的時候再修另一座廟。所以世上廟宇很多，越來越多，廟的歷史比蓋廟人的家史要久長。

菊秋說：「你們看！」她一面走一面指指點點，要我看岩石上木材一般的紋理，看泥土上像流動的油脂突然凝固了似的紋理。她說水是刀，能雕刻，水也是筆，能描畫。虞歌眼尖，伸手往水汪汪的泥巴裡一翻，翻出一塊比雞蛋稍大的東西來，黑不溜丟的，就著細細的淺流中沖洗了，露出衣褶，露出底座，叫道：「看我撿到了什麼！」竟是一尊觀音像，菊秋接在手裡也叫道：「銅的！我看是骨董！」我替虞歌驚喜：「這地方怎能撿到骨董！」虞歌笑了：「八成是觀音又要顯聖。」菊秋轉了一個圈兒看天：「天上並沒有出現彩虹。」虞歌說：「我倒希望祂不要顯靈，讓我帶著做個紀念。如果顯靈，我就帶不走了。」菊秋說：「那麼咱們給祂燒炷香，磕個頭，叫祂不要顯靈。」虞歌說：「不對，要祂別顯靈，你得這樣。」說著，把觀音像往褲袋裡用力一裝。說著笑著，不覺回到昨晚投宿的地方，趙老丈正正經經的問：「菩薩給你們說話了沒有？」虞歌若有所感，急忙伸手去摸褲袋，銅像穿破了褲袋，掉在腳面上，打個滾身落地。

老者的眼球雖已昏黃，卻能一眼看出那不是尋常之物，忙不迭的伸出雙手：「給我看看，給我看看。」捧在手裡肅然起敬，瞇著眼，前面後面都端詳了，再把眼睛睜開，目不轉睛的朝著虞歌：「這是從哪裡來的？」

聽了虞歌的說明似信未信，連說奇怪，想了一想，大聲把老伴喚出來一同細看：「這是那年我從山上捧回來的觀音菩薩，沒錯，一點也沒錯。」他太太不信：「那個菩薩不是在廟裡嗎，怎麼會又出來了？」「是啊，是啊，一定是菩薩顯靈了！咱們又要有好處了！」「唉，年頭這個樣子，咱們還能有什麼好處呢？」老者的腰忽然挺直了：「咱們兒子在外頭做了官，要回來了！要回來了！」喜不自勝，把銅像放在牆頭，倒身便拜。

我們問趙太太是怎麼回事，她說當初菩薩顯了靈，下了雨，眾人商議蓋廟的時候，認為銅像太小，就決定放大多少倍，塑個神聖的外殼，把菩薩密密的藏在裡面享受香火。按道理，觀音不會隨便跑出來。虞歌一聽，馬上伸手去取銅像，卻被老者占了先。老者說：「你不能用一隻手抓，你得用兩隻手捧。」虞歌連忙捧手等待，老者並不把銅像交給她，自己捧著出門而去。老太太解釋：「他一會兒就回來，你放心。」我們正在不放心，老先生卻回頭叫我們：「三位跟我來！」

這裡住了四五戶人家，都是矮矮的石板屋。老者到每一家叫人，呼喊「菩薩又顯靈了」，每家都跑出個勇敢的男人來，女人小孩在後面慌慌張張的跟著，然後是狗，虛應故事的吠著。大家在廟前沒多大的空地上把老者圍在中間，老者像個江湖賣藝的人展示他捧著的銅像，紊亂的倒敘修廟以前的往事。誰也別想碰他的寶貝。有個漢子，起初沉默的聽著，後來一伸手，就把觀音搶過去。那人掌紋全是洗不清的汙垢。他就像連根帶泥捧著一棵幼苗捧著觀音，走進廟門，挺權威的樣子，老者在後面亦步亦趨跟定了。他把銅鑄的小觀音放在泥塑的大觀音座前，跪拜了，繞著觀音的像座察看。我們許多人擁在門口，把光線遮暗了，他看不清楚就用手摸索，從像座後面摸出一把大鎖來，對我們一拱手，把廟門關了，喀嚓一聲上了鎖。

19

原來那人是一甲之長。菊秋說：「銅像應該算是虞歌的，他們怎麼鎖在廟裡？」我說：「我也覺得他們不該。可是，他們的信仰那麼虔誠，教我不知道說什麼才好。」菊秋問我：「看樣子，他們在研究小觀音怎麼從大觀音裡頭跑出來了，你看這是怎麼回事？」我猜了一陣，她一直搖頭。要說這是另外一尊吧！山上那來許多骨董？若說當初塑像的時候根本沒有放進去吧，銅像早該在山下轉賣到很遠的地方去了，怎麼會還在山上？我們討論了半天，虞歌一直沒有表示意見。「你怎麼不說話？」

虞歌正要說話，外面忽然有激烈的爭吵，我們對那老者的聲音最熟悉，他瘋狂的叫道：「你胡說八道！你胡說八道！我的兒子是好兒子！」另一個聲音是趙太太的勸解，也很容易聽出來。還有一個聲音，我猜是那個甲長兼警察兼廟祝，他狠狠的說：「你兒子不是好東西，你護犢子也沒用。」我們出門察看，只見左鄰右舍的門次第打開，那個甲長的門卻恰好砰的一聲關上。趙太太直催老伴回家，她的老伴怒沖沖的朝看熱鬧的人出氣：「你們都是看著小源長大的，他那一點像個賊？血口噴人！沒天理了！你們說句公道話呀！你們說，我兒子是賊嗎？你們說呀！」左鄰右舍一聽，大門又一個一個關上了，正好這時候什麼長的大門又打開：「你兒子是賊！是賊種！」

趙老丈回來的時候兩眼冒紅，脖子裡頭脹滿了空氣，身上的旱煙煙油的氣味比平時強了幾倍，薰得我喉嚨發癢，虞歌立時咳嗽起來。他簡直變成另外一個人，連脖子也氣粗了。我們一齊勸他不要生氣。他喘著氣抽了一袋煙，對我們說：「我們是趙匡胤的後代，百家姓上第一家，當年避亂進山裡來的，後代子孫哪有做賊的道理？這真是龍游淺水遭蝦戲！」

20

老者想了一陣子，有了主意，起身便走。老太太一面用袖子擦眼淚，一面說出來龍去脈：那個甲長兼警察兼廟祝認為銅像並沒有按照原定的計畫塑在金身裡，它在施工中間被什麼人偷天換日拿去，幹這件壞事兒的，他認為就是老者的兒子。為什麼又讓虞歌撿到了呢？那個人推斷，老者的兒子是輸得太多了，黎明前離開牌局倉皇出走的，所以在匆忙中失落了銅像，現在被雨水一沖，從泥裡土裡露出來。

我馬上以仗義執言的神色說：「這話我不信。他完全是順口胡說。」菊秋也說：「是啊，要是這個人當法官，我們都沒命了。」虞歌說：「別讓他當法官，讓他寫小說。」趙太太得到安慰，嘆了口氣：「要是鄰居都像你們，我那老伴就不會生那麼大的氣了。」又說：「你們看我家老頭這個脾氣！兒子的脾氣跟他一模一樣，我最不放心的，就是年輕輕的在外面有這個脾氣！有這個脾氣的人怎麼會做賊呢？餓死也不會啊！」我們齊聲稱是。「我那兒子別的毛病沒有，就是愛賭，久賭神仙輸，輸急了，賣兒女當老婆的都有，也難怪人家拿壞事往他頭上按。按得上去嗎？按不上去，我兒子不是那樣的人。可也不能再賭了，招人家看不起。你們在外邊找著了他，教他趕緊回來，就算不回來，也千萬別再賭博。」說著，老太太又哭了。

我說我們一定替你找兒子。菊秋說找到了就教他回家。虞歌說要是他做了官，沒工夫回家，就教他馬上寫信。我說信裡有一張匯票，可以換蘿蔔皮一樣的新鈔票。菊秋說一張新鈔票新得像一把刀，可以切豆腐。老太太忙著搖手說不要鈔票，只要有張照片就行了。我說照片上也許兩個人，他在外面娶了媳婦。菊秋說那麼等他回來的時候也許有了孫子。老太太沉思，說她的兒子老實，但願別碰上壞女人。菊秋說我們把壞女人抓起來關在監牢裡。虞歌說壞女人做了你的媳婦也會變好。這回老太太的眼淚是笑出來的，她說：「她能變好，就別讓她坐牢了！」

21

趙太太的臉色剛剛和緩一些，看見丈夫胳臂彎裡托著許多香燭回來，又拉緊肌肉。她跟著老伴進屋，跟著老伴出來。老者提著菜刀，挾起水缸旁邊的磨刀石，又順手舀了半罐水，她也緊緊跟著，口手不住的叨念，料想是些勸阻的話，老者根本不聽。老者朝著廟門蹲下，擺下磨石，澆些水，吃吃的磨刀，從聲音聽得出決心憤怒。趙太太叨念了一陣子，伸手奪刀，被丈夫一招揮臂趕雞推得後退幾步，坐在地上。她起來還想向前，丈夫卻豎著刀刃向她，一副兇相。太太把頭伸過去，哭叫：「你砍好了！你砍好了！」到底沒有砍，磨刀也沒有停。幾戶人家的房門又開了。

趙太太去找鄰居，找了一家又一家。趙老先生只顧蹲在地上磨刀，聲如銼骨，磨刀石流出灰色的血液來。他的上身前傾，脖子更粗了，隨著磨刀的動作一下一下的收縮，使我想起青蛙。鄰居們站在自家口看他，他的太太在鄰家出出進進，他的手不停，眼睛一直看廟。我說：他想幹什麼？不會是殺人吧？菊秋說他不像是個殺人的人。虞歌說他怎麼殺得了那個蠻牛似的漢子？我說要是出了人命，咱們明天走不了，查案的人一定得向咱們問話。

虞歌說真倒楣，要是在別家投宿就不會這麼麻煩。我說你是我們的排頭，我是排尾。她說都是因為那老太太喚雞的聲音那麼溫柔，不知不覺跟在雞的後面走。菊秋說可憐他們想兒子想瘋了，其實他兒子在外面也許很快樂。虞歌說得對！就拿我們來說吧，家裡的人總以為我們在外面不知怎樣了，我們不是都挺好？我說這句話有力量，你快去告訴他！菊秋說晚了，現在再說沒有用了。

22

老者用拇指朝刀刃上輕輕擦一下，檢查他的刀是否鋒利。經過一試再試，滿意了，就用罐中的水沖洗那刀，用袖子擦乾。刀被他磨得很明亮，果然像個凶器。他提著刀轉過身來站好，叫道：「明天清早，我要請菩薩說話，鄰居來捧個場，作個見證。」他一個一個叫鄰人的名字。一家一家的房門又匆匆關上。最後關門的那一家，把老太太從門縫裡擠出來。老者又指著那個甲長的門，叫他的名字，告訴他：「明天你早一點把廟門打開，咱們心裡沒鬼不怕神。」那家的門倒是在他磨刀的時候一直關著。老者似乎要乘勝追擊，就索性罵起街來，說舉頭三尺有神明（伸手指指天），地下三尺也有神靈（指一指地），人好欺，神難欺，欺神的人斷子絕孫，男盜女娼。他又叫著兒子的小名，仰天高呼：「小源，你要是活著，在外頭好好做人，你要是死了，你的魂趕快回來，明天早晨來跟我把場。」這時趙太太到我們面前，像得了重病，說話有氣無音，要我們去勸她丈夫。她說：「我去求鄰居勸他，鄰居都不肯出頭，這地方再也沒有別人，只有求你們做做好事。」虞歌說：「我們去勸他，他給我們一刀怎麼辦？」老太太急忙說：「不會的，不會的，他這個人不會去殺別人，只會殺自己。」大家正在為難，幸好老者也累了，自動收兵回家，進了屋子以後沒再出來。

趙太太要我們進房去勸先生。怎麼勸？我們不知道趙先生到底想什麼。她顫著嘴唇說：

「明天清早，他要在廟門前擺香案，砍自己的手指頭。」為什麼？這是為什麼？「他這是為兒子伸冤，逼菩薩說話。」菩薩怎麼說話？菩薩是泥做的。「刀砍在他的手上，傷的是那個冤枉我兒子的人，他砍哪個手指頭，那個人的那個指頭就會掉下來。」天下怎會有這種事？這是標準的迷信，看樣子，老太太倒是信以為真呢！在勸說老先生之前，應該先勸老太太才是。我問她：「萬一這一刀下去，老先生的指頭斷了，那可怎麼辦？」她打了個寒噤：「他就再砍另一個指頭。」「萬一，我是說萬一……」菊秋推我：「別這樣追問！好殘忍哦！」老太太倒還撐得住，她說：「我還沒親眼見過。聽說有冤屈的人要砍三個手指頭，逼著菩薩給他伸冤，要是他把自己的三個指頭都砍掉了，他就拆廟。」拆廟？我們都沒想到失敗的人可以有這個權利。冷場片刻，老太太以為我們也袖手旁觀，竟伏在地上給我們磕了一個頭，把我們都嚇成手足癱瘓的泥菩薩。倒是虞歌還能叫：「老太太！你這是何必！」老太太說：「要是他剁掉人家的手指頭，那就結下了子孫仇恨。要是他拆了廟，他也在這一方不能做人。我快要急死了啊！」

23

好說歹說勸走了老太太，我們三個想湊出一個諸葛亮來。虞歌說：「敵人在用新式的飛機大砲攻打中國，中國人還跪在菩薩面前砍自己的手指頭，可怕！可憐！」菊秋說：「我很同情他太太，雖然不識字，見解倒是很高。一般讀書知禮的人未必能比她強。」虞歌說：「你不覺得她先生可憐嗎？本來以為他要殺人，鄰居都很緊張，後來知道他要殺的是自己，大家好像馬上放了心。剛才鄰居紛紛關門的時候，他們老兩口兒最可憐了。」我說：「如果有人把這裡發生的事情告訴那在外面流浪的兒子，那個兒子必定痛哭流涕，再也不做壞事。」菊秋說：「恰恰相反，他以後回到家裡，誰也不會告訴他，連他的父母也絕口不提。」我說：「世上有很多顛倒事。你看這裡住的房子這麼小，廟卻那麼大。這裡的孩子都很瘦，家家養的狗又那麼壯。」虞歌說：「山地人家要防狼，所以養一隻好狗。」

離題太遠，不該這麼講下去，忽然，沉默了。菊秋皺起眉頭問虞歌：「剛才趙太太下了跪，怎麼辦？」虞歌眼珠一轉：「我正在想，得想個辦法證明趙先生的兒子不是賊。」菊秋有些著急：「還沒想出來嗎？」虞歌淡淡的說：「這得大家一齊用腦筋。」菊秋一片熱心：「我們的腦筋應該怎麼用，你說。」虞歌說：「現在的問題是如何證明他的兒子不是賊。」她讓我們等待了一下，接下去：「那泥塑的菩薩是個空殼子，要是有人偷偷的去敲一個洞，再當眾承認銅像是他從廟裡拿出來的，問題不就解決了嗎？」我喝采：「好主意！虞歌你真偉大！」虞歌茫然問：「我偉大什麼？」我說：「你上十字架代人受過。」虞歌一撇嘴，「你怎麼一點英雄氣概也沒有，你是男生，不能自告奮勇出頭抵擋嗎？」我紅著臉分辯：「銅像是你撿起來的，我自然想到由你承擔，完全沒想到我來頂名兒。」虞歌笑了：「怎麼樣，現在想到了吧？」我不敢馬上回答，又冷了場。半晌，菊秋低聲對虞歌說：「我看這個辦法不太好，消息傳出去，說流亡學生偷東西，人家對流亡學生怎麼個看法？咱們不能救一個、害全體。還是另想辦法吧。」虞歌說：「這回輪到你們想了。」兩個人推讓了一陣子，菊秋忽然非常沮喪：「你的智慧比我們高，我一向拿你當鳳頭大姐，怎麼到了這緊要關頭忽然小器了？」虞歌譏諷她：「你急什麼，就讓那老先生把廟拆了，也算是破除迷信。」

菊秋長嘆：「我的想法不同，你看這些山裡人什麼也沒有，只有迷信，也幸而有迷信安慰他們支持他們，他們才活得下去。我們要是連迷信也破除了，他們還有什麼？」虞歌默然，我們又冷場了。

24

夜像發酵的麵團向上膨脹，星輕輕的把它按住，而狼牙鋸齒般的山峰，就是夜色向星輝反抗的一片亂旗。菊秋坐在門前已經很久很久了，涼爽已經變成寒冷了；在五步以外奔跑巡邏、替她布置無形防線的狗也伏在地上了，她還不肯去睡。我只有陪著她靜坐，讓虞歌一個人在屋子裡。我們三個只有一間屋子，兩個女生也寧願有個男生跟她們擠在一間屋子裡堵著門睡，可是，當這兩個女生中的一個坐在屋外默想的時候，她們也寧願那男生跟室外的人共處。由於我和她必須同時坐在寂涼的亂山裡，我有一些連體人的煩惱，也滋生了連體人對另一部分的關心。我說：「菊秋，你為什麼不畫？」她說一點也不想畫。「今天一整天沒見你畫。」這和她一路上嗜畫如狂的情形是不符的。她說畫不出來，今天的所見所聞是畫不出來的，「油畫也不行嗎？」油畫也不行，得有另外的辦法才行。

另外的辦法是什麼辦法呢？她只是深深的望著那些峰嶺，好像要用眼睛把它們印下來。她用手指那山峰，問我像不像家鄉的天鵝山。我說不像，她說像，我就不跟她爭。她說那天鵝，被二郎神砍掉了腦袋，卻並沒有氣絕身死，牠有一天會飛起來。如果有誰親眼看見牠飛走，當場許一個願，他要什麼就有什麼。不知道有多少人每天總要抽出一些時間來目不轉睛的看那隻斷頭的天鵝。有些日子她也天天看、時時看，她想做畫家。天鵝始終不飛，她只看出來牠的胸脯微微起伏。

為什麼從小愛畫呢？因為她想畫出記憶中的、模糊不清的、母親的容顏。可是她一直畫不出來。她又指一指眼前的峰嶺，鄭重的告訴我有一座山叫做飛母峰。這個名稱的來歷是：一個母親，帶著她的孩子，走那懸藤般的小徑，下面是一瀉千里的大河。突然，孩子失足掉下去了，母親看見波浪接住了孩子，纏裹著孩子，以驚心動魄的速度，把孩子沖到下游去了。她，一個弱女子，長嘯一聲，絕命追趕，竟然趕上了孩子，竟然飛到波浪的前面，立時化作一座大山，擋住了河的去路，要河交出她的孩子。那凶神惡煞似的河水嚇了一跳，急忙轉了一個彎兒，翻了一個筋斗，兔脫而去。而那母親，已經化作了山，不能移動，眼睜睜看著孩子消失，至今待在原處無計可施。菊秋，這個沒娘的孩子，一直看這山，把山當顆橄欖含在口中品味。她說，這種滋味也是畫不出來的。

然後，她說，眼前這位老太太，是一位飛不起來的母親。她覺得他們雖然住在山上，卻像是被壓在山底下，活在陰山背後。她說，她現在的想法和白天的想法不同，天亮以後，她寧願站出來告訴這裡的居民，是她起了貪念，毀壞神像，把手伸到窟窿裡。我說，我現在的想法也變了，女孩子的名聲比男孩子的名聲更要緊，做賊的應該是我。她搖搖手，低低的說：「你不能這麼做，你有母親。」……

25

睡夢中，有根槍管類的東西抵住我的背，伸手一摸，原來是枝竹竿，翻身察看，燭影裡，虞歌和吳菊秋都起來了，是虞歌拿著竹竿戳醒我，我這頭握住竹竿，她那頭立刻鬆手。我坐起來問有什麼事，虞歌朝隔壁一指，趙太太在隔房間裡用氣音說話，如聽秋風秋雨，有感覺，不知道意思。菊秋也用氣音說：「老太太悲悲切切一夜沒停，大概是勸她先生，她先生始終沒出聲，可是也大概一夜沒睡。」說話之間，隔壁的木床吱吱響，大約趙先生翻身。虞歌也用氣音說：「我有個主意，要和你們商量。」三個腦袋不知不覺湊近了。「夜裡我作了一個夢，夢見觀音對我說，趙源並沒有做賊。」菊秋說：「對！」看樣子她倆先商量過了。我還有些不明白，問虞歌：「你這話可真？」虞歌正色說：「從前楊牧師說過，如果說謊能救人，他願意說謊。他說亞伯拉罕就為了成全上帝的旨意說了謊。我的意思是，今夜不但我夢見了觀音，你們也夢見了觀音，觀音也告訴你們兩個，趙源不是賊。」菊秋說：「三個人同時做一樣的夢，這個夢才有力量。」虞歌追問：「你的意思怎麼樣？」我慨然答道：「如果說謊能救人……」虞歌止住我：「好了，你別再提這個謊字。」我想無論如何這是一個謊，既然牧師批准了，倒也無妨說，問題是怎麼說得像真。記得打游擊的時候，中隊長替我編過一套話，預備應付敵人，中隊長教我們平時不斷誦唸那套話，直到自己相信了，使用的時候才不會露出馬腳。我就自己心裡一遍一遍告訴我自己：「我昨夜作了個夢，夢見觀音……」

26

燭影一搖，一隻雄雞貼近了窗子報曉，嚇了我一跳，說也奇怪，隨著這洪亮的啼聲，窗紙果然變白了。趙太太的悄悄話停止了，代之而起的是咳嗽，走動，把旱煙袋的菸灰敲出來，全是趙大爺的聲音。虞歌亮著嗓子：「趙大娘，您起來了沒有？」趙太太答應一聲，馬上走過來，穿著整齊，果然是一夜沒睡的樣子。虞歌一把拉住她：「趙大娘，觀音夜裡託夢來了！」三個人馬上把她圍住。「觀音說，你兒子是個好人，沒有拿廟裡的東西。」菊秋怕她沒聽懂，再說一遍：「小源不是賊，觀音說她可以證明。」趙太太起初是發呆，後來如夢初醒，回身去叫她的丈夫，步子邁開，轉眼就把趙先生拖過來，連連問他：「你聽見沒有！你聽見沒有！」他大概並不是完全沒有聽見，他還希望再聽，沉默著，等待著。

虞歌在聲音裡裝滿興奮神祕：「我們三個同時作了一個夢，都夢見一朵五色祥雲慢慢落在這山頭上，滿山霞光萬道，瑞氣千條，觀音坐在雲彩上面對我們說：趙家一家都是好人，他家的孩子小源從來不拿人家的東西，小源在外頭很好，我會保佑他。他爹趙老頭的命太硬，會剋他的兒子，教他以後脾氣小一點。菩薩這麼說，我們三個都聽見了。菩薩說完了這些話，就駕雲走了。我們三個同時醒來，實在奇怪，作的夢完全一樣。」虞歌說到一半，趙老頭就開始流淚，淚水不多，一直掛在臉上，渾水似的黯淡，聽到後來，他奮勇的舉起手臂在眼底抹了兩下，傷心的說：「菩薩怎麼不託夢給我？我是每逢初一都燒香磕頭的啊！」我的心肌一緊，擔心虞歌答不上來，倒是趙太太接過話頭：「你真糊塗，要是你夢見菩薩，說出來誰會相信呢？」趙老頭恍然點了頭。這時天光大亮，虞歌說：「我們告訴甲長去，讓他知道他錯了。」趙老頭說：「他得認錯，賠不是。」「你要他怎樣賠不是？」這個老實人卻說不上來。菊秋一旁和趙太太商量，問山裡人道歉賠禮有幾種方式，趙太太說：「冤家宜解不宜結，咱也不想要多大面子，在廟門外放一掛爆仗就好。」虞歌問趙老頭：「就讓他放掛爆仗吧？」趙不作聲。他太太推他一把：「你忘了，菩薩說你脾氣太硬。」趙老頭慘然一笑，說：「好吧，好吧。」

27

我們三個站在甲長門外。我舉手敲門，門應聲開了，甲長兩口子也穿戴了，一夜沒睡的樣子。甲長太太睜大了失神的眼睛問有什麼事，虞歌劈頭就問：「你信不信觀音菩薩？」對方詫異有此一問，但是馬上轉為惶恐：「我信，我信。」虞歌告訴她：「菩薩夜裡託夢給我們三個，說了很多話，都和你們有關係。」甲長太太連忙拉著丈夫閃在一旁，要我們進屋，他們屋子小，背光，裡頭黑漆漆的冒熱氣，沒人想進去。太太看出我們的意向，轉身搬條長凳出來，非要虞歌坐下不可。虞歌大模大樣的坐了，山頂上太陽出得早，恰巧一縷陽光從屋後斜射，照得虞歌發亮，果然像個菩薩。「菩薩說過啦，趙家的孩子是好人，他在外頭快做官了，你們別冤枉他。」甲長兩口都張開嘴把這話吞下去。「菩薩說，你們兩家是鄰居，應該馬上和好。菩薩也不難為你，只要你在廟口放一掛鞭炮。要不然，菩薩要怪你仗勢欺人。」

甲長太太連連向丈夫使眼色，要丈夫答應，眼角裡堆著眼屎，可是眼神仍然挺精明。

那甲長卻不馬上答應，問道：「菩薩本來應該在廟裡，怎麼跑到外面來的？菩薩說了沒有？」這又是一個要命的問題，虞歌好像早已料到，表情不變，聲音不改：「菩薩是自己出來的。」「自己出來的？」「是啊，祂自己不出來，誰又能從金身裡頭拿出來？」甲長以充滿了疑惑的聲調問：「祂為什麼要出來？」虞歌慢慢的、柔柔的說：「你怎麼忘了呢？菩薩是大慈大悲的呀，菩薩祂要救世上所有的人，祂能只管你們這幾戶人家就算了嗎？菩薩說啦，祂是從九十九里以外的一個村莊裡來的，來到這裡照顧你們，現在祂要到九十九里以外的一個村莊去救那裡的人，祂知道我們要經過那個村子，特別出來讓我們帶祂走。」甲長太太忙問：「菩薩走了，這裡的人怎麼辦？」虞歌說：「你們的心都很誠，那座金身受了你們的香火，現在有了靈氣，菩薩不必再住在那裡頭了。祂要到九十九里以外去，那裡有一家姓馬的，良田千頃，騾馬成群。馬家許下心願，要給祂蓋廟。」甲長太太聽了只點頭。甲長還是不服，「菩薩要走，怎麼不跟我說？」「菩薩跟你說，趙家不會相信，要是跟趙家說，你們又不相信。祂既然要我們帶祂走，當然是跟我們說。」甲長沉吟不語，他的太太急了，只好站到幕前來數落丈夫：「我勸了你一夜，你還是不開竅，你是條牛還是人？你想菩薩挨家挨戶下通知不成？這又不是徵兵徵糧！」見丈夫不曾反抗，就抬起頭來高聲說：「我是信菩薩的人，菩薩說的，我答應了。我這就去買香燭爆仗，好在我還作得了這個主。」她果然是挺厲害挺能幹的。虞歌見大局已定，就站起來要走，我們一回身，才知道後面有不少鴉雀無聲的觀眾。

28

我們有我們的行程。我們今天無論如何要走。甲長的太太在幾戶人家之間穿梭，要他們家家預備香燭，要他們每家買一串爆仗連接成長長的一串，要每家做一樣菜供在廟裡，要他們在家裡等著送菩薩。她得意洋洋的如同張羅家裡的喜事。供品擺好，香燭點上，甲長太太指指點點，一家一家照她的安排上香磕頭，她說，你們三個既然來迎菩薩，也該磕個頭。我們躊躇不前，因為我們都穿著軍服，照習慣不可下跪。可是，照山裡人的習慣，不磕頭的人沒有資格迎神。事情已經發展到這一步，有進無退，而且要趁著山裡人沒有改變主意，及早上路。虞歌咬著嘴唇說：「磕頭！」大有擔當一切責任的氣概。於是三人一字兒排開，確確實實的拜了三拜。

甲長太太是這一幕表演的總提調。她準備一個木製的點心盒子，把盒蓋截掉一半，做成窗子，又黏上一塊紅布，做成帘子，於是銅菩薩有了一頂轎子。她監督我們洗了手，漱了口，把坐在轎子裡的菩薩雙手捧起來交給虞歌，又拈了香分給我和菊秋，由我們秉手持著。管理鞭炮的人已經拿著草紙捲成的火媒等待了好久，這時吹著了火苗，朝火藥捻子做成的鞭炮尾巴上一戳，甲長太太立刻帶著虞歌朝著廟門站好，算是銅菩薩跟泥菩薩辭行。鞭炮一響，銅菩薩動身，我雙手持香走在前面，菊秋雙手持香殿後，虞歌捧著菩薩居中，路線特意經過每一家門口，讓菩薩對每一家留下祂的祝福。家家門口都插著香，而那串氣勢洶洶鞭炮響個沒完。一時煙火逼人，空氣裡好像剛剛經過一場戰爭。

這串爆竹既送了菩薩，也算對趙家道了歉，我很佩服甲長太太心巧，可是我們的虞歌更厲害，起初，她走得很端正，等到峰迴路轉，她說：「等一等。」我以為她要休息，然而不是，她左手從盒子裡掏出銅像，右手一揚，盒子無聲無息的進了山谷。她說：「你們手裡的香也可以丟掉了。」一說著，把古色古香的銅觀音塞進飯包。不必雙手捧香，渾身都輕鬆了，只是山高雲低，我有幾分頭暈。

29

說起來一切堪稱圓滿。但是我覺得一個幽靜的夏夜本可留下一些值得回憶的東西，卻被菩薩攪得亂七八糟，未免悵然。而且我糊裡糊塗在廟前磕了頭，牧師並沒有說為了救人可以拜偶像，這又怎麼得了。虞歌呢？雖然她的飯包裡添了一件骨董，她也有抱怨。她本想在月光下，在山頂上，東望故鄉，約我們一同跪下祈禱，為自己的家也為自己的國。那時上帝如在頭上，父母如在眼前，當是畢生難忘的經驗。而今步步下山，根本無法回顧，山就緊貼在脊背後面。從此無情的大山橫阻在遊子和故園之間，狼牙將一線咬斷，我們不復是牽在父母手中的風箏了。

小媳婦

1

我孤孤單單一個人走路。孤獨的滋味是恐慌。人同此心，一路上不斷有人和我結伴同行，可是他們總是對我說：「咱們學校裡見。」就逕自去了。他們嫌我走路太慢。我換了很多同伴。終於，我不想再聽見有誰對我說：「同船共渡，五百年前的定數。」兩小時後你就會撇下我，這也是五百年前注定了的。

屈指算來，暑假已經銷盡了，若是情況正常，秋季始業已經開課。但我相信還有一半同學在路上。他們可能都在我的前頭。好久沒有人從我後面趕上來和我攀談了。我也不打算去追趕別人。好在炎夏的威勢已衰，我索性這麼走到深秋，踢著那滿地黃葉，或是走到初冬，踏著一路淺雪，做最後一個報到的學生。乾脆放棄速度，學那詩裡畫裡，向晚時分，隨在牛後走向炊煙的牧童。我以詩意的步伐流亡。這，應該也是五百年前的定數。

2

路上當然有別的行人。可是他們和我是真正的陌路，理應彼此漠不關心。那邊有個人，戴著草帽，穿一件皂青大褂的，不該再三看我。我板著臉用力回看一眼。他的年齡比我大不了多少，看模樣大概是城鎮裡糧行布莊的小老闆或者大徒弟。他下鄉來收帳的嗎？肩上還搭著一副「哨馬子」呢。收帳幹麼要盯我？我又沒賒你欠你。他走得比我快，卻又不肯快走，從後面趕上來以後再也不願超前。若是剛出發的大隊人馬，少不了又要有人懷疑他來路不正。現在我倒不那麼想，我只是不喜歡被那種分析、研究，甚至猜測的眼光罩住。我被他看得心裡怪不舒服。也許是自知跛鴨曳尾而行，我害了羞，沒人注意最好，何必跟這個人同路？他走得快，讓他先走好了。我就很慢、很慢的把「走」改成「踱」。

他倒「踱」到我身旁來，壓低了聲音問，怪不光明的態度。「你是流亡學生吧？」見我沒搭腔，加上一句：「我也是。」於是我又看他，他又看我。仔細想他是誰，怎麼會這副打扮。「我是回到淪陷區，再出來。」我哦了一聲，疑慮煙消雲散。回去，再來，要通過日本軍的層層盤查，自然要脫下軍服，掩藏本來的面目，或者說恢復本來的面目。說話盡量壓低聲音，也是該有的習慣。如果他穿上軍服，他會是誰？再向他臉上尋答案，卻先被他問了個糊塗。「你是不是生病？哪個地方不舒服？」我生病？沒有，我沒有病，我只是走不快。我的不舒服乃是弱點畢露的窘，加上受人同情的慚恧。

3

這時有一老者緩緩行來，他揹著個拾糞的箕筐，兩眼左顧右盼不離地面，一心一意找人畜的大便。那穿便服的同學低聲教我：「你去問問他，我們的路還有多遠。」雙方走近，我目不轉睛看那老者，只要他抬頭看我，我就問。為了引起他的注意，我還特地清了清喉嚨。那老者對路上有人卻全不理睬，全然沒有感應，瞧那神情，他根本沒有遇見什麼流亡學生；我呢，弄得我也懷疑起來，恐怕也根本沒遇見什麼老者。擦肩而過。「你為什麼不問？」仍然壓低了聲音。「他不看我，我怎麼問？」「他為什麼要看你？」他覺得好奇怪。「兩人對面相逢，哪有不看對方的道理？」我也好生奇怪。

那穿便服的同學輕輕歎息一聲，批評我：「你好單純！」這句評語我聽不懂。「鄉下老頭子謹慎多疑，遇見陌生人照例是視若無睹的，眼對眼這麼一看，也許就引來麻煩，不看，也許就躲過去了。再說，不看也表示對你尊敬。」我不信。「不看怎麼能算尊敬？我沒聽說過！」「我聽說過！看有審查、猜忌的意思，看看你是誰，看看你是好人歹人，看看你長得什麼模樣，下次不要忘記。所以，看，容易惹人討厭，不看，乾乾淨淨。」正說之間，又一老者迎面而來，他是出來割草的，手裡除了鐮刀，還有繩子。空氣裡並沒有草，他卻只看空氣。那穿便服的同學望著我，用眼睛說：「你看是不是？」眼看就要錯過，我只好先喊：「喂，老鄉！」

老者停步，慢慢轉過身來，先看看穿便服的，再看我，斷定是我叫他，就小心的問：「有事？」我說了一個地名，問：「還有多遠？」他嚴肅的說：「還遠著呢。你們是從哪裡來的？」我又說了一個地名，他哦了一聲，連忙又說：「不遠了，不遠了。」一會兒遠得很，一會兒又不遠了，什麼意思？問那同學，那同學一揚手，把老者揮開了，然後說：「他的意思是，前面的路還很遠，但是比起你已經走過的路，卻又算不了什麼。」這真令我詫異，他跟我一樣是學生，怎麼知道那麼多！這最後一段路跟著他走，大概是不會吃虧出錯了。看他身材、體型，估量他的年齡，問他：「你是校本部的吧，你的名字是什麼？」他的臉一紅，沒有回答。怎麼回事？我又不懂了。咳，或許誠如他說的，我太單純了！那，我就多聽，少問。他大概已在後面觀察了許久。他是成心要消滅他的孤單和我的孤單。很好，五百年前注定了，終於有個人不嫌我走得慢，終於有個人陪著我一同踢黃葉。

4

夕陽銜山，今夜宿在哪裡？問他，他說忙什麼？一直走到浮雲掩月，他才選定一個村莊，一家一家找房子，就像要在這裡安家落戶一般鄭重其事。有家門前長著彎了腰的垂柳，我說這裡行了，他說不行。有家後面種了幾畦蘿蔔白菜，我說這裡好，他說不好。我說難道你是在買房子不成？他說你不懂，少囉嗦。我不懂，你懂，你教我嘛，他說沒工夫。終於找到一戶人家，他滿意了，看樣子這裡有過一場火災，火由這一頭往那一頭燒，燒到一個地方忽然停止蔓延，留下一間小小的茅草屋。是茅草蓋的屋頂呢！火舌居然疲倦了，沒伸過來舐它。這間房子當作一戶住宅來看，誠然很小，但是供一位老太婆居住，算是很寬敞了。這老太婆獨坐在門前的小板凳上，兩手在空氣裡忙個不停。原來她是趁這夏末秋初時分，未雨綢繆的打一件毛線衣。舊毛衣拆下來的線在浮雲下與陰影同色，莫怪我看不清楚。晚風送爽，驅散白晝的暑氣，忽而雲破月來，空氣更是清涼如水了。「這裡好。」我完全同意。月光下，西風裡，慈母手中線，是一幅動人的畫。老太太手不停織，抬眼相望，天光刻出她臉上的皺紋，這幅畫更鮮明逼真。「你出面交涉，因為你穿軍服，比較方便。」此言有理，我就上前一步，文質彬彬的說：「老太太，我們是學生，借個地方住一晚。」老太太倒是沉著，既不為我的溫雅知禮所感動，也不因我的一身軍服而慌張，很爽直的拒絕了：「不行，我家今晚有事情。」說罷，頭一低，烏雲就勢把她推進黑影。就像是拉下簾子，沒法再談下去了。

5

我們只好走。兩步三步，停住。這老太太古怪，她坐在夜色裡。我說那是為了省燈油燈草。奇怪，她關著門，把自己關在外面。門關得很緊，好像還加了鎖。奇怪，夜靜人稀，把自己鎖在家門之外。我沒看見有鎖。好像有，我們再回去看看。就在這時，屋子裡有人喊：救命！是個男聲。年紀不會很大，應該和我們差不多。老太婆轉身回門，一半責備一半哀求：「你叫什麼，又沒人想害你！這也是為你好，你這樣大喊大叫，別人聽見了成什麼話！」裡面那人好像橫了心，又一聲：「救命！」變腔變調，聽來還是相當熟悉。這就更不能不管。回到門前，定睛細看，這門果然上了鎖。我說：「老太太，開鎖！」我這個穿軍服的責無旁貸，自動出頭。老太婆丟下毛線，站起身，擋住門鎖，問：「你想找什麼？」反應挺快，身手並不龍鍾。

我問：「誰在裡面？」她說：「我家的事不用你管。」我說：「你家有人喊救命，人人可以管。」怎麼個管法，我並不知道，心裡暗中緊張。那穿便服的同學知道我技窮，就接手插話：「誰在裡頭喊救命？自己報個名字。」裡面說：「我是流亡學生，姓白。」外面這個連忙提高聲音：「小白，別害怕，我是顧蘭。」這時我才聽出來，竟是清清楚楚的女中音！這顧蘭二字，石破天驚，把關在裡面的小白活活嚇死，再也沒有聲息。小白是那樣的白皙，那樣靦腆，那樣愛戀顧蘭，而顧蘭的男朋友卻是曹茂本。顧蘭放棄學業，忍受譏笑，護送曹茂本去住院；小白的心裡一定滴了血。今夕何夕，如此相遇？這顧蘭二字也把我嚇個半死，我替小白寫情書，遭她告發，今日猶存餘悸。曹茂本離校之後，生死未卜，我也常記掛在心。一路上正佩服他練達人情，洞明世事，想攀他做個長遠朋友，得些進益，卻不料原是女子！幾種念頭互相激盪，弄得我忘記了我在哪裡，幹什麼來的。

老太太見我們竟是一夥，而且有人女扮男裝，來者不善，也著了慌，摸索著投鎖推門，連鎖簧掉在地上也不去撿了。此刻雲破月來，銀輝瀉地而入，把這斗室區分為一明一暗。右邊暗處，灶台連炕，炕上有個人蜷曲如胎兒，想必就是小白了。左邊明處，擺些雜物，高的是缸，矮的是盆，大的是桶，小的是碗。驀地開門，才覺得門內門外，竟是兩個季節，熱氣湧出夾著汗味。顧蘭再不掩飾她聲音中的性徵，高叫：「你還不快點出來！」小白可憐巴巴的說：「快點關上門，我沒有褲子！」顧蘭又驚又怒：「你的褲子呢？」小白說：「老太太拿去了。」

老太婆不待人家質問，急忙辯解：「誰希罕他的破褲子？他兩腿是瘡，膿水沾在褲子上，我好意替他洗了，掛在樹上曬著，八成還沒乾！」顧蘭到樹下把褲子扯下來，也不管是乾是濕，丟到床上，隨手帶門。不大工夫，小白出來，是個瘸子。見面先叫顧姐。顧蘭冷冷的問：「你的瘡怎麼樣？能走不能走？」小白連聲：「能走！能走！」正待要走，那老太太忍不住發作了：「姓白的，這幾天吃的喝的都沒虧待你，你甩手就走？也不想想，我女兒以後怎麼做人？」言猶未了，小屋裡有個少女少婦嚎啕起來。這，怎麼會！屋裡還有個女的！女兒在屋裡哭到悲憤處，屋外做媽媽的也傷起心，指天畫地：「要是我女兒尋了短見，我也不想活了，姓白的，你有良心沒有？你怕不怕天神地鬼？」

顧蘭喝問：「姓白的，你把她女兒怎麼樣了？」「顧姐，我一點也沒怎麼樣。」顧蘭厲聲：「不要說謊！」小白突然跪下：「我發誓，舉頭三尺有神明！」人影在地，草木無聲，氣氛肅然。顧蘭說：「既然這樣，咱們不怕。你起來！」對老太婆：「你去勸勸女兒，我們暫時不走。」等老太婆進了屋子，她就在月明風清之中審問起小白來：——你跟她家是怎麼回事？——她硬是收我做她家的女婿。——你們成親了？——沒有。她拿走了我的褲子，把我和她女兒關在屋子裡，關到明天早晨，我就有口難辯了。——嫁女兒哪有這樣的？是親生的女兒嗎？——不是，本來是她的媳婦。不幸兒子死了，就把媳婦當成女兒。小白的狼狽窘迫，十分可笑，我看在眼裡，卻不敢笑出來。

顧蘭再問：「你什麼地方生瘡？」小白低頭不答。「你儘管說。我在後方醫院的時候，看護人手不夠，我自動幫他們的忙，凡是醫生見過的，我都見過。」小白指指兩股之間叫做鼠蹊的部位，用幾乎聽不見的細聲：「這裡。」——這地方怎麼會生瘡？——因為，因為何大哥他們走得比我快，我不想掉隊，咬著牙追趕，路上出汗，弄濕了褲子，濕褲子摩擦，摩擦，磨破了皮肉。……一面說，一面側著手掌在股間用手勢形容。顧蘭說：「好了，我明白了。」倒是語氣緩和，使小白如釋重負。

6

老太婆出來，帶著哭音：「你們早不來，晚不來，偏在這個節骨眼上來了，我女兒要去跳井，這可怎麼辦？」顧蘭說：「年輕人，來日方長，幹麼想不開？你去點上燈，大家談。」燈火乍亮，才看見小屋一角有個女孩子面壁而坐，一張臉幾乎被兩面牆夾住，緊張得兩個小肩膀聳著。顧蘭端著油燈照她，悄聲說：「小妹妹，你轉過身來看看，你看看我們，我們都不是壞人。」那女孩聽見女聲，慢慢放平了肩膀，慢慢回過頭來，一張臉正好擺進燈光最強的區域。我一驚，住在這種茅屋裡的小媳婦怎麼化了妝！莫不成是為了今夜準備做新娘？心裡立刻充滿了憐憫。她也受了驚，跳起來，在燈火搖曳人影晃動中，她的聲音帶著恐懼：「你是男人還是女人？」顧蘭笑吟吟的告訴她：「我也是女的。」她指著顧蘭的衣服：「你，你為什麼穿……穿……」顧蘭說：「我是從淪陷區來的，化了裝。淪陷區，你懂吧，抗戰，你明白吧？」

小媳婦說：「抗戰，我當然懂，可是……」說到一半，頓住。顧蘭知道她狐疑不定，就把油燈交給我，解開兩個鈕扣，伸手探胸，扯出一條白布巾來，前胸一陣崩騰跳動，變了模樣，該高的地方高起來，該低的地方低下去。油燈的火燄忽然顫抖不已，看得我們眼都花了。小媳婦睜著水凌凌的眼睛看顧蘭，由胸看到臉，由臉看到胸，頹然落坐，這回倒是臉朝著我們，立刻胸前顯出兩個濕印子。顧蘭身子一矮，坐在地上，也不管地面是髒是乾淨，拉過小媳婦一隻手說：「妹妹，我知道你委屈，要怎麼樣你才不覺得委屈，你儘管告訴我。」顧蘭穿的是男裝，那情景，才像新婚之夜小兩口兒溫存呢。我又想笑，正好顧蘭揮手讓我們退出，小白就一把抓住我往門外拖。

他拖著我一直走。我說：「夜靜更深，你想到哪裡去？」他站住，想了半天。「你是怎麼會和顧姐同路的？」我說：「完全是不期而遇。在路上，我還認不出來是她呢！」他說：「真巧！」我說：「可不是？在這裡又遇見你！」「顧姐瘦了！」「你也瘦了，也曬黑了，夏天長途跋涉，哪能不瘦！」冷場，他需要時間鼓足勇氣。「你看她討厭我們不？」「依我看，至少她不討厭你。」又冷場。忽然有個直刺耳鼓大聲喝斥的聲音，原來是雞啼，我真想責問：這麼快就來報曉？「不行了，該闔闔眼了。」哪兒睡？屋中地上僅有一張炕，老太太蜷在炕頭上，該是睡了。顧蘭除去大褂，留對襟小衣，正和那小媳婦膝蓋抵著膝蓋絮絮不休呢！不隔她們遠一點，小白怎能睡得著？遠一點，睡在哪裡呢？

7

那一聲雞啼催得我渾身痠軟。我發了牢騷。「牛馬能站著睡，人為什麼不能？」小白說，人不能站著睡，但是可以走著睡，這是何潮高打游擊的經驗。我說，一人獨行不能邊走邊睡，必也縱隊行進。置身其中，忽睡忽醒，如飛似走。這是什麼緣故？團體有各種神祕的力量，這也許是其中之一。軍訓課介紹過一種睡法，兩個人坐在地上，背靠著背，頭抵著頭，這樣，兩個人都像是坐在一把高背的椅子上，可以進入恍兮惚兮若睡若醒的境界，也有患難相依的滋味。好吧，今夜不妨認真應用一次。這一帶遭過一場大火，真個十室九空，我不但可以拿小白當椅背，還可以拿燒不掉的四面斷壁做屏風。兩個人坐下去，調整著姿勢，不久，適應了。——小白，看你個子那麼小巧，怎麼又軟綿綿胖敦敦？難道真的柔若無骨？——你占了便宜了，你一身有節有稜的骨頭，難依難靠著哪。——男人嘛，總是骨頭多。他跟我開玩笑，鄭重告訴我骨頭太多的男人找不到老闆。我反唇相譏，骨頭太少的男人討不著太太。他十分注意這句話，連連擠著我問真問假。我說骨頭太少的男人應該可以討一個骨頭太多的妻子。他默然。良久，他問我睡著沒有？沒有。曹茂本怎麼樣了，知不知道？我不知道。他提到曹茂本的時候，脊背旁的肉似乎震顫了一下。你跟顧姐同路，沒有問他？沒有。你、問、一、問、好、不、好？他說得很吃力。我不忍拒絕，還是以惡作劇的心情拒絕了，我說：「你最好自己去問。」其實我也想知道曹茂本的下落，心裡一直在想：她那麼愛茂本，情願退了學陪茂本去住院，現在怎麼獨自回來，怎麼又到過淪陷區……。

8

在夢裡，我是坐船到達終站的。船家的大姑娘，撐著篙，散著髮香，一路上搖呀搖的好不宜人。搖呀搖，顧蘭搖醒了我們。眼未睜開，先聽到她的嗔怪：「你們怎麼睡在狗屎旁邊。」馬上聞到了屎味。幸而是乾屎。可是昨夜坐下來的時候，還稱讚空氣新鮮。昨夜也不知道牆上有深深淺淺潑墨模樣煙燻火烤的焦痕。夜跟晝總不合作，夜塗抹掉的，晝又描畫上去。顧蘭說，洗臉吧，各人自己到井旁去打水。我回頭看那死蛇般的一列廢墟，便問她怎知道我們躲在裡面。她說哪裡有花哪裡有蜜蜂，哪裡有人哪裡有蚊子。黎明時分，蚊群在人的頭頂上盤旋，聚成一根蚊柱。她四處張望，先發現那一團灰濛濛在空中的浮動。我用誇張的語氣說，這祕訣若是讓日本人知道了，將有許多游擊弟兄沒命。她敏捷的反擊：「你這話好沒志氣。你該說，讓敵後的游擊弟兄都知道這個方法，好多捉幾個鬼子兵。」

漱洗過了，回到小屋，重新和老太婆、小媳婦見了面，好像昨夜那一面不算數。我跟老太婆叫老太太，跟小媳婦叫什麼呢？頗費躊躇。昨夜燈下，我以為她化了妝，早晨再見，才知道她生就的五官輪廓清楚明白，才想起哪有一種化妝品禁得起大量淚水沖刷？她現在是一隻靈活的、不哭也不鳴的小鳥。老太太呢，其實也並不老，頭髮、牙齒、手指關節，都是中年婦人的樣子，只是臉上皺紋多，腰桿也不大挺得起來，加上腳小，站不牢，走不穩，讓夜欺瞞了。誰說過月亮是妻子，太陽是丈夫，我看月是部下，日是上司，部下擬定的事，上司又輕易修改否決了。白天看這間小屋，並不是適合旅人投宿的地方，屋側不遠處就是一片亂墳，那些崎嶇險惡的墳墓昨夜無影無蹤，像是專門在白晝現身的一群鬼魂。難怪昨夜由小屋發出的嚎啕之聲也沒有引起村人的注意，大概墳地裡經常會有這種聲音吧。

9

早餐是一鍋熱騰騰香噴噴的麵條。鍋蓋掀開，蒸氣四溢，整個屋子充滿了活力與喜悅。我說，想不到在這裡能吃到這麼好的麵條。老太太——只好仍然這樣叫她——興奮的說：「這都是你們的人買來的。」我們一共三人，我和小白未破費一文，剩下的當然是顧蘭。盛麵的時候，筷子伸進去一撥，還有金甌銀皮的荷包蛋。我嚷起來：「顧大姐，你從淪陷區帶金條銀條來了。」老太太也用誇張的語氣：「菩薩保佑，財神爺下凡了，米缸，麵盆，全裝滿了，你們在這裡吃一個月也吃不完！」一面說，一面揭開米缸，掏了一把黃澄的小米給我看。又回到顧蘭身邊叮嚀：「你出門在外，金銀可不能露白喲。」顧蘭解釋：「金條沒有，這一路吃麵條嘛，倒夠用。」我一手端著碗，一手用筷子挑起麵條來散熱，自充內行：「你看看，這樣的麵條是飯館客棧裡做不出來的，這叫柳葉麵，像柳葉一樣薄，一樣細，一樣俊，盛在碗裡要黏，吃在嘴裡要滑。」直說得老太太小媳婦都笑嘻嘻的。老太太湊近我，一直問：要不要加鹽？要不要加湯？在家裡是不是常吃麵條？是不是用上等白麵擀出來的？你們家裡誰做麵大家吃？等等，等等。今晨的融洽，昨夜的衝突，又成兩個世界。

吃著談著，我想起一個很重要的話題：曹茂本現在怎麼樣？茂本是顧蘭最關心的人，也是小白最關心的人，這一問，對他倆都很討好。唉，誰知不然，顧蘭聽我一問，重重的放下碗，放下筷子。「我打聽出來，下一個村子駐著某一團的團部。待一會兒，我們到那裡去看看。我想借一套軍服換上，也找他們醫官，給小白配些藥。我們到路上再談。」說完了這些話，她卻沒有再拿起筷子來。吃著吃著，小白學顧蘭的樣子，停止進食，搓搓手，沉默的陪著。吃著吃著，似乎茂本已經變成一則壞消息，使顧蘭寢食難安，使小白跟她一同受難，我呢，不是貪吃的人，理應一致行動。在老太太看來，我們是這頓早飯的主人，主人都不吃了，客人哪能再吃？這頓熱熱鬧鬧的早飯，竟在冷冷清清中草草結束。

10

飯後上路，小白一瘸一瘸的跟著，我看了怪難過的。咳，顧蘭，你怎麼一句話不說？大家跟著沉默。走到半路，顧蘭發話：要不要休息一下？小白哎喲一聲，靠在樹幹上。我提出警告，樹身有許多螞蟻，當心螫人。小白說不管了。顧蘭鄭重其事的說：「有一件事，要問你們。那小媳婦哭了半夜，直要自殺，怎麼勸也不行。最後我追問：到底要怎麼樣才可以不自殺？你猜她怎麼著？她說，讓她跟我們一塊兒走！你們的意思怎麼樣？」她望著小白，小白羞答答的說：「顧姐願意帶她就帶著，我沒有意見。」她又望我，我說：「我們先想想帶她走的理由，再想想不能帶她的理由。她的程度怎麼樣？」顧蘭讚歎：「這女孩，聰明得很呢！我告訴她，我們是中學，你得在小學裡念過書才成。她說，我念過書，念過很多書，就從床底下拿出一堆書來，有巴金，有茅盾，有葉紹鈞，也有謝冰心。她說，我看過這麼多書，還不行嗎？她丈夫以前在縣立小學裡當工友，常常從學校裡找些書來給她看。我一看到那堆書，從心裡疼她。讓她出去見見世面，受些教育，豈不比在鄉下教人活埋了強些？」我說：「帶她走的理由有了，再想想不帶她走的理由。」顧蘭抗聲道：「既然已經有了應該去做的理由，那就去做好了，為什麼還要找不做的理由？小白，你說呢？」我和小白都為之語塞。她說：「上路吧。我可不是要專制獨裁，我只是說，我做事的原則跟你們不同。待一會兒到了團部，如果你們贊成帶她，就借兩套軍服，如果不贊成，就借一套。」

11

進了村子，打聽一番，找到一位姓王的軍需官，三十多歲了吧，沒甚特徵，只是一張臉雪白，白得不像軍人，甚至白得不像男人。他守著一張八仙桌正在打算盤，面前堆著幾疊單據和帳本。我們規規矩矩喊：「報告！」敬了禮，他頭也沒抬，手也沒停，口中計算的歌訣和算盤珠子撞擊的聲音難分難解。我想此人也許耳朵有毛病，再喊一聲：「報告！」他在九九八十一和七七四十九之間擠上一句：「等一會兒！」再也沒有下文。我想：「此人好大的官架子！」正暗自生氣，他停止了計算，抓起毛筆把計算的結果寫在紙上，推開算盤，打量我們，見我們三個年輕人有軍有民，露出驚訝的神色。顧蘭說話：「我們都是學生，我是從淪陷區化裝出來的，男裝不方便，希望向貴團借套衣服。」軍需官哦了一聲：「我知道，你們稍息，隨便站，這兒沒有凳子給你們坐！想借軍服？沒問題，你們是鐵教官的學生吧，真是名師出高徒！一個女孩子居然能深入敵後，又化裝脫險，真是前無古人，然而呢，後有來者！中國不會亡，日本軍閥必敗！——軍服，你們要幾套？幾套？」十分熱心。

「幾套？」顧蘭把問題拋給我。我衝口而出：「兩套！」說了自悔冒失，但又哪有修改的時間，小白接著答了話：「兩套。」一聲音雖然猶豫軟弱，在我聽來已是一大擔當，分去我一半責任。軍需官聽見兩個人都說兩套，表示：「四套？沒問題。」顧蘭連忙說一共只要兩套就好。「兩套？更沒有問題！」指指四面牆角：「你們自己揀吧。」好啊，我還以為屋角堆的是一捆一捆舊麻袋。顧蘭挑衣服的工夫，軍需官抽支菸，輕輕鬆鬆的說：「你們一喊報告，我就知道你們不是本單位的人，本單位的人都知道，我算帳到一半怕人打攪。你喊第二聲報告的時候，我就知道你們是學生，只有學生才這麼不通人情世故。那時，我也想起你們的教官老鐵。」

12

這軍需官竟是個白臉的好人。而且認識我們教官。於是談起教官來。他說，鐵教官經過此地的時候，曾經到團部來拜訪，也見了團長，請團長照顧後面掉了隊落了單的學生。噢，真正的大好人原來是鐵教官，他想得真周到！……「軍需官！」顧蘭叫起來。「這些衣服都髒了，破了！」軍需官離開了他的位子。顧蘭抖開一件上裝，原有的草黃色幾乎褪盡了，添上去的是一團一團的黑，一片一片的白。軍需官說：「有些衣服是髒了一點。」再抖開一件衣服，只有一隻袖子。「有些衣服是破了一點。」「有沒有好一點的？」「沒有了，沒有了，新到的士兵來領服裝，也是給他這個。有什麼關係呢？髒了可以洗，破了可以補。你喜歡這一件嗎？這件沒有扣子，你可以把另一件衣服的扣子拆下來帶走。」想想也實在只有這個辦法。她為自己挑了一套中號，又估量小媳婦的身材挑了一套小號。軍需官意猶未盡，補上一段：「你們別看輕了這兩套衣服。每一套衣服，不論多髒，多破，由我這裡到軍政部，一律登記在帳上。一套衣服發出去，不論穿成什麼樣子，就算只剩下五個扣子，也要交回來銷帳。」我一怔：「這兩套衣服，我們以後怎麼交回來？」他笑著一擺手：「不用交回，我擔下來了。」說到興高采烈處，他的臉上竟泛出了隱隱的血色。

13

顧蘭恭恭敬敬的說，她還有一個請求。「沒有問題，你儘管提出來。」她用手一指小白，說是想看看醫官。「沒問題，我們醫官是個名醫，上個月給一個傳令兵開盲腸，昨天又剛給一位同事的太太接生。不過他在另外一個村子，我讓傳令兵指給你們看。」說著用手虛指一下，順著他的手指往外走，門外巷內扶老攜幼許多人，說是要瞧女扮男裝的游擊英雄。有個老太太一直追問老伴：「你看他真是女的嗎？真是女的嗎？」有個女孩上來拉顧蘭的衣角：「你認識不認識雙槍黃八妹？」顧蘭受也不是，辭也不是，笑得尷尬。然後，他們把注意力投給小白，看他一步高一步低，看他咬牙吸氣，看他額角比別人先出汗。有個小夥子從後面擠到前面來問：「你的腿，是鬼子的砲火打的吧？」不等他回答，一把攙住了。「你要到哪裡去？我推車送你。」說完，去推他的骨碌骨碌的獨輪車。

小白上車，對我歉然一笑說：「我這才是卻之不恭，受之有愧。」那小伙子帶我們找到了醫官，依依不捨。顧蘭看那小夥子壯健忠厚，心中歡喜，要在明天雇他的車子送小白上路，他說：「我要問問我媽。」顧蘭掏出一疊鈔票來給他看，表示的確有錢，大可放心，他又說：「我得問問我媽。」他知道我們住的那間小屋，知道那一排被火燒掉的房子，當面約定今夜雞叫的時候，他推了車子在火場等候。這段雇車的工夫，醫官用他的四川官話在屋子裡和小白交談，等我們進屋，醫官已完成了診斷。他的個子矮小結實，深山裡長大的標準體型，經常面帶微笑露出右邊的一顆金牙，一副五湖四海裡洗過臉的表情。他專心對著我們三人中間的小領袖說：「這不是病，用不著看。」顧蘭要求配藥。「這點毛病還要藥，我們的官兵個個都成了藥簍子藥罐子了。」可是痛，不能走路怎麼辦。「越疼越走，走到不疼為止。信不信由你，疼由走起，疼也用走來治。不過有一個條件，要勤換內褲。他這麼大一個人，怎麼連內褲都不穿？」說得小白臉上又青又白。

好說歹說，醫官給了半瓶藥水。由醫官想到後方醫院，由醫院想到曹茂本，回程中，偷眼看顧蘭，暗想：這回總該談談茂本了吧。不料她說：「那小媳婦，算是個漂亮的女孩子，對吧？漂亮，有時候是很麻煩的！我越想越替她擔心！」她想的仍然是這件事情。她又忽然對我說：「今天早上，老太婆對你很注意，你發覺了沒有？」我沒有。「老太婆對你問長問短的時候，她媳婦儘拿眼角的餘光瞟你，你發覺了沒有？」我沒有。顧蘭薄怒：「怎麼都沒有！你又不是死人！這老太婆實在可惡，她又看上你了，她還拿媳婦當人嗎！」她這話好可怕，我不敢再吭一聲。

回到家裡忙碌起來，小媳婦去洗衣服，顧蘭朝自己的大褂下了剪刀，剪一刀，老太太心痛得叫一聲。剪完了縫，給小白做內褲。老太太說：「這是好料子，剪剩的領子袖子布條布尖都送給我吧！」顧蘭說：「等軍服洗好了，曬乾了，我連這條褲子也換下來給你。」老太太也不說謝，只咧著嘴笑。「你們家裡都很有錢，對吧？」這句話是問我。我們都不置可否。「有錢，為什麼不在家裡享福呢？你們爹娘怎麼捨得放你們連影子都不見了呢？」顧蘭說：「老太太，年輕人在外頭總會有辦法，你儘管放心。」老太太細細的幽幽的說：「要是我的親生兒女，我再也放不下這顆心。你們出來跑得這麼遠，終歸是個什麼了局呢！」

15

縫著，老太太起身：「線不夠了，我借線去。」她出了門又折回來叫我。門外遠處井旁，小媳婦正在赤著腳猛踩那一堆濕衣服，褲管捲得老高，露出耀眼的小腿。兩個男人蹲在旁邊抽菸，盯住她的小腿看上看下。老太婆說：「那兩個人不正經，你去跟我女兒做個伴兒。」我大踏步向井旁走去，那兩個男人看了我一眼，怏怏退走。我站在那男人蹲過的地方，覺得手足無措。她依然不抬頭，不說話，卻把自己坐過的小板凳踢過來，滾到我的腳下。我說：「幹麼給我坐？我又不洗衣服。」她說：「蹲著洗，更使得上勁兒。」我坐下，看她浸在水中的手指。她停了搓洗，抽回雙手，問：「你看什麼？」我說：「你把雙手放在水裡好不好？」她照著做了。我說：「奇怪，同是一個人的手，為什麼浸在清水裡特別好看？」她嗔道：「你不老實。」我說我是出名的老實人。「真的？我問你，你跟顧大姐同路，沒看出她是個女的來？」我說她本來像男生，現在又瘦了，黑了，顴骨高了。「說話的聲音呢？」她在路上一共沒有跟我講過幾句話，又故意把聲音壓得很低。再說，聲音有時作不得準兒，小白是男生，說話卻像個女生。「這位顧大姐跟小白很要好，是不是？」我不知道，我確實不知道。「你們男女學生是不是一對一對配好了的？」哪有這回事！她睨我一眼，「你還沒找到，是不是？」

我起身幫她打水。衣服搓了又搓，沖了又沖，水盆裡的黑水變灰，灰水變清。我說：「咱兩個把它擰乾。」她說：「這衣服不能擰，只能從水裡撈出來掛在繩子上曬，一擰就破。」合力把木盆裡的水倒掉，連衣服抬回家門，找那陽光充足的地方扯起繩子，兩人隔條繩子，對面站著掛衣服。她一直垂著眼皮。「今天夜裡，我跟你們走，你知道了吧？」我問：「你媽媽答應嗎？」她用糾正的口吻說：「她是我婆婆。」我跟著改了口：「你婆婆答應了？」「她是不會答應的。」「那怎麼辦？」「你可不能讓她知道了。」我大驚：「偷跑？你怎麼會有這個主意？」她眼皮一撬：「你不見怪？我是孤兒，原以為你們都是孤兒，要不，怎麼會沒有家了呢？」我說：「我們並不是孤兒啊！」「對，你們有家不要家，我本來沒有家，為什麼不跟著你們？巴金說啦，家字底下一窩豬！」我說：「家底下這個字嘛，是家畜！」我想告訴她，我們的生活很苦，既而一想，她現在的生活比我們差得多，說「苦」還有什麼意義？她忽然正面注視我：「為什麼不說話？嫌我跟你們走？」我說：「哪裡的話！我是想，我有什麼地方可以幫助你沒有。咳，我說老實話，想不出來。」她恨恨的說：「我不要你幫忙。我長到這麼大，從來也沒有誰幫我的忙。」

16

也不知過了多久，背後是顧蘭：「你們倆，大太陽底下快曬出油來啦！」兩張臉本來就紅，玲瓏剔透的那張驀然一轉，不見了。我只好笑。顧蘭說：「別傻笑啦，你們兩個跟我買東西去。」這回她說的另一個是小白。小白一手提著油瓶，一手端著鹽罐，如影隨形。雜貨店裡好黑，也潮濕，地上除了貨品還有一個剛會爬的孩子，一個剛會走的孩子，一個剛會跑的孩子，還有既會爬又會跑的老鼠，這些小動物在老闆娘腿肚子旁邊穿梭，擁擠不堪。大宗生意上門，老闆娘特地打了會跑的孩子一巴掌，叫他安靜，以示隆重接待。打油的時候，我想起書本上念過的「小老鼠，上燈台，偷油吃，下不來」。心裡罣慮這裡的油給老鼠喝過沒有。老闆娘笑嘻嘻的：「昨天買了米麵，今天又打這麼多油，你們一共多少人啊？」沒人回答，她也不計較。

又買了蝦米雞蛋豆腐乾。沒處買肉，晚飯吃素餃子。白菜大葱是老太婆自己種的。大家一起包餃子，老太婆喜洋洋的，直說：「今天像過年。——去年過年的時候也沒有這麼好。」又連連對顧蘭：「你怎麼對我這麼好。天下真的有好人。我要初一十五去燒香，求菩薩給你添福添壽。」她一面煮餃子，一面自言自語：「算命的說我今年轉運。他算準了，教他算準了。你看，餃子一個都沒破。」那聲音，那神情，使人入夢。餃子盛上來，一個個鼓著小肚子等挨咬，大吉大利，個個都是元寶。這一餐好沉悶。你看我，我看你，最後一致看顧蘭。顧蘭若無其事，「我希望今天晚上沒有月亮。」為什麼？「沒有月亮，我好好洗個澡。」老太太連忙說：「你們的內褲都做好了。我也給你做了一條。」這個「你」，指的就是我。

這餐飯直吃得天昏地暗。老太太馬上點亮了菜油燈。「今天不省油了，全當過年好了。」飯後，小媳婦洗碗，老人家收拾東西，其實也沒什麼好收拾，不過東摸西摸，拿起油瓶聞聞，掀開米缸抄一把米看看。欣賞了陣子，出來跟我們一同坐，又是滿足又是感慨的說：「今天晚上這頓飯像團圓飯。我這人也沒別的想法，初一十五，逢年過節，有這麼一頓團圓飯吃，就心滿意足了。」我們聽了，都作聲不得。仰臉看天，天上淡雲四合，無星無月，天從人願。顧蘭一躍而起說：「我要洗澡。」小媳婦說：「我來幫你。」兩人抬了木盆，放在火燒掉了的房子裡，四面殘牆圍著，一罐一罐的打水來倒進去。小白說：「我來給你放哨。」自己去找了個位置。這邊老太太取出她今天縫好的一件內褲塞在我的手裡，憐惜的說：「出門在外，沒人替你縫縫補補的。唉，那姓白的，你們顧大姐很疼他，誰疼你呢。你這麼大，該成家了，在家千日好，外面的金窩銀窩不如自己的草窩。人人都說，日本人是打不到這裡來的。你為什麼還要跟他們走呢？」我說不出話來。「我是捨不得你走。我女兒也誇獎你。說不定這是緣分。你有眼睛，她可不醜，多少人想她，我都沒答應。你們的那些女同學，我看都比不上她。你要是點頭，趁著家裡有麵有米，再去買幾斤肉，打幾斤酒，明天好好的辦一辦。」

一席話說得我毛骨悚然。這件事果然沾上了我。不得了，這老太太準是想兒子想瘋了。這瘋子又說什麼？「炕是大炕，橫過來睡可以睡五個人，今夜別再坐在屋框子裡挨露水了。」要我跟瘋子睡一張炕，我怎麼敢，連忙說：「我找到了一個好地方，很涼快。」什麼地方？「墳地裡有一面石碑，倒了，正好做一張石床。」老太太擺起手來比趕蚊子還急。「不行不行！怎麼睡在那種地方！野鬼把你的魂拘了去，你就這輩子再也找不到回家的路了。」

17

正在被她纏得苦，幸而小白大聲叫我。我跑過去問什麼事，他用手指指屋框子的另一側：「放哨！」裡面水響，夜晚聽來清脆。我找了個位置，背向屋框，作一百八十度目視搜索。夜並不很黑，看得出不遠處路旁有個大碾盤。夜很靜，聽得小媳婦跟顧蘭對話：「你怎麼敢這樣洗澡！」「我們女生，常常成群結隊下河，男生也成群結隊在岸上站衛兵。」「他們真的不回頭看？」「真的不看。」「要是他們偷看怎麼辦？」「偷看的人眼睛生爛瘡。」兩人一笑。「其實，他們又能看見什麼呢？夜是一團漆黑，大家又多半夜盲。」嘩嘩啦啦一陣，顧蘭說：「我洗好了，我幫你打水，你也痛痛快快洗一洗。」「我不敢！」「怕什麼！有我在這裡陪你。」「他們兩個人夜盲不夜盲？」「他們現在不盲，不過他們很可靠，就像兩個瞎子。」我聽了，掩口忍住了笑。

18

我們四個洗過澡，時間已過午夜。我當然不敢去睡那石碑。我早已發現不遠處有一座石碾，好大一張石盤，安一個沉重的石滾子，你一推槓桿，石滾就在石盤上轉動。這東西，我們家鄉也有，家家用它碾掉稻子的殼、小米的皮，用它把黃豆壓扁，高粱碾碎，好做成食物。石盤照例是清涼乾淨，在上面來個「睡如弓」，倒也恰好。因為白天有「雞鳴為號」的約定，卻又惟恐真的睡熟了。正矛盾間，腦後有細碎的腳步聲，閒中無聊，使用我看《福爾摩斯探案》得到的推理方法，暗忖來者腳步輕盈，應是女子或者少年。荒村夜半，村人不會無故外出，來者應是我們四人之一。小白不利於行，顧蘭步履沉實，都不能如風行草上，剩下的只有一個小媳婦。起身接待還是假裝睡著了？一時不知如何是好，任她在身旁停住，不敢轉動。良久，悄悄撐起上身張望，石滾的另一邊低頭坐著一個人，就是她！我想此處豈是她坐的地方，「你怎麼坐在這裡？」「我婆婆叫我來找你。」「找我做什麼？」「纏住你，叫你明天不要走。」我聽了，起初十分驚慌，既而一想，她坐得老遠，不像是要纏我，就保持緘默。「她真是又可憐又可恨！」這自然指她的婆婆。一個女孩子如此批評婆婆，我最好不表示意見。

不能再睡了，起身坐好，跟她背對背，中間隔個石滾子，聽她的。「我是苦命的人，她也是苦命的人，兩個苦命的在一塊兒，苦上加苦，苦死。分開就好了。」……「我是她的一個大麻煩。男人半夜來敲門借火抽菸。男人把她種的蘿蔔拔光了，指名要我去討。男人當著她的面擰我的腮幫子。她為我哭，為我失眠。我走了，這些煩惱就沒有了。」聽得我義憤填膺，思量沒個出氣處。

19

就這麼坐著。名副其實的「枯坐」，好像要把清涼的碾盤坐熱，好像要把堅硬的石盤坐軟，好像要坐等石盤旋轉，好像要把一切的無可奈何坐成一個圓。坐著坐著，咚，咚，咚。一聽這腳步就知道是誰。走近了，顧蘭手裡提著什麼東西。「來吧，剪頭髮！」莫不是剪刀，還有梳子。於是她做出斷頭台上從容就義的姿勢。委委屈屈而又一切置之不顧。「喏，你拿住她的頭髮。」我有了任務，把她的一把濃密秀髮從頸後掀起，讓梳子貼近髮根滑進，讓剪刀又貼在梳子上咬嚼。我有些著急：「顧大姐，別剪破了她的頭皮。」「少廢話，拿好了，別讓頭髮滑下來。」我連忙把手裡的頭髮提高一些，想起被人一把抓住頭髮的滋味，手腕軟了，力求做到了不高不低，恰到好處。後面剪罷，顧蘭說：「你仰起臉來。」現在剪前面，我馬上改變姿勢，加以配合。天光雖然微弱，她那眉目如畫的臉自有皎潔，既引人，又逼人。我屏息著，剪刀在額前游走，溫柔然而毫不遲疑的切斷秀髮，切斷她和身外事物的聯繫，它在向頭顱的中央會師。我只能小心翼翼、誠惶誠恐的等待結局。

良久，良久，整掬烏絲跟她的頭顱分開了。顧蘭舒服的吁一口氣，而我出了一身的汗，兩臂垂下去再也抬不上來。顧蘭掏出軍帽，給她戴好，前後左右端詳一番。「行了，天亮以後我再好好的給你修剪。」一指指我坐在那裡捧在膝上的頭髮：「這個，你怎麼處理？」一言既出，樹葉嘈雜不休，天末風來，由頷下涼到前心，好像老天在我一番辛苦之後給些慰勞。小媳婦從風得到靈感：「給我剪刀！」就在石盤上剪她的頭髮。好可惜！剪得我心跳。剪碎了，放下剪刀，東張西望找風，找風的方向。風是群體主義者，它永遠結伴而行，永遠後繼有人。果然，遠處的樹葉又切切細語，近處的樹葉又紊亂的喧譁，風未到，先有秋意襲人。她抓起碎髮，說一聲：「你們閉上眼睛！」順著風勢撒去。唉，碎髮也是群體主義者，當它們聚在一起的時候，它們存在，一旦在風中各自逍遙，就個個消失在黑暗裡，斷無消息了。

20

有時候，世事就像冥冥中有個導演。不前不後，不急不緩，一聲驚天動地，正是雞啼。

雞也是群體主義者嗎？沒有一隻雄雞不支援牠的同類。於是此落彼起。此斷彼續，由這家響到那家，由這村響到那村。在我聽來，這不是雞鳴，是令人熱血沸騰的軍號。顧蘭說：「走！」就帶著我們奔向預定的地點，那場大火起燃的地方。小白已經先在那裡，那小夥子，連他的獨輪車，恰好趕到。他雄赳赳，氣昂昂，真以為是來伺候幾個凱旋的英雄。顧蘭在屋框子裡給小媳婦更衣，不久，一個文雅而略帶羞澀的新兵走出來。她換了一個人，我再也不能管她叫小媳婦。我們應該知道她的名字。她應該有個學名。唉，這時怎顧得那些虛禮繁文！小夥子已經抄起車把，推著小白，登登上路。我們三個急急跟進。

向前衝了幾步，她，那個不是小媳婦的小媳婦，突然止步。她轉過身來，背著天光，向一排廢墟的盡頭看。我們也原地站住。我看不清她的表情。沒人催她，沒人勸她。在這緊要關頭，空氣裡只有登登漸行漸遠的輪聲。我們看她怎樣決定。……她說，我想她是對自己說：「好在缸裡有米，瓶裡有油。等我在外面賺到錢，再寄回來吧！」

說完，一扭身，大步向前，那動作，使我想起戰場。據說老年人多醒少睡，那不是老太太的老太太，此時是否在炕上靜聽雞啼？在她的想像之中，是否我與她的不是女兒的女兒找到了沒有人也沒有露水的地方，正在海誓山盟？天下本無事，一切與我都不相干，然而我很抱歉……，我萬分抱歉……。

最最抱歉的是，走不多遠，我就忘了老太太，只惦記著那下落未明的曹茂本……。

分久必合

1

老實說，長途跋涉雖然辛苦，但是後來我對每天換一個新環境每天認識一批陌生人發生了興趣。那種樂趣簡直和看電影讀小說十分近似，甚至，有時候，你覺得你是在演電影或寫小說。

而且，到了後來，我健步如飛，晝夜急行，腿已不疼，腳也不再起泡。天冷了，我穿著夏天的單衣，又沒有棉被，走到全身發熱，有人定勝天的快感。人在途中，所有的責任都已擺脫，或尚未開始，身心自是輕鬆舒暢。等我奔到西遷的最後一站，反而有點兒「勝事不常，盛筵難再」的惘然。

新校舍在一山一溪之間，一鎮之外，四面高牆圍著一片高高低低的瓦頂，像一群剛剛落地的大鵬，翅膀還沒有收攏，那就是我們第四分校的落點。

2

等我走完西遷的路程，學校已安頓妥當，開課多時。我一腳踏進校門，看見陶震東正在掃院子。他被一夏天的烈日曬黑了不少。秋風裡，敗葉多，想掃乾淨還真不容易。我問：「怎麼輪到你掃地？」他說：「下一個就輪到你了。」

西遷以後，學生離家更遠了，家長再也無法接濟子女，學校鼓勵學生工讀，在校中做雜務賺零用錢。

陶震東捶他的後腰。「抗戰抗戰，結果抗成一個清道夫。早知道有這一天，爺娘應該生我一個矮個子，矮個子彎腰容易。」他揮動掃帚亂畫一陣。「還叫陶震東呢，我只能震動灰塵。」

發完牢騷才發覺我穿著單衣。「你快快報到領棉軍服去。——咦，你的背包呢？」我說我的被子丟了，不知道有什麼辦法可以弄條棉被。「這就難了！這樣罷，我有被子，這個掃地的工作讓給你，你先向事務處借錢買棉被。」

這個辦法不好，總司令不會讓我凍死。你不知道？總司令垮台了，他也不做總校長了！老陶忽然枯木逢春，欣欣向榮。他說這就是工讀生的好處，人家擺龍門陣，你在旁邊掃地抹桌子，總可聽到幾句。我不明白他為什麼好像家有喜事，總司令垮台對他絕無好處。他不過得到一點內幕消息，而內幕消息竟能使人如此快樂。

儘管我不以為然，消息仍然要聽。日軍沿鐵路線南攻，總司令指揮兩個軍截堵，這一仗沒打好。敵人出動裝甲部隊，這一仗難打。何況那兩個軍臨時歸他指揮，不大聽話，敵人進攻他們就往後跑，把總司令部暴露在最前線。他們跑得真快，老百姓的形容是「聞風六十里，槍聲一百二」。平素軍紀也壞，老百姓恨他們，說是「寧願日軍燒殺，不願×軍駐紮」。

這麼說，他老人家是受了委屈。現在，他老人家怎麼樣？他嗎，總司令的名義還在，手下一個副官，一個祕書，一排衛兵。他天天讀《孫子兵法》，看牆上掛的地圖，對著地圖打太極拳。誰幹總校長呢？他推薦了原來的教務主任！

聽到這裡，忽然一陣風過。喝，這地方的風真冷，真大。

3

管制服的人個子小，倒適合去掃地。一隻眼用紗布包住，我仍能憑一隻眼看出他是金城。

——為什麼把一隻眼包住？——砂眼流行，你等著候補吧！——金城，你這份差事不錯，八成拍馬屁拍到事務主任腿彎兒去啦！

金城一聽，獨眼瞪得溜圓。

西遷的路上，烈日當空，七竅生煙，這滋味我嘗過，不必金城多說，那天金城好容易奔到歇腳打尖的地方，只見每張桌子都坐滿了人。飯店小二在一對夫婦和三個小孩中間勉強替他擠了個座位，擠得人家直皺眉頭。

坐下，仔細一看，同桌的不是事務處一個職員嗎，站起來敬了禮，叫了聲老師，那人的反應仍是皺一下眉頭。

那人來得早，特地吩咐飯鋪老闆為他熬了半鍋綠豆茶，大碗端上來，一共五碗，熱氣騰騰，清香撲鼻。那人的太太揮動手中的蒲扇搧這五碗熱湯，熱氣直撲金城，薰得他像一座香火鼎盛的菩薩。

到了可以喝的時候，男子先喝一碗，掏出手帕擦汗，女人也喝了，加緊揮動扇子。三個孩子不肯喝，做母親的哄著。天熱趕路是要生瘡的喲，是要害眼的喲，生了病是找不到醫生的喲，怕不怕？怕！那麼喝了這碗綠豆茶。

三個孩子勉強啜了幾口，停下來，最小的那個伸手到碗裡撈綠豆吃。男人一看，連忙取出行軍水壺，把兩碗乾淨的綠豆茶裝盛了，說聲「走」起身離座。這兩口子自始至終沒拿正眼瞧金城一下。

不過半碗綠豆茶罷了，金城至今有創巨痛深之感。現在，金城告訴我，「就是那個斷子絕孫的傢伙幹起事務主任來了。」

原來的事務主任呢？走了。為什麼走了？因為分校長也走了。現在的分校長是？由總校長，分校長，事務主任，改朝換代！

金城也有他的內幕消息。他說文人的體格實在不行，遷校把分校長累病了，臨走那天用擔架抬著。他在擔架上抓住事務主任的手好像說過，咱們總算把學校遷過來沒出問題，以後學生難管，學校難辦，不如急流勇退了吧。

事務主任一走，下面這個事務員緊跟上來。他本來是個游擊司令，隊伍打垮了，跑到後方來找關係，一時沒處安插，塞到學校來領糧領餉，也可以說早在那裡候補。

金城給我一套全新的棉軍服，他說，到明年，咱們恐怕沒有新軍服穿了。總司令今年年命令發新軍服給我們，要不，前線士兵都有人穿舊的，咱們憑什麼？

我著了慌，我說我還沒有棉被呢。咳，棉被是咱們的命根子，你怎麼把它丟了。這，一路上的曲折，怎說得清？金城說，一定要想辦法，你不能等外婆送棉被來。沒有好辦法，就用壞辦法。「我偷偷的給你幾條棉褲，你偷偷的拿去找左良玉，她把棉褲拆開，可以改一條被子。」

這怎麼行，路上聽那位軍需說過，每一套軍服都在軍政部有帳可查。金城微笑。「到夏天，你教左良玉再把棉被拆開，還原成棉褲，你偷偷的交回來。」

偷偷的，他一再說偷偷的。我怎麼向左良玉開口，而且縫來縫去這麼麻煩，左良玉怎麼肯？她在太平集還是唐兵集等我會合，我錯過了，失了約，見了她又說什麼好？

4

穿上棉衣，略有閒情，把這校舍裡裡外外，看了一遍。校舍坐落在四面高牆裡，設計校舍的人知道這裡風大，怕學童受涼，用高牆擋風。進大門先看見一排訓育處教務處事務處的牌子，有迎客拒賊的架式，教室圍繞著辦公室，教室的門對著辦公室的門，從大門進來的人只看見教室的後窗。辦公室的建築有兩層，比教室高，看上去像老母雞當風而立，一群雛把頭鑽進它的翅膀底下。唉，當初蓋校舍不知採用了誰的藍圖，畫藍圖的人不知何省何縣、多高多矮，他的心中有愛。

但是我很淒涼。淒涼不等於冷，在你流汗時也感覺得到。淒涼也不是孤獨，我們有兩百多個同學。正是上課的時間，號長不吹號，他搖鈴，像個走方郎中，裡裡外外「踅」了一趟。雖然上課鈴響了，仍然有一大半同學在教室外面逗留。雖然老師已經開講，仍然有一半同學不肯上課，他們把上衣披在肩上，甩著空蕩蕩的衣袖，這裡走走，那裡停停，猜不透他們想做什麼。在小學的情調之外，有傷兵醫院的氣氛。

這是我的學校嗎？這是我不遠千里投奔的目標嗎？它怎麼變成這個樣子了？

音樂老師正在後面一棟教室裡指揮合唱，女音部分用顫聲唱出：「現在，一切都改變了……。」

一陣大風吹過，很冷，更淒涼。

「號長，怎麼不吹號？」

「一吹號就頭暈，醫官說我血壓高，左良玉說我的號音裡有血絲。」

唉唉，你說過的，三軍一把號，三春一聲雷。沒有號，整個團體縮了水。

5

報到的最後一道手續是找班長歸隊。班長是佟克強，他一向不是這個長就是那個長。

我一看，老佟你好黑！你比鐵教官還黑三分，這一夏天，太陽把你身上的黑色素都蒸發出來了。只有他，還是皮帶紮得緊，風紀鈕扣好，脖子挺直，一副別來無恙的樣子。

他大罵鐵教官無情無義，不辭而別，沒帶他去考軍校。說話時握著拳頭，鐵教官的神情腔調。一個處處模仿教官的人，忽然對教官口出惡言，我好像聽見泥偶說話，暗想這話真是由他口中說出來的嗎？他這話是真心真意嗎？

泥偶不會知道那麼多事情。他說那天三路人馬到齊，教官風塵僕僕而精神奕奕，指揮大隊學兵以點名隊形集合，向分校長報告人數，那場面還真有旗正飄飄馬正蕭蕭的味道。好像是，報告人數之後，他的任務算是圓滿完成了，回到辦公室，他就提出辭呈。

分校長大驚，說還沒給老兄請動請獎呢。教官很正經的說，我還是到戰場上一刀一槍去掙來吧。這事誰也不知道，佟克強說「連我也不知道」。還算他消息靈通，半夜聽說教官明天一早離校，他一骨碌從床上爬起來，喊醒各班班長，幾乎所有的男生都聞風而來，把鐵教官住的農家裡三層外三層圍住。老佟的想法是，夜靜更深，讓你好好的休息。黎明時分，你匆匆忙忙洗把臉，提起行李出門，自以為走得乾淨俐落，我們早在外頭等了半夜，大夥兒一擁齊上，看你好意思一走了之！

黎明準時來臨，門也準時打開，一個農夫走出來，看見黑壓壓的人頭，嚇得張口結舌。佟克強領先入內，教官住的房間空空如也，真個是動如脫兔。有些學生看見空屋，放聲哭了。佟克強說，教官早料到學生挽留，寫好辭呈立刻上路，行事出人意料。「可是他不該連我都瞞著。」老佟恨恨。

先盡了談興，老佟才想我該住在哪裡，發現我沒有被子，馬上作了決定：「你和我住在一起。我那屋子有炕，你是北方人，知道炕是什麼。你上山打柴，咱們睡熱炕！」這樣，我也不願意。睡火炕像煎魚，只有一面熟。

6

吃第一餐飯也是新經驗。

米飯和菜湯仍然露天擺放，可是沒有隊形，沒有口令，一桌一桌端著菜盆捧著飯碗隨便找地方吃，多半是拿教室權作飯廳。吃飯的時間也不再嚴格限制，早來的先吃，晚來的後吃，只要廚房裡有飯。

我想剩飯永遠有，我端起碗來看見飯裡星星點點有芝麻一類的東西，當然不會是芝麻，是沙子。我以為事出偶然，另裝一碗飯，米和沙永遠同在。我思量這樣的飯如何下嚥。

現在吃飯是一種細緻的動作。每個人都是：先用右手把飯夾起來，再用左手去揀浮在表面的沙子，然後把飯放在口中，一面咬嚼一面用舌頭搜索藏在飯中間的沙子，捉到了，就用舌尖推出來，一如推出魚刺。吃一口飯要花很多時間，全部過程從容熟練，好像一位紳士面前斟滿一杯好酒，安安靜靜的吃清蒸鯉魚。鯉魚的肉裡有多少亂刺，我的飯裡有多少細沙。

這實在是很艱難的一種修養。吃到後來，飯涼透了，必須反覆咀嚼用口腔的溫度來暖它。每個人的食慾都變小了。我怨恨炊事兵沒有把米淘乾淨，佬佟說，他查問過，已經從米裡淘出很多沙來，大鍋飯只能做到這一步。

米裡為什麼有這麼多的沙？答案自然是奸商搗鬼。談到奸商無話可說，那是另一種動物，活在另一空間，我們只能想像一二。

吃到口腔和舌頭都疲勞了、痠痛了，不願再吃下去，一頓飯就算吃飽了。這時，我憂慮、我計算這一餐到底吞下去多少沙子，全身器官都不存在，只記得有個盲腸。

7

這裡是山區，難得一塊平整的地面蓋學校，校舍蓋好，大門外還能有空餘的地方闢成小小的廣場，這個小廣場就特別可愛。

我在這片平地上走來走去。天黑了，我還在走，好像可以走出一個目的地來。廣場上，離校門遠的那一邊，豎著粗壯的旗杆，這種布局顯然是為了升降旗典禮，可是遷校以來典禮不曾舉行過，只是由號兵按時把國旗拉上去或是拉下來。今天晚上他似乎忘了這件例行的工作，國旗還在上頭，騎虎難下的樣子，漸漸變成黑色。

我要棉被。我必須有一床棉被，即使是有嬰兒尿騷的棉被。即使是死人蓋過的棉被。棉被棉被，拿國旗蓋在身上也可以增加一點兒體溫。國旗只蓋烈士，烈士還需要體溫？大門裡頭的大字標語：禮是嚴嚴整整的紀律，義是慷慷慨慨的犧牲，可是在沒犧牲前總得蓋被子，冬天漸行漸近。

臨去時，仰臉看一眼國旗，天空無星無月，僅有些許灰白。旗知道它不該待在那兒，很窘，很尷尬，也有些恐懼。我從不知道國旗也會這個樣子，夜晚的國旗和白晝的國旗完全不同。

我走回去，解開繩子，下旗。我照規定把旗摺好，夾在腋下。我打算去找號長，把旗給他。救一個國家如果像下一面國旗這樣容易，那有多痛快！

8

廣場的土色灰白，邊沿烏黑。有個人坐在地上，我一直沒發覺，他看我一定很清楚。發覺有人坐在那兒也不訝異，這些吃不飽的、想家的、前途茫茫的大孩子總有時行徑像哲人。他坐在那裡也未必是為了看我。

經過他身旁，他低聲喊我的名字。嚇了一跳。這不是何潮高？我叫「何大哥！」你怎麼坐在地上，西遷使人人心高氣傲，唯有你的姿勢低了。果不其然，他叫好兄弟，何潮高正在低潮，叫何大哥的人少了。他拍拍地面：坐下，坐下。

我坐下。他說我觀察你好半天了，你依然是個童子軍，日行一善。他說你的何大哥不行了，一路上幹了些壞事。

他說了一些事情。教官終於替他們弄到幾枝步槍，雖是廢品，外行人看不出來。教官說，手裡有槍，村長保長才幫你的忙。不管軍服多髒多破，手裡有槍就證明你不是叫化子。槍背帶就是一條臍帶，把你和國家連起來。可是「手裡有槍的人容易變壞」，這句話是何潮高說的。唉唉，你不變壞也不行。

話說何潮高帶隊西行，附帶照顧一位老師，這老師孩子多，盤纏少，太太又有嚴重的胃病，一步也離不開車子。教官說：「這是任務，交給你了！」於是何潮高天天為徵用一輛人力獨輪車而舌敝唇焦。「唉，你沒法兒不變壞。」趕了一天路，第二天黎明即起，怎麼也不見那推車的人，他半夜逃回家去了。他的車子倒還靠牆豎著，估量他是打算等我們走後再來取車。必須馬上就地徵發一輛車，沒有車，老師一家不能行動，隊伍不能撇下他先走，同學們掐著指頭算路費，人人著急。何潮高把心一橫，指著豎在牆邊的那輛車對保長說：「你給我把它賣了！有人出價就賣。」賣了錢另雇車子。唉！當時只為完成任務，現在就怕惡有惡報。但願老天現在放我一馬，將來再報。

這那裡還是當初的何潮高。何潮高變了，但不知他的女朋友烏麗莉怎樣。問起烏麗莉，回答是她生病。什麼病呢，回答是她和左良玉、顧蘭住在一起，她們照顧她。顧蘭！顧蘭現在怎麼樣？

何潮高說：「你到底問到她了。」他從屁股底下摸出一團黑忽忽的東西來，往我懷裡一塞，同時起立。這一團東西軟綿綿，香噴噴，熱呼呼，細麻繩捆得牢，不是一床棉被是什麼？「顧蘭買了一床被子送你，」老何說。「雖然是舊被，她們拆洗過了。」再補充一句：「新被會招小偷。」

9

顧蘭的住處，站在學校大門外看得見。放眼望去，右手是山，中間是溪，左邊溪旁是個狹長的小鎮。小鎮是沿著小溪慢慢長大的，一旦發育成熟，就四周築起寨牆。後來小鎮繼續成長，在溪的對岸傍著山坡出現了許多不相毗連的人家，星星點點，占地比小鎮大好幾倍，仍然算是小鎮的一部分。

有幾位女老師住在寨子裡，學生全住寨外，站在校門口，一家一家高高低低很清楚，像看一幅中國古畫。看準目標向前走，經過溪旁，一個女同學正在洗米。她是誰？她不是顧蘭從鄉下帶出來的那個小媳婦嗎？我朝她一聲「喂」，叫不出她的名字來，噤住了。她抬頭看看我，等我走近了，「我叫朱明明。」你編在那一班？「他們不准我入學。」那不是糟了嗎？「沒關係，左姐說了：此處不留人，自有留人處。」說著，吳菊秋抱著一堆衣服來洗，劈頭就問：「你怎麼才來報到？我還以為你到北方讀大學去呢。」我大吃一驚，想起西遷途中焦林半夜在我耳旁說了半天大學，事後恍惚是夢，急忙問她什麼大學？在哪裡？到底有沒有那麼一座大學？「沒有，作個夢行不行？」原來仍然是夢。

大家興高采烈談了一陣子大學。「如果你進了大學，學什麼？」我要學文學。「如果我進大學，我當然學畫。」朱明明說：「我去學淘米吧。」吳菊秋告訴她「那叫家政系。」我有些納悶：「你們哪裡來的米？」烏麗莉病了，病號可以把主食領出來自炊，「她生的是什麼病？」女孩子生病，男生不要過問。「那麼，更不能去看她了？」菊秋說，她們住的地方，連何大哥都不能進去。

我說我在找顧蘭呢，我得向她道謝。菊秋說：「那更不必。顧蘭幫助過很多人，不要人家謝她。」這個奇女子，哪來的這副心腸呢，又哪來的錢呢？「你不知道？你的耳朵也太不靈光了。」

她引用歷史老師的一句話：人之一生，最好能有幾件事進入漁樵閒話，能這樣想就是立大志。「顧蘭將來必定是漁樵閒話的一名人物，總司令未必及她。現在的分校長、事務主任，更是連替她提鞋也不配了。」

10 顧蘭的故事

當初曹茂本到後方醫院治傷，顧蘭是不顧一切跟去的。後方醫院有兩百多名傷患，迤迤邐邐住了五個村，醫生看護都缺人，顧蘭不但把護理茂本的事一手包了，順便也給同病房的人餵湯送飯、洗屎擦膿。醫院見她勤快，茂本的傷也一時難好，就給顧蘭補了糧餉，訓練她換藥打針。她在茂本床邊真是衣不解帶，無如醫院裡缺藥，茂本的臉腫得像裂開的石榴，呼吸困難，緊緊抓住顧蘭的手不放，在她手心裡寫字，寫來寫去是一個「家」字。顧蘭把心一橫，決定送茂本回他老家。

顧蘭從那時起女扮男裝。她雇人抬著茂本上路，言明到了曹家再付錢。

這時日本帝國的氣勢衰敗，過封鎖線的時候，偽軍不但未加留難，還找他們的醫官來替茂本敷藥。曹家有騾有馬，是個大戶，不過父母的年紀都已六十多歲，兒子還小，茂本是他家老大。老太太一看兒子是這個模樣，暈倒在地上。老先生馬上找經紀來賣田，賣了一塊又一塊，搶救兒子，全家忙成一團亂麻。其間還有驚險，當地日本憲兵聽說有個在中央軍當兵的人回家了，出動人馬包圍曹家，可是他們只找到一個女子。茂本在離開後方醫院的時候已經不能講話，到了家裡一直昏迷，鬼子兵把茂本的身體翻過來翻過去的看，看不出是槍傷，曹家又出錢通了關節，終於化險為夷。

曹家老太太好慈祥，那麼疼兒子，還能分出心來疼顧蘭，拉著顧蘭的手問長問短，找人來替她裁製新衣，還親手下廚做點心，一面做一面流淚，顧蘭吃在嘴裡，覺得紅棗蓮子豆沙冰糖都是一個滋味——酸。老先生似乎永遠不睡覺，顧蘭什麼時候醒來都聽見他抽水煙的聲音，咕嚕咕嚕，吐不出來的苦水。茂本終於不治，嚥氣的時候握著顧蘭的手。顧蘭真怕老太太哭著哭著就斷了氣，晝夜在旁邊守著她。

出殯前夕，老太太不哭了，抓著顧蘭的手說：「咱們娘兒倆談談心。」老太太的意思是，在送葬的行列裡，顧蘭應該有個位置。顧蘭肯為茂本做這麼多的事，兩人的關係應不比尋常。為了對她感激，為了對死者憐愛，她想藉出殯正式承認顧蘭是曹家的媳婦。等到後事完畢，顧蘭就以長媳的地位管理家務，將來分家，就把茂本應得的一分產業給她。顧蘭連忙辯曰：「伯母，我和茂本是同學，是朋友，我們之間沒有別的，真的沒有。」結婚？確實沒有談起過，總覺得那些事比回家的路還遠，看不清楚，無從想起。愛情是有的，但是愛情不能冒充婚姻。她再三申說，說得曹母濕漣漣的信了，還不肯放棄：「我沒有女兒。你就算是我的女兒吧，也分一分田產給你，做你的嫁妝。」顧蘭仍然不肯，她說她得回來念書。這一下子曹老太太可就不明白了，幹麼要到外頭去東飄西蕩、擔驚受怕？她說現在的年輕人都迷上了一種她不了解的東西，希望顧蘭醒過來。她勸不醒顧蘭，只好長長的嘆一口氣。

結果，顧蘭以朋友的身分排在送葬的隊伍之末，頭上頂一塊三角形的頭巾，手裡一塊白手帕。一手搵淚，一手拉住巾角，生怕被風吹掉。那天毫無忌憚的流淚，手帕哭透了，只好扯下頭巾來擦淚。

以後的事情是顧蘭又換了男裝，準備離開曹家。那夜，曹家徹夜燈火通明，全家老少都沒睡，光景像是大年夜。院中香煙繚繞，差不多每隔一小時曹老太太就到香案前面去拜一拜，祈求神靈保佑一路平安。那分慈祥，那分虔誠，感動得顧蘭直想哭，她告訴自己不能哭，不能哭，只要眼淚掉下來，老太太就不肯放她出門了。老太太把鈔票縫在她的領子裡、褲腰裡，把金戒指拉直了插進她的牙膏裡，怎麼推辭也推不掉。老太太說這些錢不全是給你的，也給茂本的朋友，給幫過茂本的人，還茂本欠下的人情。顧蘭上了路以後才放開淚閘，幸喜天色微明，沒人看見。

顧蘭回來以後仗義疏財，果然不負所託。何潮高、烏麗莉、左良玉，都在靠她支持呢。

11

金城對我說，以後沒人疼咱們了，咱們得自己疼自己了。我唯唯。

他說，身體第一，健康第一，咱們出來是個孩子，回去是條漢子。我唯唯。

可是，我們吃這種伙食是活不到抗戰勝利的！

啊？他這句話擊中要害，我慌忙問怎麼辦。

依照規定，學生有病先找校醫開一張證明，再向訓育處請假，最後請事務處蓋章，可以把食米領出來自己做飯吃，自己可以把米淘得乾乾淨淨，煮得又香又甜。副食仍然從廚房大鍋舀出來，這長柄大勺撈到鍋底，總可撈到幾片輕飄飄的豬肉。

如果金城、陶震東，加上我，三個人都去掛病號，三個人的食米可以做一鍋好飯，吃飯就沒那麼痛苦了。可是我們三個並沒有生病啊！

金城說不成問題，一定不成問題，新上任的女醫官是世上頂和善的人，「你應該去看看她，沒有病也可以去。」

他打動了我，但是我缺乏自信，主張把老佟拉進來一塊兒幹。

老佟正在院子做伏地挺身，見我們來了，一躍而起，料到我們無事不登三寶殿，就一手扠腰，一手指地：「做伏地挺身，每人十個。」未改鐵教官的架式氣派。

「預備！」口令咄咄逼人。「一、二、三……」

大家胡亂做了，再向老佟說明來意。老佟說：「我參加，你們替我辦手續，我不去看他們的臉色。」他到屋子裡寫了請病假的假條。

我們沒有看任何人的臉色。女醫官胖胖的，軍服穿在她身上很家常，平易近人。她接過病假條看也沒看，就刷刷簽字。到了事務處，也沒人看你的條子，鼕鼕敲上印章。

我們端著臉盆領米，到溪旁淘米。像奇蹟一樣，水一下子就把米和稗子分開，然後又把搖搖擺擺的米跟深藏不露的沙粒分開，嬰兒一樣可愛的米粒，在我手指間嬉戲。儼然是端午節在家包粽子的心情，水和米是一套玩具。

做完了水和米的遊戲，向附近居住的人家借鍋。溪旁有老樹，老樹後面有老屋，老屋裡有老太太。老太太說：「你們不能用我的柴。」老佟說：「先借用你的，吃飽了再上山打柴還你。」說完生起滿灶紅火。老太太站在旁邊看，好像我們燒一根草，她在心裡默數幾次。

老佟真有兩下子，他把這一鍋飯煮得恰到好處。掀開鍋蓋，啊呀，簡直是一鍋人參果！把飯裝在臉盆裡，再用鍋燒熱菜湯，菜湯也比平時香甜。

吃完，守著熱烘烘的灶口，陶大個子說：「吃了這頓飯，我有點兒想家。——你呢？」

他是問我，我沒回答。我的感覺是飯後比飯前長高了很多。

走出門外，前山紅腫一片，被秋風剝光枝條的樹林。有樹的山是富山，不愁沒柴。

柴怎麼辦？我問。

還能怎麼辦？老佟說。

燒過的柴當然不還了。下一次呢？下次換一家，寨裡寨外有百來戶人家呢。

老太太欲言又止，跟到門外，目送我們，良久良久。

12

女醫官少說也有四十歲了，臉上沒皺紋，很樂天。這些年觸目所見都是瘦子，抗戰是個走馬燈，磨掉人身上多餘的肌肉。女醫官胖，胖比瘦親切。

醫務室沒有什麼藥，看病的人倒不少，醫官總是從早忙到晚。除了痢疾、疥瘡和打球擦傷，還有許多人藉看病使生活出現一丁點兒變化。「你覺得哪兒不舒服啊？」輕聲細語，總算還有個人關心我。躺在診察檯上，解開褲帶，醫官那熱呼呼的手掌在肚臍周圍按幾下，那一頭淚水就開了閘。醫官溫和的吩咐：「穿好衣服，起來，站在這裡。」醫官把眼前這孩子打量了，替他擦眼淚，告訴他：「你看你長成大男人了，還好意思哭？」這就是醫官開出來的藥。

醫官在批病假條子的時候慷慨驚人。終於有一天分校長忍不住了，「總要真生了病，需要治療，才批准他的病假。」據說醫官當場頂回去：「預防也是治療的一種，而且是最有效的治療。他們天天吃米，吃米裡的沙子稗子，隨時會得盲腸炎，到那時候，我是一點辦法也沒有喲！」隔著近視鏡片，分校長的眼球特別大。

醫官的人望很高，可是人們在背後議論她，許多話並不好聽。她怎會到山胳肢窩裡當校醫呢，據說她被丈夫拋棄了，傷心人入山惟恐不深。另一說，她的兒子被日本飛機炸死了，母愛過剩，所以特別照顧這些沒家的男孩子。還有人猜，她八成是分校長的情婦，要不，怎會跟分校長同時上任呢，分校長沒帶妻子，她也沒帶丈夫孩子。

這話惹我發火。我去找老佟商量對策。老佟大笑，他說：「管他呢，這就叫人言可畏！」

13

我照例拿著四個人的病假條子到事務處，事務員拒絕蓋章。

我想，這回真要看人臉色了，不料佟克強胸脯一挺：「跟我來！」

我第一次面對事務主任，一個肩寬臉大敢作敢當的人。他不停的抽菸，香菸插在短短的菸嘴上，用牙咬住，說話的時候並不拿下來，以致時時露出咬牙切齒的神情。白色的煙霧由嘴角外洩，在耳目口鼻間繚繞，五官易容，像戴著半透明的面具。他把病假條子放在辦公桌上，並不馬上審視，眼神落在另外一件公文上，也不像是認真在看。

他取下菸蒂換裝新菸時，若不經意的問：「病號在哪裡？」

老佟抗聲回答：「病號在病假條上。」

他十分注意的看了老佟一眼，眼色很冷。他點菸。「你們哪個生病？什麼病？我看一點也不像生病的樣子。」

「你會看病？」老佟毫不客氣。「我們以後誰得了盲腸炎就抬到你家裡去好了！」

他又冷冷的審視老佟，雖然我只在他眼睛的餘光之內，也打了個寒噤。

他垂下眼皮，抽菸，仍然不看假條，也不像是考慮怎樣裁決。他把我們「擱」在那裡晾著。半晌，他起身離座，食指向下戳一下病假條子。

「你們去找分校長。」說完，他到後面木櫥裡找東西去了。

唉，這樣的人，怎可在這樣的地方，做這樣的工作？他是天生的官僚，應該回淪陷區去做他的司令官。

14

這也是我第一次面對新任的分校長。五短身材，中山裝，金邊眼鏡，很健康，也很像讀書人。美中不足的是臉皮黑，黑了就顯得粗糙，粗糙就顯厚，厚就顯得……

講話的聲音溫和堅定。「學校有新規定，病號領米每次只准領兩天，比正常的人減一半發給。」

只准兩天倒也罷了，可是減半發給？……

「為什麼減半？」

「病人適合喝稀飯。」

「喝稀飯？」老佟冒火。「胃潰瘍可以喝稀飯，生肺病也喝稀飯嗎？」兩個人的臉膛都黑，眼珠都特別大。擺開了鬥雞的陣式。

「誰生肺病？你們誰有肺病？肺病是傳染病，我要送他到後方醫院。」到底是老江湖，唇槍舌劍。

15

我們鬥敗了，悶悶不樂。淘米的時候，老佟忽又眉飛色舞：「咱們把這兩天的米一天吃光。」

可是明天？

「明天我們去挖地瓜！」

大家的情緒一下子又提高了，這頓飯依然吃得興高采烈。可是老佟忽又沉吟不語。——怎麼啦？

老佟放下碗筷說他在想一個問題。四個人把米領出來單獨做飯，既吃得好，又吃得飽，為什麼兩百多人一齊開伙反而不行了？不是說「大鍋飯、小鍋菜」才好吃嗎？

老佟把拳頭握緊又伸開，伸開又握緊。「用什麼辦法讓全校的學生個個可以吃飽？」大家搖頭。「辦法有，個個都自己領米自己買菜。」這條路，我們不是剛剛給碰回來嗎，怎的還說這番話？

老佟很有信心。「明年，我們這一班是最高年級了，你們誰也別當孬種，看我鬧他個天翻地覆！」

16

忽然經歷了這麼多事情，真難吞嚥，吞下去也難消化。

「現在，一切都改變了！」合唱團還在練唱，這一句總是唱不好。難以承認難以接受的改變。我寧願相信我找錯了地方。這不是我的學校。我還在走，目的地還沒有到。……

合久必分（一）

1

我那國文老師比以前更矮了，因為他的背開始微駝。他呼吸重濁，話音也沒以前響亮。不過他沒忘記他曾是總司令的祕書，總司令兼總校長的時候，派他來負責訓育，把這個職務當作一項重任付託給他。

他現在不是訓育主任了，總司令也不是總校長了，他仍覺得自己與一般教員不同，對校務應當知無不言，言無不盡，有時候還忍不住由坐而言到起而行。別人都讓著他，認為他頭上有個模糊不清的光圈，有一天，比方說總司令東山再起了，這光圈又璀璨奪目一番。

不過，讓著他也僅限雞毛蒜皮罷了，名利關頭是無父子的。幸而國文老師也「士大夫不言利」，專管「大風起於萍末」。

這天雖然風大，他老人家的氣管變成樂器，有件事還是使他「礙難坐視」，他對我說：

「你來。」

2

學校圍牆朝道路人家的這一面，像浮雕一樣貼著一排水泥圓餅，每個圓餅的直徑大約兩英尺，在圓餅上用石灰描畫大字，做成標語。

國文老師帶我看標語，「國家至上，民族至上」，八個字十分醒目，一里之外看得見。可是寫在這裡的「國」字，是方框中間一個玉字，他老人家看不慣簡體，就說：「國將不國了。」

他指導我怎麼做。第一步，先用稀釋的水泥把這個簡體字刷去；第二步，找一張白紙，以同樣的半徑切圓；第三步，在白紙上鉤一個「國」字；第四步，把紙貼在牆上原來「國」字的地方，把「國」字的輪廓壓在水泥上；第五步，用刷子蘸著石灰填滿筆畫。原有的字體是美術字，筆畫用打格子的方法雙鉤，「挖補」並不困難，只是那高度，我站也不是，坐也不是，只能跪著工作。

老師在風裡站著、指點著、劇烈的咳嗽著。我勸他回去休息，他的回答是搖手。音樂老師經過此處，他雖然弱不禁風，也站在風口裡看，讚道：「國將不國矣！你把它救過來了！」

唉，要是救國像改一個字那麼容易，有多好！

3

音樂老師說，別心事重重的樣子啦，來參加合唱團吧！他說我們現在需要唱，也只有唱。我們沒有琴，有嗓子，人的嗓子才是最好的樂器。

合唱團要演唱的第一支歌叫〈新年歌〉，預計等到排練成熟，正好趕上新年同樂晚會。我本來只幫忙抄譜，不唱，可是他說：「合唱團後排少一個高個兒。」

4

「新年歌」用上了鑼鼓，排演起來很驚人：

打呀打起鼓

（鼕鼕隆的鼕）

敲呀敲起鑼

（鏘鏘鏘）

不分男女老幼，一齊呀來
一齊來唱慶賀新年歌
（鼕鼕隆的鏘　鼕鼕隆的鏘　鼕鏘鼕鏘隆鼕鏘）

中國抗戰有六年
全憑老百姓出血汗
總算打得還不錯
你看那東洋鬼子兵
　你看那東洋鬼子兵
七零八落進退兩難沒奈何
沒奈何
（鼕鼕隆的鏘　鼕鼕隆的鏘　鼕鏘鼕鏘隆鼕鏘）

5

把國文老師驚動了，老遠就聽見他咳嗽。他來到音樂老師背後站定。音樂老師在指揮合唱的時候是專心致志旁若無人的。直到合唱告一段落，國文老師鼓掌示意，他才轉過身去。

鼓掌並不是為了欣賞稱讚，是為了要說話。「抗戰是蔣委員長領導，怎麼說全憑老百姓出血汗？」

音樂老師拿起歌譜念道：「中國抗戰有六年，全憑老百姓出血汗」，揚起臉來質問：「你是不是要我改成全憑委員長出血汗？」

「什麼話！委員長日理萬機，運籌帷幄……」

「那麼，全憑老百姓出血汗也就沒錯，是不是？」

音樂老師回身，揚起指揮棒朝後一「點」，鑼鼓喧天敲將起來。

這一爭執的結局據說是，國文老師向分校長指控，分校長說：「咱們多找幾個人聽聽，我也去聽聽，你也再聽聽。」以後就沒有下文。

6

長夜漫漫，人定要早起，早些起來看世界變成什麼樣子。

大清早，校門外見國文老師和老佟，只聽得：「如果我當訓育主任，就不會出這種事情。」

老佟唯唯。校門裡，同學們擠成一堆，伸長了脖子，看布告呢。

布告兩張，並排張貼，第一張寫的是：

「學生何潮高行為不檢，嚴重妨害校譽，勒令退學。」

第二張寫的是：

「學生烏麗莉違反校規，情節重大，勒令退學。」

我耳朵裡轟的一聲，血往上湧，好像牆上還有第三張布告，開除的是我。

我立刻找何潮高，教室裡沒有，寢室裡也沒有。我一路想不通，兩個流亡學生罷了，能做出什麼大逆不道的事情？離家千里居然開除，未免太心狠手辣了吧？

一路上有人從宿舍裡出來跑步前進，交臂而過時丟過來一句：「看見布告了沒有？」遷校後第一次開除學生，一次開除兩個學生，兩個都是明星學生，布告用新任總校長的名義發出來，所以，大家沸騰了。

等我回到學校裡，看布告的人已塞滿了小小的院子。布告上的幾個字當然早已看完了，人還是逗留不去，因為要想、要議論。國文老師現在站在訓育處門口，他對一個訓育員講話，院子裡的學生也聽得見：

「按照辦公文的常例，開除這兩個學生只需要一張布告，他們倆是共犯。校本部想到一個是男生，一個是女生，用一張布告開除他們兩個，事情由人家猜想，這悠悠眾口可就難防了。現在用兩張布告把兩個人分開，開除的理由也不一樣，替他們遮蓋著點兒。想得多周到啊，父母之心不過如此！」

那訓育員恭恭敬敬的請教：「當初總司令辭校長，教育部的公文是教新校長代理，現在新校長出布告，怎麼不見代理兩個字？」

這一問，搔著了老夫子的癢處，他的回答充滿了熱情：「校本部辦稿的人表示禮貌，表示客氣，沒加代理兩個字，新校長核批的時候，覺得不加也好，就裝做一時疏忽沒有看見。」

「老夫子對本校一切瞭如指掌。」

「哪裡，我是想當然耳。」

陶震東在我旁邊聽見了，他碰一碰我的胳臂：「你別走，等著瞧我的。」

他去而復返，拿著毛筆墨盒，擠到布告欄下，像改作文一樣，在「總校長」三個字上面加添了「代理」。

大家熱烈鼓掌。另一個同學搶過毛筆，奮勇上前，在「代理」兩個字上面又加添了「三流」。

這回除了掌聲還有笑聲，後繼有人，「三流」上面又出現了「厚黑」。這人矮小，搆不著，有人蹲下，讓他登上肩膀寫。

全銜是「厚黑三流代理總校長」。看樣子還有人躍躍欲試，一聲「分校長來了！」大家不怕官，只怕管，一哄而散。

隔了許久，分校長在空空的院子裡出現，冷冷的朝布告上看了一眼，又走了。不大工夫，事務處來了一個人，把布告揭走。

布告欄裡什麼痕跡也沒有，好像什麼事也沒發生過。只有早起的人知道並非如此。

7

這天早晨的第一節課，連最用功的學生也心不在焉。大家議論那布告。有人了解何潮高，有人了解烏麗莉，還有人了解醫官，說醫官也牽涉在內。這些人平時守口如瓶，這時候忍不住都倒出來。

烏麗莉的故事

麗莉的身體本來很好，可是西遷的路上走著走著就病了，也不是大病，嘔吐，四肢無力，影響行軍。好容易到達目的地，找到醫官，醫官也看不出個所以然。那時大家都不懂，連醫官也沒有這方面的經驗。

看病的次數多了，醫官起了疑心，到底女人心思細敏，莫不是懷孕？把醫務室的門緊緊關好，兩人密談許久，醫官說我主修眼科，不是婦產科，婦產科和眼科相差很遠，鎮上只有一個年老的收生婆，別無中醫西醫。

醫官帶著烏麗莉去找何潮高，何潮高一聽大驚，同時也大喜，連說「我負一切責任」。他斷然決定去請那收生婆判斷虛實。醫官說，收生婆是不會替你保密的，何潮高說我不在乎。收生婆肯定麗莉害喜，少不得在街談巷議中渲染一番，哎喲喲羞死人，男學生女學生搞大了肚子。哎喲喲你們討媳婦千萬別要女學生。……

出外靠朋友，總得找好朋友商量商量。烏麗莉先把消息告訴顧蘭，顧蘭說她手中有錢，可以負擔一切費用，立即搬過去和麗莉同住。第二個知道內情的是左良玉，她的意思是，事已至此，到了必須離開這家學校的時候了，她負責另找學校，等到孩子生下來，大家一同進退。

最重要的問題是誰來接生。何潮高、烏麗莉都依靠校醫，校醫不答應。本來嘛，眼科醫生怎能接生？但是眼科醫生到底是合格的醫生，在分科之前受過不分科的基本訓練，對於消毒、止血、急救等等更是有章法規矩，不找她，難道找那位收生婆？收生婆的手上有多少病菌？接生的盆裡又有多少病菌？

何潮高、烏麗莉不斷去找醫官央告懇求，醫官終於動了心。她也知道在山野裡做醫生不能嚴格分科，她現在已經內科外科都管，救人的本領還嫌太多？她說，我索性趁此機會找那年老的收生婆去，請她教我。

你猜那老婆婆怎麼說？教你收生，可以，你得磕頭拜師。你猜咱們醫官怎麼著？她一口答應。何潮高覺得承受不起，連說醫官太委屈了，醫官說這是我的事，你不必管。說著說著到了黃道吉日，醫官備了四色禮物，一串鞭炮，由何潮高、烏麗莉陪伴，來到老婆婆家中。不用說，老婆婆已經四處張揚，屋裡屋外都是看熱鬧的人。老婆婆一身新衣新鞋，耳朵邊還插一朵野花。人逢喜事架子大，她拉過板凳當門而坐，差不多就是慈禧太后。鞭炮響起，天地變色，醫官在門外街心朝著老婆婆肅然下跪，恭恭敬敬磕了三個頭。烏麗莉在旁淚如雨下，何潮高沒流淚，他走向前去，咕冬一聲朝著醫官跪下了。

8

下午，我到醫務所門口，衝著醫官敬了個禮，大聲說：「報告醫官，你好偉大！」她知道我在說什麼，誇獎了一句「你好乖喲！」聲音和表情都很慈祥。我沒料到她的反應是這個樣子，眼眶發熱，回頭就跑。

我在烏麗莉、左良玉的住處門外找到老何。風無力，太陽有熱，不像個倒楣的日子。何潮高端坐，他本來是個紅臉，加上曬了一個夏天，你不能說他正在窘迫羞愧。吳菊秋正給他畫像，我在旁邊站著，一肚子的委屈不平都是多餘。

一面畫，一面說話兒。喲，畫得像極了。／不知道我娘看了覺得怎麼樣。我本來長得像舅舅，現在不像了。／我也給麗莉畫一張，你一塊兒寄回去，讓你娘看看媳婦。／等孩子生下來，你也給孩子畫一張吧，讓奶奶看看孫子。／這地方沒有照相館，咱窮學生也沒錢照相。／但願汪精衛保佑，畫像能平安寄到。／為什麼要汪精衛？他不是漢奸嗎？／那地方現在歸他管呀。

說著說著，像已畫好，老何起身。菊秋一指板凳：「坐下吧，也讓你娘看看你。」畫了幾筆，她停下來。怎麼不畫了？你在流淚，沒法子畫，我在流淚嗎，我在流淚嗎？經她說破，竟淚如雨下。她收拾畫具：「等你學會了不哭，咱們再畫。」

9

何潮高拿著畫進屋給麗莉看，左良玉從裡面走出來，省得礙那小兩口說悄悄話。看見我，左良玉馬上走過來問我：「西遷的路上，約好在太平集等你，怎麼沒見你來？」不等我回答，她接著說：「你是來看何大哥的吧，何大哥可是你的知己喲，這幾天他哪天不誇讚你幾句，菊秋都動心了。」菊秋嗔道：「你胡說什麼？」在良玉笑嘻嘻：「動心是很平常的事呀，我讀到好詩，看到好畫，遇見好人，都會動心。」

左良玉下面的話輪到我動心了。「學校遷到這裡，最後清點人數，有兩個人沒報到，一個是趙源，一個就是你，我們天天問金城，問陶震東，希望早早得到你們的消息。你總算平平安安回來了。」

我急忙問趙源。趙源到今天還不來報到，她認為不會再來了。我走路慢，趙源可是飛快呀，那會走這麼久？往好處想，他讀別的學校去了。西遷路上有件事，但願跟趙源沒有絲毫關係——

10

說來傷心慘目。西遷道上，烈日黃塵，一位小腳的老太太站在道旁攔住一輛獨輪車，她對坐在車上的紳士說：「你們有個學生在我家病倒了，你是他的老師吧？」紳士翹起大拇指往後一指：「校醫在後頭呢，你告訴他吧。」然後喝聲「走！」小車吱吱的推過去了。

後面跟上來一輛獨輪車，車上坐著太太孩子，車後跟著一個大漢。老太太攔住大漢：「你們有個學生，得了急病，在我家躺著，你是醫生吧？」大漢十分詫異：「我不是醫生，我怎麼會是醫生！」他並不笨，馬上參透了。「校長在後頭，你告訴校長。」說完，大踏步追獨輪車去了。

校長怎麼會在後頭？他並沒有隨大隊行進。可憐的流亡學生！可憐的老太婆。

那個躺在老太太家，臉上爬著蒼蠅的學生，千萬、千萬不要是趙源啊！

左良玉很難過。左良玉啊左良玉，你哪裡知道我才難過呢，你哪裡知道，我在山村裡投宿，那家人家有個失蹤的兒子，也叫趙源。那個趙源的父親想兒子想瘋啦，分不清幻覺和事實。我們的這個趙源，他的父親，現在是怎麼活著，將來又怎麼活下去呢！左良玉啊左良玉，那被我們稱為老師的人是一副什麼心腸呢，他們怎能忍心不顧而去呢，耽誤半天工夫又算什麼呢，多走幾里路又算什麼呢！我們到底把我們的前途交給一些什麼樣的人呢？

左良玉說，有些人是很殘忍的呢。他們開除何潮高、烏麗莉，也要分開用兩張布告，他們是決心拆散人家的愛情，無所不用其極呢。你還記得什麼叫連理枝嗎，一對情人自殺了，要求死後合葬，那個暴君偏偏給他們一人修一座墳，兩座墳墓隔得老遠。我們遇上的也正是這一類人呢。

說著，空中飄下星星點點似雪似雨的東西來，冰冷，看不見，感覺得到。左良玉說：「天冷了，自己要當心喲。」又說：「男生有什麼要縫縫補補的，都拿到我這裡來，你也不要客氣。」我急忙尋思：我的軍服破了沒有？我的被子破了沒有？沒有，真是可惜，都沒有。

11

打呀打起鼓
敲呀敲起鑼
不分男女老幼　一齊呀來
一齊來唱慶賀新年歌

鑼鼓真是好東西，無怪說它可以祈神驅鬼，當你敲打的時候你會覺得開闢了一個新天地。

可是鑼鼓也有停歇的時候，生命中隨時會有令人不安的空白。預定的同樂晚會取消，理由是沒有經費。音樂老師連聲叫奇，本來不是說可以撥款的嗎，怎麼又變卦了？他這人蒼白文弱，唱歌好聽，談判辯論不行，雖然一再向校方抗爭，也沒有結果。

「沒辦法，我不會打架。」他的結論。

鑼鼓是從鎮公所借來的，音樂老師帶著我們去歸還。合唱團全體集合，一路敲打在鎮公所門前擺開，〈新年歌〉唱它個熱情澎湃，男女老幼果然湧上街頭。

一時盛事，冷雪無聲。

12

依我說，音樂老師像個傳教士，他會忽然站在你面前：「你們這幾個愁眉苦臉的，唱支歌！」

他就領頭兒唱起來：

燕子，燕子
可能將我私語寄家鄉
告訴那綠衣女郎，
就說我在前線安康，
天天都在打勝仗！
啊，燕子……

人少，面對面站著，他細聲細氣的唱，像個大情人似的，跟指揮合唱時全不一樣。

「你有綠衣女郎沒有？」問得突兀。

「沒……」

「用你的想像力創造一個，一面唱，一面創造，把她創造出來，再把你的靈魂交給她。」

13

依我說，他是音符組成的，好像天下沒有他不會唱的歌。他說，我們對付這世界的辦法，不是笑，不是罵，是唱。

有人故意逗他，獨自抱著頭坐在教室裡。如果他看見了，一定進來問：「你是哪裡人？」等你說出籍貫，他就馬上唱出你家鄉的小調來，要你跟著他唱。

姐兒房中呀　摘菜心呀
揮手掉了個金戒指兒呀
一錢兒零五分兒呀

當他唱出我的家鄉小調時，我真是感動，真是感激。

有一次，他感慨系之：「現在同盟國到處打勝仗，同盟國的人民，哪還有像你們這樣無精打采的！」

14

有一天，我唱「燕子，燕子」，一聲呢喃，燕子來了。

烏麗莉順利產下一個男孩，醫官接生成功。當嬰兒呱呱墜地時，校醫先哭了。烏麗莉，何潮高，跟著一齊哭。

為了這件事，校醫和分校長起了直接的衝突。

分校長說，烏麗莉的事情，我原說不要管她，你卻沒有尊重我的意見，我很遺憾。

校醫說，一大一小，人命關天，你做官可以不管，我當醫生怎麼不管？

你是本校的校醫，全校學生也都叫你一聲老師，你倒去向一個不識字的收生婆磕頭拜師！聽說那老太婆帶著你出外接生，到處向人家介紹這是我新收的徒兒，這真是本校的奇恥大辱！

你瞧不起她嗎？政府並沒有在這個窮地方設立醫院，全鎮四十歲以下的人出生，全靠一個你瞧不起的老太婆把他們接到世界上來，他們幸而不死，政府再徵他們兵，抽他們稅，你怎麼不覺得這才是恥辱？

分校長霍地站起來。這種論調我很熟悉，我知道它是從哪裡來的。我們辦教育，不希望聽見這種論調。

你另請高明吧，我不幹了。

個把月後，來了一位長衫短鬚的中醫做校醫。

就在這時候發生了另一件事。陶震東打掃事務處的辦公室，事務主任指著牆角吆喝：「看你怎麼掃的？重來！掃乾淨！」老陶跑過去揮動掃帚來一招關公飄髯，由牆角直奔門口。事務主任又吆喝：「回來！你看，字紙都滾到桌子底下來了！」老陶又跑過去來一招老君清灶，把桌子底下的紙團扒出來。這時事務主任才發現一個大問題：「你掃地怎麼不灑水？這一桌子灰塵怎麼辦公？擦乾淨！」老陶一言不發，來一招撥草尋蛇，把事務主任辦公桌上的墨水瓶菸灰缸公文夾玻璃杯稀里嘩啦全掃到地上來。

然後，他舉起掃帚，朝事務主任腳前一摔，揚長去了。

15

晚涼天靜月華開，大自然優美恬靜，心卻煩躁如三伏無雨還有人放爆仗。

睡不著，想爬山，爬上山頂還要爬山頂上的樹，爬上樹梢還要爬空中的雲，爬上雲端還要爬雲中的月。

想走，想飛，不想念書。這兩年念書少，念標語多，沒有一條標語勸人念書。奇怪，辦學校，在學校內外刷大字標語，怎會標語跟念書不相干？仔細想，從穿過封鎖線看見的第一條標語算起，千里塵上，標語觸目皆是，何嘗有一字勸學？

夜間看山，山是高大寬厚的獄牆，月是面小小的窗子。窗裡這麼黑，這麼狹隘，我坐立不安。我想上山，上樹，上雲端，俯在窗口，看看外面明亮寬敞的世界。

也許就此從窗口飛出去了，像童話一樣。

一面走路一面長大的人，有一個不安定的靈魂。

他是刀，需要鞘；他是浪，需要海；他是齒輪，需要機械工程師。這裡只有山，四山包裹著黑夜。

16

何潮高來了，他說，睡不著，想找個人談談。

太好了，我也睡不著。確實有些問題需要談談，需要徹底的談談。

老何說咱們的學校變了。（是的。）學校現在是座泥沼，咱們一公分一公分的腐爛。（不錯，正是我心裡的感覺。）怎麼搞的呢？（是啊，我正想找個人問問。）這個學校，是一位總司令創辦的。（我知道。）一旦抗戰勝利了，這位總司令可能回家鄉去做省主席。（哦？）如果他做了省主席，這個中學裡的校長、教職員，也都可以回去弄個一官半職，在那風雲際會的日子，縱然不是一條龍，也是一頭虎。所以，創校的時候，來了一批教育界的精英。這些人都希望能把學校辦好，希望總司令發現他們的才幹。

好，我不笨，下面我知道了。（你說說看。）總司令垮台了。（是。）將來省主席做不成了。（即使有一天做省主席，那一天也遙遠了。）所以，當初來投奔他的那些人一個個走了。（他們去投奔別人。）別人來填他們的空位，別人……，別人……

咳，別人的想法不同。這些人不要虛名要實利，不要明天要今天。船破還有三千釘，他們專收破船。老弟，咱們是在一條破船上，眼睜睜看人拔釘子。……

怎麼辦呢，我們怎麼辦呢？

何潮高說：棄船。

棄船？

怎麼？你還有什麼牽掛嗎？

牽掛倒沒有。我想了一想，確實沒有。我一直覺得西遷的路還沒走完，目的地還沒有到。

你把背包打起來，跟著我。

17

何潮高把我引到公路旁的樹林裡，他教我倚著樹幹站立，別走動，也別咳嗽。林中墨黑，想必有人比我先來，不知道他們站在哪裡。

過了一會兒，老何走出林外，站在路旁察看。山靜似太古，路上除了塵土月光，再沒有別的。

最後，老何吹聲口哨，藏在林中的人陸續走出來，先是左良玉，接著顧蘭和校醫，還有老何和烏麗莉抱著他們的孩子。可以想到，少不了焦林、朱明明。怎麼，陶震東在這裡，金城也來了。最後出來的是吳菊秋和小白。

倒是一支小小的隊伍，人影散亂，鴉雀無聲。孩子在老何懷裡也沒哭。我跟小白走在最後。我用氣音問小白：「我們要到哪裡去？」小白搖頭，答了一句「水往東南流，人往西北走。」「學校會不會派人追趕？」「放心，左姐有安排。」別人只有腳步起落，我也不便再說。

縣城是在這條公路上。靜悄悄越過縣城，顧蘭發話了：「你們別緊張，學校如果派人追趕，追到縣城為止。我們再走幾里，天亮了，找個村莊放心睡覺。」

天亮了，孩子開始哭。找村長，找房子，都是西遷途中弄慣了的，馬上安排妥當。我、金城、老陶，三個住在一起。臨分開的時候，左良玉交代：「你們吃完了早飯好好的睡一覺，到了該走的時候焦林來叫你們。學校如果想教縣政府追我們，他得先辦公文。等到公文旅行完了，我們也離開這個縣了。」醫官冷冷一笑：「他肯追倒好。我看根本不會有人追來。」

18

有人搖我，我醒了，以為到了上路的時候，急忙坐起，睜開眼看見佟克強。佟大哥，你也來了?可是老佟神情不對。視線一收一放，幾乎魂飛天外，老夫子怒容如鑄，當戶而立。剎那間，我把他的佝僂忘了，把他的支氣管炎忘了，把他早已不是總司令的祕書不是訓育主任也忘了，只道是東窗事發大禍臨頭!

老佟吩咐：快起床，打背包，集合!我們毫無反抗的思意。外面是個好天氣，有一次，老夫子講解「天朗氣清，惠風和暢」，伸手往窗外一指，今天的天氣跟那天一樣。

外面並沒有軍警，也沒有分校長，只有一輛獨輪車和一個推車的漢子。老夫子下令：「跟我回去!」先上了車。老陶膽氣一壯，上前敬了個禮：「報告老師，我不能回去!」老夫子說：「我知道你怕的是誰。不要怕，有我，我拚上這點老面子能把他調出去，他不能不讓我一步。」

金城的膽子也大了。他上前敬禮：「老師，我不想回去。」老夫子手拍車轅，兩眼圓睜：

「不回去到哪裡去?你們知道不知道自己要到哪裡去?(的確不知道。)你們的爹娘知道不知道你到哪裡去?(一提爹娘,金城軟了。)你那爹娘放你離家,因為他相信總司令,總司令也對得起你爹娘。還有什麼地方能比這裡好?這裡吃不飽,別處能吃得飽?這裡病了沒有藥,別的地方有藥?總司令不能讓你們讀大學,別人能讓你一步登天?你爹娘怎不把你付託給別人?」

金城沒話說,垂頭喪氣上路。我倒想:結局並不太壞,到底還是有人追了來。

19

路上,老夫子請我們喝羊肉湯,好像是慶祝浪子回頭。

他和顏悅色的說出總司令辦學的緣由。

有一天,好幾個由家鄉逃到後方的青年來到總司令部,由老夫子接待。他們說,家鄉給日本兵占了,大家不願意做奴隸,千辛萬苦逃出來。現在生活發生困難,不得已來向總司令借錢。總司令一笑,每人給他們一點錢。

過了幾個月,這些孩子又來了,他們又沒有錢了。不僅此也,另外還有幾批青少年,也是由家鄉逃到後方來,斷了接濟,也要求總司令幫忙。

總司令一想，這得有個妥善的辦法才行，他一面教這些流亡的子弟到司令部來吃大鍋飯，一面籌畫辦個學校讓他們念書。軍隊有個惡習叫「吃空缺」，某一連只有一百人，連長卻說他有一百一十個人，這虛報出來的十個人就是空缺，這十個人的糧餉被侵吞了。總司令決心用空缺支持學生的生活，他命令各部隊都把空缺報上來，有一個連長抗命，總司令交軍法審判，定了死罪。

這個計畫本來很小，可是消息傳到淪陷區，很多家長把子女送出來入學，人數越來越多，總司令沒有辦法，只有到重慶去要求撥給公費名額。起初，人家不肯給公費，人家說你把那個孩子編成兵豈不是上策？總司令對那人拍了桌子，他們本是同期同學呢，也翻了臉絕了交。

辦這麼大一個學校，地方上也有意見，地方人士不願意為外地青年擔起這麼重的擔子。也虧了總校長客客氣氣的拜訪省主席，拜訪縣長，拜訪士紳，請他們支持，總司令說我這回是辦文學校，要用文學校校長的身分說話。他們為了你們，苦心孤詣，委曲求全！

老夫子相信世上有鬼。「你們想走？那個連長豈不死得冤？你們不怕冤魂纏住你們的腿？」

怕，還真有點怕。

學校好容易辦起來，戰局又有變化，總司令在前線軍書旁午，還召集各個分校長談話，叮囑要把學生照顧好，不准出任何差錯。為了配合遷校，他特地推薦一個老部下來做本縣的縣長。

這裡是平地的山地，山地的平地。校舍難覓。你們現在上課的地方是人家剛剛蓋好的一座小學，總司令要借來用，人家不樂意。總司令可就說了：「你們要是借給我辦學呢，你們的子弟也可以來升學；你們要是不借呢，我就徵用做營房，駐兵。」這樣才把問題解決！

老夫子說：「我來追你們回去，完全是我自己的意思，沒告訴別人。這件事天知地知，人人不知，你們回去照常上課，全當沒有這回事！」

20

回來第一件事是蒙頭大睡。第二天黎明醒來，不能再睡了，早晨合唱團要排練，我得若無其事照常參加。

團員陸續到齊，大家東拉西扯談些不見經傳之事，果然人人不知道我出走。最後，所有的話題合而為一：音樂老師怎還不來？

大家空等了一個上午。派人到他的住處催請，房東說，他昨夜沒有回來。衣物行李仍在，可是音樂老師從此杳然。

合久必分(二)

1

像小溪的水一樣，課程按照教學計畫進行，號長準時搖鈴，日子像鈴聲一樣散亂。

「號長，什麼時候再吹號？」

號長望著山下小溪，又回身看一眼走廊操場。今天天氣好，處處有懶洋洋的學生，搖上課鈴不搖上課鈴都是一樣。如果碰上壞天氣，山腳、溪旁、廊下，都看不見學生，可是教室裡的人數也沒見增加。

「不念書，千山萬水出來幹什麼呢？也不看看當地的孩子，十幾歲都在打柴割草餵豬放牛。就這樣白吃國家的糧食，能天長地久？說不定哪天遇見個心狠的，學校不辦了，都給我上火線！」

號長的話使我心驚。想起總司令也曾這樣警告過。

2

用功的學生依然不少，老師每次走進教室，還是可以看到十幾雙或者幾十雙誠懇期待的眼睛。不知為什麼，學生逃課反而升高老師教學的熱情。有一次，國文課堂只有兩個學生來上課，老師一步踏入，為空中飛揚的粉筆灰所襲擊，立即咳嗽得不能舉步。兩個學生一齊上前攙他，建議「這一課不要上了」。他說絕對不行，即使只有一個學生，他也不肯缺課。他說：「我並不是沒有地方可去，你們都知道有位顧總司令，……可是我絕對不走。」他莊嚴的打開書本，念道：「君子曰：學不可以已。」

3

新來的地理老師一身長袍大褂，一口山東半島的土腔，好像衣襟上還沾著他故鄉的土。教科書上寫的是河北，他口中津津樂道的，是「男兒事長征，少小幽燕客」，是「可憐無定河邊骨，猶是深閨夢裡人」。他說，中國每一個地方都有詩，不一定是唐詩。中國地理可以完全集前人的詩句來編寫。於是他丟開教本，神遊於詩中的地理，地理中的詩，並且呼叫我們跟隨他。他提出來的句子，如果是我們讀過的，他就說：「這是一個熟人。」否則，那自然是一個「生人」了。「但使龍城飛將在，不教胡馬度陰山」，熟人，「馬後桃花馬前雪，教人怎生不回頭」，生人！他把陌生的詩句寫在黑板上。逐字逐句的講解起來。他的地理名詞是京華、津門、上宛、北地、河朔、胡塵。在我的腦子裡，第一次，地理和人性聯繫起來。

4

就在我們忙著和「生人」打交道的時候，鄰室一位女老師正在教授英文。聽，聽那脆裂果決的聲音：「一個英國人的家，就是他的堡壘。」抑揚有致，句末 castle 尾音高挑，使人想起「響遏行雲」的成語。小院無人，散兵游勇都進教室做她的聽眾。下課之前，她朗誦全課課文，啊，那聲音結構得如此和諧，料音樂不過如是。下一節課，她來了，自由女神的身段，化妝師一般清潔，皇后一般的莊重。水晶鏡片後面眼珠黑白分明，而晶瑩的膚色竟和鏡片十分調和。長筒襪、連裙洋裝、墨綠披風、空花白手套。顧盼全場，看自由選課的遊蕩少年填滿了座位，「Ladies and gentlemen」，好白好整齊的牙齒！這些人是來上課，還是來看一個跟環境全不相稱的人？是聽音樂，是欣賞服裝展覽，還是學英文？看她隔著手套，用拇指食指捏起粉筆，無名指翹起來，中指垂下去，敢情斷了一個指頭！是來上課，還是來體會一種令人心疼的缺憾，猜想愛情和仇恨，再回去編織傳說？

課文是說一隻燕子，由江南呢喃到江北，述說一個愛情故事，但無人能解。她的聲音像流泉一樣迸出來，滑過去，裹帶光明潔淨的雲影，悄悄的跳上草尖花瓣，凝珠成露。我彷彿真的看到燕子，迎風款款傾斜，剪破春寒，散播令人心軟的憂鬱。我真的聽懂那呢喃，那謎已由巧手破解，由我詠歎傳播。……講著，講著，她說已經講了許多，再講下去太沉悶。我倒一點也不覺得。她說她主張用唱歌幫助學英文，她要教我們一支英文歌曲。她呀，光是說話已經美化了生命，進一步的宣告震懾全場。

5

我們全班只有三本幾何教科書，學這一課全靠抄筆記，可是多數人連買紙的錢都沒有。幾何老師，一位待產的小婦人，認為這個困難可以克服，她掏錢買紙，用毛筆大字抄寫課文，再把它像貼壁報一樣貼在牆上，學生面壁研習，手拿瓦片樹枝，牆根地面權當演算用的稿紙。何必每人都有自己的教本？幾何的內容可以用心記憶，早期的幾何教本還有盲人執筆的呢。那些學幾何的人，在修習了全部的課程之後，不是都把教本筆記本丟棄了嗎？她常常從辦公室裡拉著椅子出來，坐在操場中心，看學生在她四周伏地解題，不住的糾正他們，稱讚他們，開導他們，在烈日下挺著大肚子走滿操場改卷子。

6

用功的學生畢竟占少數，而考試的次數越少越好，因此，校方宣布大考的日期實在令人苦惱。有那麼多的學生不聽課，有些課還沒請到老師來教，這是一所殘廢的學校，應該喪失了考試的功能。如今事與願違，大家如夢初醒，知道那不可避免的後果要發生了。

我們幻想老師能夠幫忙。「老師！大考考什麼？給限個範圍吧！」英文老師最是和藹慷慨，「好，你們安心上課，我在下課以前把範圍告訴你們。」這一堂課大家比幼稚園的孩子還乖。下課鈴響了，老師收拾粉筆教材，不提範圍，大家著急，高叫「老師，範圍！」這位從無戲言的女老師十分慎重的拿起粉筆，在黑板上寫下一行「由A到Z。」

下一堂我們纏住了地理老師，直到下課鈴響。老師說：「我告訴你們一個範圍，你們不要告訴他人。」大家高叫「一定！」屏息等待，看他在黑板上從容寫下「中國地理」四個字。

同樣的努力在國文老師面前又試了一次。一個同學奮勇的站起來說，這一次恐怕很多人要考零分。國文老師很爽直，他說從未聽說國文零分，你們都不會零分。至於範圍麼，「別的功課也許可以指定範圍，獨有國文，它是沒有範圍的。別門功課是教過的東西才考，沒教過的不考；國文呢，教過的要考，沒教過的也要考！」怎麼？沒教過的也要考？沒教過的也要考？有人簡直要哭了。老師不慌不忙的說下去：「考國文照例有一篇作文，作文是寫你自己的東西，不是寫我有的東西，是寫沒教過的東西，不是寫教過的東西。」

7

各班班長開了會，會後一同去見分校長。我們已是最高年級，班長佟克強被推為主席。

分校長嚴陣以待。老佟代表大家發言，要求大考暫緩舉行。分校長說：「大考是教育部的規定，我怎麼能暫緩！」不能有個權變？不能！老佟火了：

「你每一件事都照教育部的規定？請問依照教育部的規定，我們的飯碗裡可以有多少沙子？」

分校長慢慢點他的菸。「你們說的每一句話，做的每一件事，都有後果。你們回去告訴那些不讀書的學生，他們應該面對後果。」

老佟奮勇的說：「你做的事，說的話，也有後果。」

8

分校長話裡有話，大家很沮喪。

國文老師踱過來了。「聽說你們要罷考？啊？」老佟聲色不動，讓他往下說：「現在是戰時，不能輕舉妄動喲！」我想起號長的話，就對他說：「這次大考，我們怕過不了關，聽說學校不要我們了，想把我們送去當兵，那怎麼辦？」老夫子一聲呵叱：「他敢！」

國文老師走後，老佟說：「老夫子也有可愛的時候，你看他剛才多麼可愛！」他望著我：「你們剛才給了我一個靈感。」什麼靈感？「現在還不太成熟，過兩天告訴你。」

9

據說，在分校長的辦公室裡，老夫子的態度可鄭重呢。

「這次大考，一定有很多學生不及格，學校準備怎麼處理？」

分校長又抬出教育部來。「照規定，一門主課不及格、補考，兩門主課不及格、留級，三門主課不及格，轉學。」

「轉學？」

「發給轉學證明書，教他到別處念去。」

「不是轉到學校以外去當兵？」

「沒這個規定。」

10

這段話可巧被事務主任聽見了，他回到自己的椅子上，對著下面的同仁發起牢騷來：

「……都給我拿繩子捆起來，送到新兵營房！這些孩子不知道國恩浩蕩，白糟蹋大米白麵，哪能做棟梁？只能做砲灰！到了軍隊裡，大棍子往屁股上打，站著的打成跪著的，跪著的打成爬著的。棒頭出孝子，那時候管保他盡忠報國！」

他說這話的時候咬緊菸嘴，目露凶光，沒人敢說別的。

11

他這話可巧又被號兵聽見了。

號兵也是到處走來走去，他的時間沒法消磨。他來到伙房裡，跟炊事班長聊上了。

這些孩子不好好念書，有人要計算他們了。／號長，有路透社新聞？／我是親耳聽到的，要送這些孩子去當兵。／當兵有什麼關係？你我不都是當兵長大的？／我是可憐這些孩子給人家賣了。／賣給誰？多少錢？／我是在想，他們要這樣做，一定是對他們自己有好處。／什麼好處？／不知道。隔行如隔山，做官的那一套咱不懂，吹號的這一套他們也不懂。／那也活該，誰教他們不念書？／這年頭奇怪，那些跑到重慶的，跑到昆明的，也都不肯念書。不念書，千山萬水跑出來做什麼？／這些孩子的爹娘也怪，孩子才多大？在家放牛都怕他走遠了。／他們也沒料到人心這麼壞。剋扣糧食，往米裡摻沙子，已經夠狠了。哪知道後面還有更狠的？／你說什麼？往米裡摻少子？／你以為那些沙子是哪裡來的？都罵奸商，奸商也沒有這麼奸！存米的那間房子裡為什麼夜夜點著燈？你看看去！

12

號長這段話，不巧被佟克強聽到了。

大考一天天逼近，罷考也醞釀成熟。本來功課成績很好的人不贊成，後來聽說這一考之後有許多同學要被人用繩子捆起來送進軍營，也就勉強同意了。

不過，用功的學生雖然答應罷考，仍然挑燈夜讀，一向不用功的學生趾高氣揚，當面罵他們「死讀書，讀書死」。

老佟自然不是「死讀書」那一類人，他白天呼呼大睡，夜晚不見蹤影。如果我還能看到他，他也正睜著眼睛，他臉上的喜悅、自信，活像一個新郎。

難道老佟戀愛了？

西遷以後，戀愛自由，但也正如老夫子當年預料，有人未婚先孕，有人爭風吃醋。前天晚上，我看見四個學生提著皮帶圍住一個學生，他們把他推倒在地，用皮帶抽打，躺在地上挨打的人像一隻翻不過身來的螃蟹。沒有人咒罵、呼叫或是數落，全部過程如一幕啞劇。

事後我上前扶他，他還傲慢的把我推開。只有為愛情受苦的人才有這番氣概。第二天有人告訴我，那人挨打是為了虞歌。

虞歌是我們校中的虞姬，也許得有一個霸王才可以牽著她的手在眾人之前走過罷，也許只有霸王才可以在月光下吻她的頭髮罷。那麼，她可能是老佟的情人嗎？

這是問不出答案來的。我故意把有人為了虞歌挨打的事告訴他，他裝做沒有聽見。

不久，我知道我猜錯了。

可是老佟應該有個戀愛的對象，他是完完全全的男人。

13

大考那天，號長三番兩次搖著鈴從我們面前走過，我們誰也沒走進教室。

雖然教室裡沒有人，監考的老師仍然拿著密封的試卷站在講台上，一直站到下課鈴響。

下一節考試照樣如此，看來校方既不憤怒，也不驚慌。

我想到了明天，校方一定有他的對策，可是老佟先發制人。

14

老佟夜夜到學校裡觀察那存米的屋子。學校的建築是，中間一排辦公室，四周全是教室，獨在校長室的後方靠近圍牆的地方有三間儲藏室，現在用作米倉，管理主食的事務員也住在裡面。為了種種方便，校方特地在圍牆上開了個側門，所以米倉內外的事務不大惹人注意。一連幾夜，老佟躲在對面的教室裡，監視那事務員的舉動。

那事務員倒是個一板一眼的人。除非下雨，他總是在半夜十二點左右吹滅了燈，打開房門，站在門內來一番左顧右盼。他提著木桶走出來，回身把房門鎖好，再去圍牆邊打開側門。圍牆外正是那條當地有名的溪流，溪岸有取之不盡的細沙。他來到岸邊，使用一把小小的鐵鏟取沙。沙很重，每次大概只能取半桶。當他回到米倉門口的時候，照例朝四面看看聽聽，再投鑰開鎖，進了屋子立即把門閂好，並不點燈。

他每夜取沙五次，每次的動作完全相同，好像士兵的操練。他要等最後一次進屋才再把油燈點著，窗紙上有模糊的人影，重複著另一種簡單的動作，想必那就是把沙子摻在米裡了。

燈光要到早上五點才熄滅，所以這位事務員上午從不到班。

15

這一夜，老佟帶著人馬潛伏在教室裡，望著那事務員取沙歸來。

金城上前輕輕叩門，壓低聲音說：「主任有要緊的事，請你去一趟。」金城在事務處工讀，彼此認得，裡面的人就把門開了。老佟伸手掐住他的脖子往裡推，把他推倒在麻包上還不放手。後面跟進的老陶擦亮火柴點著了燈。屋子中間的空地上三隻麻袋張著口，一袋是米，一袋是沙，還有一袋空著，等著裝米和沙的混合。眾人一見此情景，就要上前亂拳毆打。

這時老佟已經放手，由他坐在牆角麻包上喘氣，見眾人一擁齊上，伸出手掌做了個阻止的姿勢。「他是個糟老頭子，禁不起打。」我這才注意到那人臉上的白鬍子碴兒。眾怒難消，不打怎辦？老佟說：「一人罵他一句吧。」於是排好隊，依次而前，第一個伸出手指狠狠戳他的額角：「草你十八代祖宗！」戳得他的頭往後一仰。第二個罵道：「傷天害理，男盜女娼！」戳得他的臉往右一歪。第三個讓開一步說：「你們先來，罵他的詞兒我還沒想好呢！」第四個搶前一步，指著他的眼睛：「你是你爹嫖了你姊生出來的龜兒子！」下一個張口待要辱罵，挨罵的人蒙臉大哭起來。他哭，後面有個同學也哭，眾人回頭喝問：「你為什麼哭？」

他說：「我天天吃沙吃得肚子疼，還當是為了抗戰，哪知道肥了貪官汙吏！」

16

下一步怎辦？押著那事務員去見分校長！見了分校長，要不要提幾個條件？場地狹小，同學們一半門裡，一半站在門外，議事不便，大夥兒轉移到教室。教室四壁掛著夜讀者留下的油燈，取來點亮了。老佟說：「從今天起，我們取消事務處主辦伙食的權力，我們自己組織伙食委員會，直接向糧行取米，直接向銀行領款，大家認為怎麼樣？」大家鼓掌贊成。老佟說：「過去一年，他們剋扣了我們多少米，我們要他們賠出來，好不好？」大家又熱烈鼓掌。

老佟說：「請大家人人發言，不要由我一個人說話。」教室裡響起討論的人聲。歸納起來，為了預防校方濫施權力，以後開除學生須經學生組織同意；學校承認這次罷考合法；這個摻沙的事務員應該開除。一陣擾攘，大家覺得這已是漫天要價，再也想不出別的條件了。

於是押著事務員，提著半桶沙，帶著五項要求，向校長家中行去。這時天剛破曉，料校長尚未起床，誰知「校長不在」。大家不信，逕自入內察看，但見家中燈火明亮，床上被褥摺疊整齊，家人身上該穿的都穿著、該戴的都戴著，顯然早有準備。下一站到事務主任家，情形也是如此。

兩次撲空無異兩瓢冷水，老佟略一躊躇，先放掉那事務員。大家紛紛猜忖是誰先來一步通風報信。老佟要各班檢查人數，看這次行動最初有幾個人參加，現在還有幾人，有沒有人中途溜走。查來查去，一個姓孔的同學不見了。老佟說：「孔夫子的後代不做壞事。抗戰七年，姓孔的沒有一個做漢奸，歷代奸臣也都沒一個姓孔的。這次通風報信的一定不是他。」大家再猜再找，沒發現第二個人，決定先問問這姓孔的再說。可是他不在教室裡，也不在宿舍裡。

從此，再也沒人看見過這個姓孔的。

17

天亮了，炊事班長來問怎樣領米，老佟想了想，派金城去管米庫。輪值當伙食委員的同學也來了，他領不到今天的菜金，因為事務處管錢的人也不見了。夜間只道造反易，天明始知當家難，老佟一跺腳，決定賣米買菜，他說無論如何今天要讓同學吃飽吃好。

老佟分派完了，看見還有個同學站在旁邊，問他有什麼事，他說：「我是訓育處的工讀生，訓育處要全體同學集合。」集合起來做什麼？「說是分校長要講話。」大家一聽齊叫：「好啊！」老佟說：「這個分校長還算不賴，沒有一走了之。」我納悶：「他還有什麼好說的？」

我們亂七八糟站在操場裡，也沒人整隊，等了一陣子，司令台上站著個人，好面熟，並不是分校長。也許他先來一段引子？可是他憑什麼呢？忽然想起來了，他不是低年級歷史課的老師嗎？平時從不和學生交談，今天又何苦出頭？莫非升了訓育主任？

他一開口，我就知道猜錯了。只見他一手扠腰，一手指自己的鼻子：「你們知道我是誰？」台下默然等他的答案。「你們以為我是教歷史的是不是？告訴你們，我是政府派來察看青年思想的。你們也許問，那不是特務嗎？不錯，我是特務！我祖宗八代都是特務！」

這話真是驚人，有個同學劈里啪啦拍了幾下巴掌，沒人跟上來，誠心諷刺他。台上的人居高臨下指著下面的人頭：「你們聽著，你們中間有陰謀分子，我是專門消滅陰謀分子的。我是天字第一號的陰謀家，我是陰謀分子的老祖宗！」說到興高采烈處，他簡直要手舞足蹈了。「我在這裡跟四面八方有聯絡。我跟重慶有聯絡，我跟警備司令部有聯絡，我跟敵後的地下工作也有聯絡！進了縣城，我跟警備司令平起平坐，我要他派一百個兵來，他不會派九十九個！」

了不得，在我身旁，有個天字第一號的特派員！只道這種人物在日本軍司令部的門口照相，在汪政府的辦公室裡翻檔案，在汽油庫放一個定時炸彈，卻不料跟我們一塊兒穿草鞋！只道他的眼鏡是發報器，鋼筆是手槍，鈕扣是照相機，文質彬彬，在衣香鬢影中使淑女著迷，原來嗓音高亢燥裂，粗魯無文，瞪著豆眼，襟上有嬰兒的尿液！

他扠著腰，挺著肚子，滿有信心。「你們說，應該怎麼處置陰謀分子？」沒人能夠回答，誰也不知道他說的陰謀分子是什麼樣的人。「你們猜，我怎樣處理陰謀分子？」他自問自答：「我的辦法是殺！殺！」伸出手掌做砍殺的姿勢。「我當游擊司令活埋了多少人？你們年紀小，不知道，你們的父兄知道。想在我地盤上興風作浪？門兒也沒有！那個女醫官哪裡去了？那個教音樂的又哪裡去了？連他們都得躲著我，乳臭未乾的小子，想跟我老狐狸鬥？」

這話使我大失所望！陰謀分子淨是些無足輕重的小人物！這未免太不夠緊張熱烈刺激驚險了！這樣的情報工作跟我聽說的跟我想像的完全不同！站在我旁邊的陶震東，從口袋裡掏出個鵝卵石來。他要想法子殺時間。我又猜錯了，他拉開架式，簡直是殺人！啪的一聲，台上的人把話噎住，伸出來的手縮回去，捂住額角，鮮血從指縫裡流出來，染了他的袖子。

站在台下兩側的兩個訓育員急忙上台，一左一右把他架住，小心翼翼走下台，一路小跑。同學們你看我、我看你，然後散了。老佟在空空的操場上來回走，用鐵教官的步法。他站住，看天。

「真是一代不如一代了！」他說。

18

第二天，老佟帶著我們到每一位老師家中拜訪，打算請他們照常授課。

我們先去看英文老師。房東告訴我們已經搬走了，她說不在這裡教書了，到很遠很遠的地方去了。

數學老師一家離英文老師不遠，昨天晚上全家搬走，沒說到哪裡去。

真教人失魂落魄，所有的老師都不見了，幸而國文老師還住在原來的地方。他足足訓了我們一個小時，而且不給座位。我們耐心聽下去，最後贏得他的稱讚：「孺子可教！你們坐下。」

他告訴我們一些寶貴的消息。「陰謀分子」確有其人，校醫是一個，左良玉是一個，音樂老師也是一個。警備司令部注意他們很久了，他們沒法在這裡立足，只有逃走。

校長和事務主任住在城裡，他們在城裡找好了房子，通知全城教職員進城避難，問題一天不解決，他們一天不回來。

分校長用正式公文通知警備司令部，教職員的生命安全受到嚴重威脅，要求司令部予以保護。學生的罪狀是非法拘捕毆打職員，非法搜查教員住宅，罷課罷考，還有盜賣公糧。

個個聽得胸腔裡塞進一塊大石頭，尤其「盜賣公糧」一項，人人叫屈。老夫子說：「現在流行一句話：合情合理不能合法。多少壞事靠著這句話做出來。你們做的也許是一件好事，可是不合法仍然是不合法。」

「不過你們絕對不是陰謀分子。」幸虧他還有這句話。

老夫子問：「存米吃光了，你們怎麼辦呢？即使有飯吃，長期停課，你們又怎麼辦呢？」他主張全體班長聯名寫一封悔過書，他願意拿著大家的悔過書進城交涉，請分校長和教職員回校，有些學生免不了受處分，但是他保證不至於開除。他一個一個的問「你願意不願意」，回答都是不願意。老夫子廢然長歎：「君子之過，如日月之蝕，其過也人皆見之，其更也人皆仰之。聖人是怎樣說的呢？我又是怎樣教的呢？」

19

解決了一個問題，引出來十個問題，從國文老師家中出來，個個心情沉重。回到教室，老佟一拳打在桌上：「他奶奶的，咱們馬上復課，低年級由高年級同學代課，高年級由同班成績最好的學生代課。在下課的時間之內同學們一定要坐在教室裡，不准到處遊蕩，咱們組織糾察隊執行校規。」上午這麼決定，下午就又見號長出出進進搖鈴，走廊操場竟然一個閒人沒有。糾察隊檢查各個宿舍，也沒找到違規的學生。這個辦法還真管用，我無心聽課，反覆的問自己：「那辦學的人怎麼沒想到利用學生自治的力量呢！」

我也沒有工夫聽課，有兩份報告要寫，一份給警備司令，把學校發生的事情清清楚楚說明白，請求他主持公道；一份給總校長，控告學校負責人攜帶公款擅離職守，使全體學生的生活和學業陷於絕境。我想，總校長會先派個人來看看，然後……

我又猜錯了。

20

正上著課呢，號長氣喘吁吁進來了，他說公路上有軍隊朝這走，看樣子不大對勁兒。是從縣城的方向來嗎？正是。有多少人？大約兩個排。

老佟自己先奔出去，班上的秩序馬上亂了。校舍地勢高，有條小路和公路連接，一支步兵正離開公路朝這個方向走。老佟說：「糾察隊緊急集合。」糾察隊關上校門，用木棍頂住。老佟又說：「各班班長緊急集合。」每一班守一段圍牆，每人到廚房裡拿一根木柴當武器。這地方風大，圍牆高，負責防守的人把桌子搬出來放在牆下墊腳。老佟胸有成竹，看樣子他平時琢磨過。

那支步兵來到校門外的廣場上停下來，面對校門成橫隊擺開。他們並未四面包圍，也沒逼近校門，雙方隔著廣場相望。老佟說：「別害怕，他們不敢開槍。」教沿街而立的人一個一個把話傳下去。軍隊裡面有幾個佩短劍穿皮鞋的，顯然是軍官，也望著我們有一番交頭接耳。

一個軍官朝著我們走過來，手裡拿著一張紙。他說：「我們奉警備司令的命令，帶幾個學生去問話，你們趕快開門。」他料到沒人理他，接著說：「給你們三十分鐘時間，過了時間，我們要強攻。」說完退回原處，等待結果。

老佟一聽，立刻教糾察隊把廚房裡的行軍鍋抬到前頭來，架灶燒水，準備拿開水當武器澆人。他又教預備隊去拆後面的花壇，把拆下來的鵝卵石和磚塊放在牆頭上，準備用它砸人。那軍官也有事情要做，他派人到打麥場拉了一個石碌碡來，打算用它撞開校門。他要做的事很花時間，過了一個多小時才弄好。

軍官走近校門提出第二次警告，見得不到反應，就轉身面向隊伍。喊了聲「上刺刀！」隊伍添了一條耀眼的光帶。又喊：「裝子彈！」子彈上膛響起一片金屬撞擊的聲音。他跑到右邊，閃開正面，喊了聲「瞄準！」一片刀尖槍眼一齊對準我們。軍官又發了一個口令，兩個大兵推著石碌碡撞上來，守衛的同學們連聲喊佟大哥，老佟臉色也變了，他仍然沉著：「傳下去，他們不敢開槍！」

這時只聽得有人喊「等一等！等一等！」老夫子拄著一根竹竿像划船般奔來。他站在校門口，喝退碌碌，向牆頭叫：「給我一把椅子！」椅子從牆頭吊下來，他堵著門坐下，狂喘不已，那軍官三番兩次上前想和他交談，只見他一面喘一面揮手，發不出聲音來。

那軍官倒也幹練。他教石碌碌停下，教隊伍退子彈，收槍，等老夫子穩定了，上前請他讓開。老夫子不讓，告訴軍官絕對不能進校門。軍官拿出命令給他看，表示只要老夫子能把某些學生叫出來，他們即沒有進門的必要。老夫子說：「你們怎能憑一面之詞抓人？我不答應！」軍官為難了，他說：「教我們回去怎麼交差？」老夫子驀地站起來，指著軍官發話：「流了血，死了人，你就能交差？事情鬧大了，你們司令還不是把責任推給你？你有幾條命？」

軍官陪了笑臉。見老夫子氣勢逼人，就小心翼翼的問：「老先生是哪個單位？什麼職務？」老夫子伸手向上一指，教他抬頭看，正好看見那一面潑刺刺作響的國旗。老夫子毫不客氣：「你想在國旗底下殺害愛國青年？你又是什麼職務？」軍官說：「攻心為上，攻城為下，我們有分寸。可是您不讓開，我們就什麼也辦不成了。」

21

正說著，公路上跑來兩匹駿馬。這地方一向少見馬匹，騎馬的定然是個人物。馬是快馬，不大工夫就聽見得得蹄聲。軍官的表情忽然好緊張，他做了個趕雞的姿勢，一左一右兩個大兵連人帶椅子抬起來。椅子是木頭做的，榫頭早鬆了，抬起來沒走兩步，嘩喇垮下來，老先生摔得不輕，閉著眼睛躺在地上，一動不動。

老先生這一摔，我很心疼，他身子懸空的時候還揮動手臂大叫「你們不能進去」呢。眼看他躺在地上，悲憤無處宣洩，只好狂喊幾聲「出人命了！出人命了！」我的聲音怎會那樣大，聽著不像我自己，原來牆頭上的人一齊喊。軍官著慌，高聲問我們：「有懂得急救的沒有？」我們的回應仍然是「出人命了！」

就在這時兩匹馬跑到，其中一人說「我懂急救」，翻身下馬，長筒靴敲地，一個鐵錚錚響噹噹的漢子，怎麼，這不是鐵教官嗎！仔細再看，不是鐵教官是誰？消息立刻沿牆傳開：「鐵教官回來了！」守衛後牆的同學都擠到前面看究竟。

鐵教官跪下去，老夫子睜開眼向他擺手。他站起來朝著我們揚手：「到醫務室把擔架拿來！」不錯，醫務室別的沒有，擔架倒有一副。可是，校門一開，那些人會不會衝進來？顯然不會，跟教官同來的也是個軍官，他跟帶隊的軍官說了些什麼，隊伍就下了刺刀，把槍背在肩上，沿原路退回去了。

22

教官一進門，同學們就把他抬起來了，他穿黃呢軍服，全身燦燦，浮在一片人頭上繞校園一周。到了操場裡，他說「放下，放下」，大家把他放下。他說「坐下，坐下」，大家席地而坐。他說：「我知道大家都有問題要問我，我知道你們要問什麼，現在我就給你們一個總答覆。今天我進了縣城，去拜訪警備司令，他是我軍校裡的大隊長，他告訴我正在處理學潮。我一聽，馬上給他一個四十五度的大鞠躬，要求把你們的問題交給我處理，他答應了。我就向他借了馬，拚命趕來。」他派出來的部隊怎會聽你的話呢？「問得好！你沒見我們兩匹馬兩個人？另外一個是司令部的參謀，他口頭傳達司令的命令。」

老佟忍不住叫：「教官，這回你可得帶著我走！」大夥兒一齊喊。教官的面容嚴肅起來。真想走？有一個消息你們還不知道，政府要建立一支現代化的新軍，受最新的訓練，用最新的武器。這支新軍的每一個士兵必須讀過中學，每一個排長連長必須讀過大學，我這次奉了上級的命令出來招兵，誰喜歡軍隊的生活，誰想換新環境，誰想直接參加抗戰，咱們大家一塊兒幹。

教官看出有人要發言，他伸出兩手向下一按，表示他得先把話說完。他說，中國人的觀念是好鐵不打釘，好人不當兵。從前的鐵釘只用一次，釘在木頭裡和木頭一塊兒爛掉，拔不出來。現在，機器上的螺絲釘可以擰上去，可以卸下來，每一個螺絲釘都用上等鋼鐵。這一次政府訓練新軍，是為了抗戰，等到抗戰勝利了，人人可以申請退伍。政府對每一個退伍的士兵都有照顧，想念書的，政府安排復學；想做事的，政府安排轉業；想深造的，保送進軍校。鬼子撐不了多久啦，等新軍訓練好了，也許一仗都還沒打，抗戰就勝利啦！——如果打仗，也是委員長親自指揮！

靜默。反而沒人發言啦。冷不防冒出一句：「新軍吃得飽吃不飽？」眾人大笑。教官說：「保證主食沒有沙子稗子，副食也許加一倍，也許加兩倍，看當地的物價。」下面引出一段輕鬆的話題：新軍生疥瘡不？有蝨子沒有？等等，等等。

最後教官又嚴肅起來：「聽著，願意跟我走的人舉手！」當場有許多人舉手，領頭兒罷考的人都在內，並且問幾時動身。「也不是說走就走，得經過報名，還要體格檢查，都得通過學校來辦。我明天進城請分校長回來主持校務，大家一定跟我配合，如果不能配合，我一個人也不帶走。」怎樣配合呢？第一，連夜把花壇修好。「沒問題！」第二，明天分校長回來的時候，大家必須坐在教室裡，走廊操場都不許逗留。「沒問題！」第三，從今天起，看見老師要敬禮要讓路。「沒問題！」

沒問題？「沒問題啦，教官！」

23

沒問題，你坐在彈簧上，早晚得跳起來。沒問題，你看過一幅很長的手卷，上面畫滿了百行之末萬人之下的農民，不想被他們畫上去。一點問題也沒有，人生百貨擺在眼前，理想，現實利益，你都想買，可是你看標價了沒有？嚴整的紀律，慷慨的犧牲，清白的辨別，轟轟烈烈，標語可以並列，事實能並存嗎？籃子太小，不能採盡滿園的葡萄，那就先把籃子倒空，多走走，多看看，多曬一點太陽。走是一種病，同時是一種藥。

完全的孤立。沒有人可以商量，甚至沒有語言可以思量。那就需要完全的果斷。老佟問我打算怎樣，我說：「走！」

此語一出，我知道這一山一溪也將成為我的舊夢。

24

分校長回校之日立刻舉行校務會議，特別邀請鐵教官列席。不用說，會議室牆外貼滿了學生的眼睛耳朵。

在議席上，鐵教官站起來說：「這些學生不好好念書，傷了各位老師的心。千錯萬錯是我的錯，我沒把他們教好，我給各位道歉。」他深深鞠躬，各位老師都微微一笑。

他又說：「這些學生的年齡都超過了，他們多半打過游擊，或者做過別的工作，有複雜的社會經驗。學校西遷，他們自己照顧自己，有人還照顧老師的眷屬，他們心理上起了變化，認為自己長大了，俗語說兒大不由爺。這都是日本鬼子侵略中國搞出來的後果。」分校長聽了，連連點頭。

最後，鐵教官說：「抗戰需要機械化部隊，需要各種最新的武器，需要受過現代教育的青年接受現代化的訓練，軍委會派了許多人到各地招兵，我是其中一個。我去見過總司令，向他報告，他寫了一封親筆信交給我帶來，表示百分之百支持。」教官拿出信來，當場傳閱了。

教官保證：「我一定好好教導他們，照顧他們，給家鄉造就好子弟，給國家造就好幹部。」

教官一席話人人聽來悅耳如意，分校長當場指示訓育處馬上貼出布告接受報名。窗外偷聽偷看的學生卻並不怎麼興奮，彼此問：「咱們這一走，不是正好稱了人家的心嗎？」

25

快要離開學校了，心裡癢癢的。此去天高地遠，真成了斷線風箏，不比西遷以前第一站有「家」牽著，西遷以後第二站有「鄉」牽著。

離校前夕，我把這鎮裡鎮外仔細看了一遍。我們是穿山而來，又將穿山而去，穿那廢土似的近山，輕煙似的遠山。山像梳子刮掉我許多，像牙齒咬斷我許多，許多夢想許多牽掛許多已成未完之事。群山無情，無情的劫掠，掠去多少。

如果當初我能預知今日，我還來不來？答案是仍然要來。追求的是「十」，畢竟得到了「一」，要想十足，只有再奮鬥九次。

我們在課堂上聽說，千里之外，千年之前，一位真龍天子率軍作戰，露宿原野，那是三九寒天，預定要連降幾天大雪，倘若雪降，十萬大軍只有覆滅。雪神不敢改變歷史，就把所有的雪堆在一座高山上，因此那山叫雪山，融雪成河叫雪河。

明日我們穿山行去，尋訪真龍天子於千年之後。一如溪水，它自己流著，數算自己的年月，不記得沿岸事物，岸上也無人思念前浪。恍惚的夢想，無情的河山。

溪旁有一條小路，路面堅硬明亮，該是許多人必經的路吧，我怎可從來沒有走過！這路越走越高，再順著地勢伸向平地。這並不是上山的路，它通往一座土地廟。

一座很大的廟，有我們住的屋子那麼大，供著土地。從未想到有這樣大的土地廟，尤其在這樣小的鎮上。

廟門開著，案前跪著兩個人，雖然都穿著軍服，從背後也看得出善男信女。那男人太像男人，女人太像女人。

如果我沒闖入，他倆也許跪個天長地久吧，現在慌忙起立，彼此牽著的手也分開。我慌忙後退，但那男子向我走來，他是老佟！女的是虞歌！

跟老佟比，虞歌依然有嬌生慣養的白。

老佟果然在和虞歌戀愛！卻瞞得這麼緊。以肝膽照人自許的佟大哥也有他不能打開的箱子。我對他說：「教官告訴我們，人能保守祕密才算成熟。你是熟透了。」

他說：「咱們是大鬧天宮的人，從此一走了之，她還要在這裡念書，不能受咱們連累。你也應該熟透了！」

26

這夜，我夢見回家，看我出生的老屋。老屋像紙一樣薄，像指甲一樣白，幾乎透明，裡面只有四壁，完全沒有我留下的痕跡。房子已經變形，門窗擠合剩下一條縫，我想進去看看，竟是不能。用手敲牆，牆凹進去又彈回來，發出輕微的爆炸聲。風過，它就空窿空窿的搖晃。

我去找楊牧師，他一定知道為什麼。可是人事景物全非，大教室變得和我家老屋一模一樣，是一具無法容身的蟬蛻。我在地上撿到當初寄存在楊牧師家的舊物：鋼筆，筆尖早已鏽壞：筆記本，黏成紙餅，揭不開；天鵝蛋，只有天鵝蛋，只有這塊鵝卵石，還是潔白光滑，像剛剛生出來，用九歲的老母雞孵它，定可以孵出生命。我把它握在手裡，我把手放在袋裡，我開始走那無盡無休的路，長征的溫度絕不低於老母雞的體溫。夜間我把天鵝蛋摟在懷裡，會有新生之物破殼而出，據說那是一隻天鵝，可是，我在夢裡又作了一個夢，夢見一條小蛇在我炕上昂首吐信。……

27

要走的人終於該走了。我們在校門外小小廣場上集合，站在那天人家向我們舉槍瞄準的地方，人數也和那支步兵差不多。

左顧右盼，暗想：如果趙源沒失蹤，一定也會站在這裡。想到他在出操時和老佟的對抗，想像他穿上人字呢軍服的英武，甚至設想他在戰場上躍進的姿勢，那麼魁梧的一個人，怎會說沒就沒了？生命詭譎莫測。

居高臨下，再看這山水人家。小溪繞山成形，小鎮傍溪定位。山是名山的外衛，它和許多山峰一同簇擁名山，人們用名山的名字呼叫這一片群山萬壑。

鎮既然立在溪旁，就不能不狹長，望之如依水而棲的黑壓壓一群候鳥，小溪清清淺淺的流下去，把山光水色送出去，把日精月華送出去，送進比它大的河，再送進比河大的江。那時星垂月湧另是一番氣象，上游的小溪日夜不息就是為了成就那番氣象。

風來送行。高桿上端忽喇喇招展的國旗，使我幻想廣場是一艘戰艦上的甲板。艦在全速航行，載著這許多炊煙，許多雞鳴狗吠，許多茅檐瓦椽。恍惚間，又好像許多年後乘風重來，看無恙的江山。

忽然有些淒涼。這一回，沒人追、沒人留了。

28

據說教官曾經邀請分校長來發表臨別訓話，他不肯來。

號長緊跑慢跑，帶著擦得淨亮淨亮的軍號。

一路氣喘吁吁，來到廣場裡把風紀扣扣上，皮帶紮上。「教官，我吹『送官號』送你。」

「你想害我撤職查辦？」教官和他握手。送官號要做了將軍才有福消受，僭越不得。

「我等你走遠了再吹，行了吧？」

「你不要命？」教官想起他的血壓。

「今天我拚命了。」

教官整隊，指一指校門。「看清楚，這是你們的母校。」他喊了「立正、敬禮」。學校的建築依然如母雞張開翅膀，可是小雞要飛。

教官說：「聽口令，不要回頭看。」他喊了：「向右轉，目標：公路，齊步走。」他吆喝：「走好！挺胸！不許回頭！」

走上公路，換便步，聽見號音。江南號聖的絕技，其中沒有血絲，有血性。運氣好，正好順風。

我們都回了頭，連教官在內。

跋

袁慕直

我和鼎鈞兄是抗戰時期流亡中學的同窗，數十年來雖流離播遷，卻常常不約而同住在一個城市，音問不斷。他以流亡學生為背景的《山裡山外》寫成，我是第一個讀者。現在他把這本書增刪改寫，重新出版，希望我寫幾句話，我當然不能推辭。

抗戰八年，流亡學生極多，情況不盡相同。有大學、有中學，有的在戰事初起全校集體內遷，有的在淪陷幾年後個別棄家投奔；有的讀書環境甚為安定；有的隨戰局推移輾轉游動。《山裡山外》的背景，是收容個別投奔的青少年組織而成、因日軍進逼而橫越三省的一所中學，那是我們熟悉的生活，也是變化極多磨練極大的一種生活，我想，當然也就是最宜作為文學題材的一種生活。

對於我和鼎鈞兄這一代人來說，抗戰是我們的崢嶸歲月，因為：第一，我們曾全力投入；第二，我們的身心發展人格形成皆受其影響；第三，無論如何抗戰最後是勝利了，給我們一個圓滿的安慰。自此以後，一人一家仍有其興奮歡樂，但再也未能躋登「普天同慶」的層面與之融合。鼎鈞兄以「過來人」身分，為「未來人」說出色聲香味觸法，一片心血，無限天機。無論如何這才是他最重要的一本作品。

我們流亡的時候幕天席地，全班四十人只有三本幾何，那時我說這樣的學校將來只能出文學家不能出科學家。鼎鈞兄數十年來寫作不輟，可以看出他對文學的效忠；他這本書不突出自己，不粉飾醜惡，不埋沒善良，不阿諛權要，可以看出他對人生的效忠。至於寫作技術，如章法之嚴謹，描寫之生動，寓意之深遠，那真是「餘事」了。流亡學校何幸，當年收了這麼一個學生；有志於文學的鼎鈞兄又何幸，得進入這麼一個「作家預備學校」。

我特別指出：《山裡山外》雖以流亡學生為幹，卻又巧妙的向外延伸，有枝葉繁茂花果鮮美之盛。以「山」來說，「抗日靠山」，鼎鈞兄對山自有其體會。他寫到流亡學生入山之後：

> ……有一座山叫飛母峰，這個名稱的來歷是：一個母親，帶著她的孩子，走那懸藤般的小徑，下面是一瀉千里的河。突然，孩子失足掉下去了，母親看見波浪接住孩子，纏裹著孩子，以驚心動魄的速度，把孩子沖到下游去了。她，一個弱女子，長嘯一聲，絕命追趕，竟然趕上了孩子，竟然飛到波浪的前面，立時化作一座大山，擋住了河的去路，要河交出她的孩子。那凶神惡煞似的河水嚇了一跳，急忙轉了一個彎兒，翻了一個筋斗，免脫而去。而那母親，已經化作了山，不能移動，眼睜睜看著孩子消失，至今待在原處無計可施。

這一段小穿插可謂奇峰突起，它固然影射了「兒行千里路，母擔萬里憂」的場面，但更進一步也可以說有「服食求長生，多為藥所誤」的感嘆。今人所說的「無力感」，也可以藉此表露無遺了。

再看一段：

山是怒氣，山是冤魂。當初（天曉得那是什麼時候）這裡是平地，是良田美池雞犬人家。在某一次改朝換代的時候，這裡的人誓死反抗，征服者來了個屍骨如山，血流成河。一夜之間（夜可以變出許多奇蹟來）這裡忽然湧出一群山峰，像一鍋沸騰的水湧起，瀉落，拒人千里，家畜都化為山中的虎狼。新皇帝征服了這片土地，可是沒有辦法統治。據說這些山本來還要拔高，還想擴大，玉皇大帝知道了說不行，說此事應適可而止，惟恐山峰戳破了天，山腳壓翻了地。天帝命仙女用金針刺每一座山的尖頂，山就停止發育，並且露出了受挫折的模樣。

這樣寫山已是「前無古人」，更警人的是接下去：

山披著灰衣，是一群沉默的弔客，可是太陽出來了，山換了淺色的上衣，梳洗過，用筋骨脈絡顯示了儀容。太陽升高，山的眼睛亮了，服飾燦爛了，身段架式擺出來了，由天地舞台的一角走到中央來了。山是在舉行時裝表演。我看不出它們蓄怒反抗，不共戴天。也許那是歷史陳蹟，是它們祖先的事，現存的山已是子孫，沒有切膚之痛。也許自從挨了天帝的金針以後它們就軟化，代久年湮，由不甘而自然。

凡是懂得「象徵」的人，都不須別人注釋。這「看山不是山」的寫法，貫通人性，籠罩歷史，極高明而道中庸。

本書的大事件大情節並無傳奇浪漫之處，它的手法十分寫實，作者不曾也不該把流亡學生寫成嬉不知愁的少年遊。流亡學生主要的心結是前途的焦慮和信仰的空虛，此二者，這一代和前一代都有的吧，下一代青少年也會有的吧，那麼，表現此二者的文學作品，不論其背景是歷史宮闈、十里洋場還是邊疆荒原，都是可以通古而貫今的吧！

我們熟知的抗戰文學俱以寫實手法完成，《山裡山外》亦然，前述我認為象徵的部分，也放在民間傳說名下，以沿途見聞處理，好使風格統一。抗戰前後正值寫實主義掛帥，那時期抗戰文學是此一風尚的重要產物，鼎鈞兄為後出的作家，他的作品早有追逐現代主義的傾向，如今以抗戰為題材，卻又納入故道。鼎鈞兄在《文學種籽》裡說寫小說的人有記錄癖，尤其是長篇小說。（也許可以加上一句：尤其是寫抗戰背景的小說！）只有寫實手法最能滿足此一癖好。抗戰是我們不忍任其與時俱逝的時代，也是我們可以率性恣情筆之於書的時代。

由於寫實之故，《山裡山外》留下若干社會史的材料掌故，足以入「漁樵閒話」。例如流亡學生生了一身疥瘡，男女約會只能背靠背坐著，後腦勺兒摩擦後腦勺兒，由於用火藥治瘡，爆出顧蘭和曹茂本轟轟烈烈戀愛。流亡學生跑警報，帶著「文具板」疏散到野外上課，這文具板是：

我們每人有這麼一塊木板，如果你坐著，就把它鋪在膝上，如果你站著，就把它掛在胸前。它在左上角有一個洞，正好放你的墨盒，它的右上角和左下角各有一個小孔，穿上繩子就是背帶。

他們把植物的稈削尖，蘸著墨汁寫筆記，這是現代「囊螢、映雪」。到了後來，學生根本買不起紙，於是數學課出現史無前例的大場面：

她（數學老師）掏錢買紙，用毛筆大字抄寫課文，再把它像壁報一樣貼在牆上，學生面壁研習，手拿瓦片樹枝，牆根地面權當演算用的稿紙。……她常常拉著椅子出來，坐在操場中心，看學生在她四周伏地解題，在烈日下挺著大肚子走滿操場改卷子。

這是現代的「歐母畫荻」。從這樣的學習環境走出來的學生，現在已有人做了大學校長！今人常歎勸學的故事難找，說來說去仍是囊螢映雪，這真是「責金的遇不著買金」的了。

《山裡山外》幾個主要的人物都經用心刻畫，工筆白描，一絲不苟，作者對少時的夥伴顯然熱切懷念，而以「畫面寫真」遣之。《山裡山外》主要的場景在農村，對農村行政則出之以冷酷的觀察，作無言的諷刺。在〈捉漢奸〉一章，當一個跛腿的不識字的村長出現的時候，他說他不知道省府要他照顧流亡學生：

「公文？好像沒有，也許是油印的吧？公文到我手裡我先用鼻子聞一聞，聞到了油墨的氣味，我向來是不拆封的。」……我仍然要他看公文，他乾脆告訴我：「我孫子拿去擦屁股了！」

為什麼油印的公文可以不辦？我再解釋一下。凡是油印的公文都是大量行文，各縣各區各鎮各村都有一份，當時物質條件很艱難，只能油印，其中大約都是堂皇的空話，或是鄉村無法實行的全國性規定，地方基層只有擱置了事，至於「孫子拿去擦屁股」，那就完全無情了。

我還記得，抗戰時期有人稱保長辦公室為「仰止堂」。當年公文程式繁瑣，下行文結尾照例有一句「仰即遵辦為要！」中央行到省，要他「仰即」如何如何，由專員公署再往下層一層的轉，到縣、到區、到鄉，一路「仰即」，到保長為止，保不再往下行文，故曰「仰止」，在「仰止」之處抬頭看，黑壓壓一大堆「仰」字如泰山壓頂。作者寫到〈山裡山外〉一章時乾脆把形勢點明了：「她們雖然住在山下，卻像是壓在山底下。」

流亡學生以「學兵」身分借住農家，順理成章。「這年頭，哪家沒住過兵？……」「再小農家，也能為路過的大兵擠出一間房子來。」入我堂，據我床，飲我漿，農民哪還有隱私，「軍事第一」誠非虛語。寫到上英文課時，作者在千萬句英文中引了一句英國人說的「吾家者，吾之堡壘也」，恐怕是有心拈來映帶前文吧。軍民關係如此密切，但日本飛機丟下來的未爆彈卻無人代為除去。這顆炸彈插在四合房的天井裡，使全家逃遷，房屋廢置，軍隊少了幾間可住的房子。庶政失修，細民失所，政府的空間隨之縮小，立竿見影，因果有定。於此等處，作者其有意耶，其無意耶？

我細讀了最後補寫的三章。作者的企圖很明顯，他想把前面許多獨立的線頭攏合編結，使全書多完整。全書結束，於主要人物從軍出走，當時外侮深入，年輕人慷慨長征自是壯舉美談，但那該另寫一本書。「人情惡衰歇，萬事隨轉燭」，人的此種心理常常藉閱讀反映出來，多數人樂於看見流亡學生修成正果，如果《山裡山外》最後沒有學潮，沒有從軍，仍在學業與愛情上做文章，最後作一附錄，說書中某某人後來做了大官，某某人後來發了大財，某某人成就了大學問，畫龍點睛，何等生動！市場效應必然不同。但鼎鈞兄志在寫自己的回憶，不在寫想像，所以，《山裡山外》雖說不是某一人的傳記，雖說不是某一學校的實錄，「想像」究竟只決定了戰術，沒決定戰略。但願知音常在，文心不朽，鼎鈞兄反映的江山世界，伏設的微言大義，功不唐捐！

文學叢書 599

山裡山外

作者	王鼎鈞
總編輯	初安民
責任編輯	林家鵬
美術編輯	陳淑美
校對	王鼎鈞　吳美滿　林家鵬
發行人	張書銘
出版	INK 印刻文學生活雜誌出版股份有限公司 新北市中和區建一路249號8樓 電話：02-22281626 傳真：02-22281598 e-mail:ink.book@msa.hinet.net
網址	舒讀網 http://www.sudu.cc
法律顧問	巨鼎博達法律事務所 施竣中律師
總代理	成陽出版股份有限公司 電話：03-3589000（代表號） 傳真：03-3556521
郵政劃撥	19785090 印刻文學生活雜誌出版股份有限公司
印刷	海王印刷事業股份有限公司
港澳總經銷	泛華發行代理有限公司
地址	香港新界將軍澳工業邨駿昌街7號2樓
電話	852-2798-2220
傳真	852-2796-5471
網址	www.gccd.com.hk
出版日期	2019年 7 月 初版
ISBN	978-986-387-288-7
定價	380元

國家圖書館出版品預行編目(CIP)資料

山裡山外／王鼎鈞 著. --初版.
--新北市中和區：INK印刻文學，2019. 07
面； 14.8 × 21公分. --（文學叢書；599）
ISBN 978-986-387-288-7 (平裝)

855　　108004796